마음속 나침반이 되어줄
42개 이야기

내 딸, 아들에게

마음속 나침반이 되어줄 42개 이야기

발행일   2024년 5월 28일

지은이   정영종
펴낸이   손형국
펴낸곳   (주)북랩
편집인   선일영   편집   김은수, 배진용, 김현아, 김다빈, 김부경
디자인   이현수, 김민하, 임진형, 안유경, 최성경   제작   박기성, 구성우, 이창영, 배상진
마케팅   김회란, 박진관
출판등록   2004. 12. 1(제2012-000051호)
주소   서울특별시 금천구 가산디지털 1로 168, 우림라이온스밸리 B동 B113~115호, C동 B101호
홈페이지   www.book.co.kr
전화번호   (02)2026-5777   팩스   (02)3159-9637

ISBN   979-11-7224-128-5 03810 (종이책)   979-11-7224-129-2 05810 (전자책)

(주)북랩 성공출판의 파트너

북랩 홈페이지와 패밀리 사이트에서 다양한 출판 솔루션을 만나 보세요!

홈페이지 book.co.kr   •   **블로그** blog.naver.com/essaybook   •   **출판문의** book@book.co.kr

작가 연락처 문의 ▸ ask.book.co.kr

작가 연락처는 개인정보이므로 북랩에서 알려드릴 수 없습니다.

마음속
나침반이 되어줄
42개
이야기

정영종 지음

 북랩

2장 남과 여 그리고 사랑과 본능

3장 나와 타인 그리고 인간

4장　도전(Challenge)

5장　돈(Money)과 일 그리고 인생

서문

지적 호기심은 가려움 같은 것이다.
긁지 않아도, 큰 문제는 없지만 견디기 어렵다.

아니, 오른쪽. 아니, 조금만 왼쪽으로,
쫌 위로, 아니 쪼금 아래로,
그래. 거기. 거기.

가려운 부분을 정확하게 긁어주면 정말 시원하고,
저절로 입가에 미소가 지어진다. 지적 호기심은 그런 거다.

정확히 어디가 가려운지 처음에는 잘 알지 못한다.
그러다가 문득 그 자리를 정확하게 긁으면 기분이 좋아진다.
감각과 지성의 회백질을 긁어 긴장과 이완의 쾌감을 제공한다.

더 좋은 것은, 긁어줄수록 다른 곳도 가려워진다는 것이다.
처음에는 가렵지 않았던 다른 부분도 가렵게 된다.

그리고 마침내 등 전체를 내맡기는 것처럼
지적 호기심은, 긁어 댈수록 광범위하게 더 가렵고,
국부적으로는 더 시원해진다.

그래서 가려울수록 쾌감은 고양되고,
그 감각적 쾌감은 곧 지적 통쾌함으로 바뀐다.

지식은
불안과 고통을 부수는 망치다.

　세상을 살아가는 데 필요한 지식과 지혜는 외딴 곳에 있는 성
(聖)스러운 장소가 아닌 세상 속에서 구하는 것이 옳은 방법이라는
생각을 오랫동안 했다. 다행히 세상에는 우리보다 먼저 살았던 수
많은 지혜로운 현자들이 있었으며, 지금도 훌륭한 지성들이 헤아
릴 수 없이 많다. 인류의 문명이 시작됐을 때부터 지금까지 누적된
지식과 지혜의 양은 세상의 모든 해변과 모든 사막의 모래를 다 합
친 것보다 많으며, 이렇게 많은 지식이 빛의 속도로 전파되고 있
다. 그런데도 정작 우리는 아직 모르고 있는 것이 너무 많다. 우리

가 무엇을 모른다는 것의 가장 큰 취약점은, 무엇을 모르는지를 모른다는 것이다. (내가 무엇을 모른다는 것을 알면 금방 그것을 배울 텐데) 무엇을 모르는지를 모른다는 것이 뼈아프다.

우리가 괴롭기 않게 온전한 삶을 살기 위해서 우리가 꼭 알아야 하고 적응해야 하는 것들은 세상에 많다. 우리가 먼저 알아야 할 것은 '우리는 행복하게 살도록 만들어지지 않았으며, 남녀는 서로 사랑하도록 창조되지 않았다는 사실'이다. 우리는 아무런 고통 없이 행복하게 살고, 남녀는 서로 사랑하도록 진화하지 않았다는 말이다. 끔찍한 말이지만, 세상에는 생명을 빼앗고 위협하는 존재들이 많으며, 우리의 유전자 속에 기록되어 있는 남녀의 성전략은 확연하게 서로 다르다. 남녀가 사용하는 사랑의 의미 역시 서로 다르다. 그래서 남녀는 같은 말을 사용하고 있다고 믿으면서도 서로 잘 이해할 수 없다. 이 또한 '적응적 문제'인데 우리가 적응해야 하는 대상은 이외에도 많다. 체온 유지, 굶주림(식량 위기), 질병과 유해 바이러스, 기후변화, 포식자, 동종의 경쟁자가 벌이는 위협과 약탈(배우자 약탈 포함), 살상 등이 그것이다. 다윈은 이것을 "자연의 적대적인 힘"이라고 명명하였다. 이 적대적인 힘들은 생명체가 살아가는 것을 끊임없이 방해하고 위협한다. 생명은 애초에 행복하기가 어렵다는 것이 인생의 기저에 깔려있는 디폴트값이다. 인류(특히 나를 포함해서)는 괴로움의 바다를 건너가고 있음이 분명하다. 어쨌거나 결국 "잘 적응하는 종이 생존하여 자손을 남길 것이다"라고 다원은 말한다. 적자생존이고 자연선택이다. 그 종들의 사투 속에 우리가 놓여있다.

　뇌과학과 심리학, 진화론, 진화생물학은 평소 내가 궁금했던 질문들에 대해서 과학적인 방법으로 명쾌한 설명을 제공해 주었다. 그것은 마치 손이 닿지 않는 가려운 곳을 정확하게 긁어주는 쾌감 같은 것이었다. 진화의 역사 속에서 보면 '생각하는 것'은 자연의 적대적인 힘들에 맞서서 인간의 생존과 번식의 가능성을 높인다. 생각하는 힘은 불안과 고통을 부수는 망치다. 근원적이라고 해도 좋을 그 삶의 고통을 피하거나 줄이려면 잘 생각하는 수밖에 없다. 그리고 고통의 바다를 괴롭지 않게 건너려면 지식이 필요하다. 뇌과학과 심리학, 진화론, 진화생물학은 나에게 이런 고통의 바다를 건너게 하는 좋은 지식이자 선생님이었다. 이 책에는 뇌과학과 진화론 그리고 진화생물학과 생각에 관한 글들이 다수 소개되어 있다. 이 글들은 어른이 되어가는 내 딸과 아들에게 전해주고 싶은 이야기들이다. 젊은 날 내가 했던 고통이 반복되지 않았으면 하는 소망을 가지고 있다. 그래서 그동안 내가 고통으로 겪었던 삶의 적대적 힘들을 이해하고 그 고통을 깨부수는 지혜의 글들을 옮기고 거기에 내 생각들을 보태고 정리하였다.

　나는 내가 근무했었던 직장(kotra)의 특성상 국내 근무(3년)와 해외 근무(3년)를 여러 번 반복했다. 31년 동안 우리나라의 국부(国

富)를 늘리기 위해 수출과 해외투자 진흥 업무를 하면서 15년을 한국에서 살았고 16년을 해외에서 살았다. 35개국을 여행했고 해외 5개 나라(인도, 베트남, 말레이시아, 가나, 불가리아)에서 살았다. 2011년부터 석유가 생산되기 시작한 아프리카 가나에 무역관 개설 요원으로 파견되어 kotra아크라무역관을 설립(2011년 4월)하기도 했다. 내가 근무했던 나라들은 생활환경과 근무환경이 쉽지 않은 나라들이 많았지만, (치안, 의료, 교통, 전기, 물 공급, 식품과 생필품 구하기 등이 어려웠다) 결과적으로 내가 색다른 경험을 할 수 있었던 것에 대해 항상 감사한 마음을 가지고 있다. 이 글은 그 감사함에 대한 정성 어린 보답이자 나의 31년 동안의 직장과 세상 경험, 그리고 그 경험에 대한 의미를 새롭게 찾아보는 일이라고 생각한다. 아프리카 가나와 같은 오지(특수지)국가(외교부와 kotra 분류기준)에서는 무역관에서 일이 끝나면, 안전상 달리 갈 데도 없었고 집에 돌아와서도 특별히 할 일이 없었다. 나는 집에서 나의 호기심을 충족시켜줄 여러 책을 찾아서 읽고 메모했다. 이렇게 국내와 해외를 오가면서 시간이 날 때마다 적어두었던 메모들을 정리하고 새로이 쓴 글을 덧붙여 한 권의 책으로 묶었다.

이 책은 우리가 나(자신)와 세상을 경험하는 순서에 따랐다. (1장) 생각과 나, (2장) 남과 여 그리고 사랑과 본능, (3장) 나와 타인 그리고 인간, (4장) 도전(challenge), (5장) 돈(Money)과 일, 그리고 인생, (6장) 어쨌거나 아름다운 인생, (7장) 명상과 영감으로 구성되어 있다. 각 장에 있는 작은 이야기들 속에는 생각에 관한 이야기와 여러 동물의 이야기, 뇌과학, 심리학, 진화론, 진화생물학에 대한 재미있는 내용이 소개되어 있다. 천천히 읽어가다 보면 자연스럽게 소개된 지식을 알 수 있게 하고 거기에서 실용적인 영감을 얻을 수 있도록 구성하였다.

이 책을 읽다 보면 독자들은 저자의 31년 동안의 국제 세일즈맨의 경험과 63세의 토종 한국인 남자가 겪었던 여러 가지 사색의 여정들을 엿볼 수 있다. 지적인 이야기를 좋아하거나, 새롭게 사회생활을 시작하거나, 혹은 안타까운 좌절을 겪고 있거나, 또 다시 새로운 일에 도전하는 분들에게 저의 마음속 깊은 곳으로부터의 위로와 응원을 보내고 싶다. 그분들에게 이 글들이 조금이라도 도움이 되었으면 좋겠다. 독자들이 이책을 통해서 일상의 문제들이 더 잘 이해되고 나름의 해법을 찾는 영감을 얻을 수 있다면 그보다 더 큰 보람은 없을 것이다.

배고픔을 해결하는 일도 중요한 일이지만 지적 갈증을 해소하고 고통스러운 삶을 이해하고, 자신의 꿈에 도전하며, 지난한 과정을 거쳐 빛나는 성취를 이루고, 새롭게 해석된 삶의 의미를 찾아내는 일도 중요한 일임이 분명하다. 도요새는 알래스카에서 호주 테즈메이니아까지 1만 3,560킬로미터를 11일 1시간 동안 쉼 없이 일직선으로 날아간다고 한다. 사랑의 힘이 아니고서야 어떻게 그런 장

대한 여정이 가능하겠는가? 자연에는 생명에 적대적인 힘들이 분명 존재하지만, 세상에는 그것을 거뜬히 이겨내는 강한 사랑의 힘도 존재한다. 우리가 이 사랑의 힘으로 못 넘을 파도는 없다. 아무리 그 파고가 높다고 하더라도 도요새처럼 우리도 결코 길을 잃지 않는 강한 지남력을 갖고 있다는 사실을 잊지 않았으면 좋겠다. 서툰 글이지만 이 책을 읽는 모든 분들에게 재미와 의미 그리고 반복되는 일상에 작은 에너지를 보탤 수 있는 글이 되었으면 하는 마음 간절하다.

생각과 나

01.

잘 생각하려면,
몸을 움직여라!

'나는 왜 생각이 많을까?'라는 원초적 호기심을 자극하는 생각에서부터 출발하여 '나무도 생각하면서 살고 있지 않을까?', '인공지능(AI)은 과연 사람처럼 생각을 할까?', '생각한다는 것은 무엇을 한다는 말일까?' 이런 생각에 관한 질문들에 대한 정확한 답은 무엇일까? 만약 우리가 가장 단순한 형태의 생각, 즉 생명체가 했던 최초의 생각을 알 수 있다면 그 해답을 알게 될 수도 있을 것 같다. 과연 생각한다는 것이 무엇인지, 우리는 왜 생각을 하고, 생각하면 뭐가 좋은 것인지. 이에 관한 비슷한 답변이 있었다. 토마스 아퀴나스는 그의 〈진리론〉에서 "지성 있는 어떤 것도 감각에서 처음이 아니었던 것은 없다."고 이야기했다. 그도 역시 지적인 생각이 과연 무엇인지에 대해 궁금했었던 모양이다. 결국 인간의 지성의 근원은 감각이라는 말이다. 그렇다면 인간의 감각기관의 발생 과정을 추적해 올라가면 그 답이 나올 것도 같다. 진화의 이야기 속에 그런 내용이 있다.

태초에 원시 물고기(보통 창고기를 그 예로 든다)가 있었는데 아직 눈도 없고 아가미도 생기지 않았다. 지렁이같이 기다랗게 생긴 이 존재(아직 동물이라고 부르기 어렵다)는 입과 항문이 있었다. 몸을 조금 움직일 수 있었지만 날렵하게 먹이를 쫓아가지는 못했다. 자신을 잡아먹을지도 모르는 두려워해야 할 포식자도 아직 존재하지 않았을 만큼 아주 아주 오래전의 이야기이다. 이 존재는 아주 작은 플랑크톤 같은 것들을 먹고 살았다. 잡아먹었다기보다는 입 앞에 있던 것들이 거의 저절로 입속으로 들어갔다는 표현이 더 정확했다. 그러다가 이 존재는 자연스럽게 빛과 어둠을 구분할 수 있게 됐다. 물속으로 들어오는 빛이 이 존재의 피부를 자극했고 마침내 이 존재의 입쪽 피부 일부분에서 빛을 감지하는 능력이 생겼다. 나중에 우리는 그걸 안점, 즉 광수용체라고 부른다. 지금의 사람 눈처럼 대상을 명확하게 볼 수 있는 카메라 눈이 아니고, 단지 빛을 겨우 감지할 수 있을 정도인, 말하자면 더 밝은 방향과 더 어두운 방향을 겨우 알아차릴 정도의 원시적인 눈이었다. 아무튼 이 정도의 진화도 이 생명체가 살아가는 데 아주 큰 도움이 됐다. 왜냐하면 밝은 쪽에서 (혹은 어두운 쪽에서) 먹이를 더 자주 먹을 수 있거나 번식할 기회가 더 많았기 때문이었을 것이다.

　　가만히 있지 않고 단지 빛이 있는 (혹은 없는) 쪽으로 몸을 움직인 것, 그것이었다. 내가 파악한 가장 단순한 최초의 생각은 감각적인 '움직임'이었던 것이다. 왜냐하면 감각(감각기관)이 생겨나기 전이었으니까. 신경 과학자인 로돌포 이나스는 "인간의 생각은 움직임이 진화를 거치며 내면화된 것"이라고 말했다. 그리고 "감정의 핵심은 적절하지 않은 어떤 것을 바꾸는 행동을 취하도록 하는 것이다"라고 감정의 본질을 설명한다. 그렇다. '움직임이 감각과 감정으로 그리고 생각으로 진화한 것'이다. 이것은 뇌의 진화의 역사와도 일치한다. 감각을 느끼는 파충류의 뇌, 감정을 느끼는 포유류의 뇌 그리고 생각하는 사람의 뇌가 그것이다.

그러니까 최초의 생각은, 지금 우리들처럼 거창하게 '존재의 이유'를 찾는 것도 아니었고, 화를 내거나 우울함을 느끼는 '기분'도 아니었으며, 어떻게 살아야 할까 하는 걱정이나, 주저함이나 망설임으로 보이는 그런 복잡한 형태의 것도 아니었다. 그냥 '빛이 있는 쪽으로 몸을 움직인 것' 그렇게 쉽고 단순한 것이었다. 그런데 놀라운 것은 그것(움직임)이 놀랍게도 생존과 번식에 결정적인 도움이 됐다는 것이다. 더 놀라운 것이 또 있다. 그 최초의 생각은 시작과 그 결과가 동시에 일어나는 것이었다. 말하자면 '움직임 자체가 곧 생각'이었다. 움직임이 생각의 시작이었고 그 생각의 끝이었다. 최근의 몇몇 뇌 과학 연구자들과 신경 과학자들은 "뇌는 생각하기 위해 존재하는 것이 아니라, 움직이기 위해서 존재한다."고 말하고 있으며, '뇌는 몸을 더 효율적으로 움직이기 위한 시스템'이라고 설명하고 있다.

그 한 예로 멍게를 든다. 멍게는 올챙이같이 생긴 어린 유생 때에는 정착지를 찾아서 헤엄쳐 가기 위해 뇌를 가지고 있다가, 바위와 같이 딱딱한 장소에 머리를 부착하고 더 이상 움직일 필요가 없게 되면 뇌는 사라져(소화시켜) 버린다. 그러니까 '생각의 원형이 곧 움직임'이었던 것이다. 움직임이 사라지면 생각도 사라진다. 그래서 '잘 움직인다는 것은 결국 잘 생각하는 것이다'. 그것은 물론 생각이기 때문에 자극에 대한 무조건적인 반응과는 다르지만 (더 밝은 쪽으로 혹은 어두운 쪽으로 움직이려는 의도를 가지고 있었으니까) 겉으로 보기에는 거의 비슷하다고 볼 수도 있겠다. 우리는 아주 오랜 옛날부터 어떤 존재가 생각(의식)을 가지고 있는지 혹은 없는지, 생각을 하는지 또는 안 하는지에 대한 논란은 항상 있었다. 그러나 그냥 쉽게 우리는 '움직이는 것은 생각을 한다'고 말하고, '움직이지 않으면 생각이 없다'고 판단하기도 한다. 그래서 우리는 자극에 대해 아무런 반응을 보이지 않는 사람을 바보 취급하기도 한다. 말 없는 그 사람은 아무런 생각이 없다고 보는 것이다. 그래서 이런 논리대로, 우리가 움직일 때 생각도 더 잘 난다. 나폴레옹이 전쟁터에서도 좋은 전략적 아이디어가 필요할 때 뒷짐을 지고서 빠른 걸음으로 이리저리 왔다 갔다 한 이유이다. 그는 빠르게 왔다 갔다 했다. 더 잘 생각하기 위해서 그런 것이다.

〈죽음의 수용소에서〉라는 책을 쓴 빅터 플랭클 박사가, '(생각이란) 자극과 반응 사이의 빈 공간(시간)'이라고 했듯이, '환경의 변화가 주는 자극에 대해 반응을 보이는 것'을 생각이라고 볼 수 있다. 생각은 자극과 반응 사이의 시간 속에서 작용하는 그 무엇이다. 분명한 것은 생각의 결과는 움직임으로 나타난다는 것이다. 이 최초의 생각이 계속 진화해 왔다. 그런데 생각이 이루어지는 기관인 뇌의 신경 회로가 복잡해지고, 뇌가 하는 일이 많아지면서 부작용도 생기게 됐다. '움직이는 데 시간이 너무 많이 걸리는 것'이 그것이다. 빠르게 변화하는 현대를 사는 우리들이 움직이는 데 시간이 너무 많이 걸린다면, 문제가 될 수도 있다. 사자와 같은 위험(요즘은 우회전하는 자동차)이 다가오는데 생각에 빠진다면 무슨 일이 일어날지 짐작하기 어렵지 않다. 어쨌거나 잘 생각하는 것은 결국 잘 움직이는 것이다. 잘 움직이면 위험을 피할 수 있게 되거나, 아니면 그 다가오는 위험의 수준을 낮출 수 있다. 불안감이나 우울감도 사라진다. 잘 생각하기 위해 찰스 다윈과 임마누엘 칸트는 정기적으로 산책을 했고, 아인슈타인도 잘 생각하기 위해 수시로 바이올린을 연습했으며, 때로는 호수 가운데로 배를 저어 갔다. 우리는 몸을 잘 움직임으로써 더 건강하고 더 유연한 품질 좋은 생각을 할 수 있다. 좋은 생각은 생존과 성공의 가능성을 높인다.

〈움직임의 뇌 과학〉을 쓴 캐럴라인 윌리엄스는 그 책에서 "몸이 움직이고 있을 때 정신이 가장 효과적으로 기능한다."고 말하며, 뇌는 모든 생각과 결정의 조정자나 결정권자라기보다 신체와 정신 간의 대화를 주최하는 일종의 대화방의 역할을 한다고 설명한다.

그는 체화된 인지(embodied cognition, 몸을 통해 느끼고 경험한 감각이 인지의 일부분이 된다는 것)라는 개념을 설명하는데 무척 재미있는 비유를 들고 있다. 영화 매트릭스에 나오는 장면 중에 네오가 쿵후 훈련 프로그램을 뇌에 입력하고 난 뒤, 쿵후를 다 안다(지식으로 아는 것)고 할지라도, 그가 실제 쿵후를 몸을 움직이면서 배우지 않았다면, 그는 결코 쿵후 동작을 제대로 할 수 없을 것이라고 설명한다. 뇌에 전극을 꼽고 컴퓨터로 뇌에 경험과 지식을 입력해도 몸을 정확히 움직이는 것에는 별 소용이 없을 것이라는 이야기다.

우리 몸은 우리가 아는 것보다 훨씬 더 많은 것을 알고 있으며, 몸이 기억하는 방식은 다르다. 몸은 뇌가 아는 방식과 다른 방식으로 알고 작동한다는 뜻이다. 이것을 우리는 뇌가 아닌 '근육이 기억한다'고 말하기도 한다. 쿵후 훈련을 하면서 근육이 단련되는 것을 생각해 보면 이해하기 쉽다. 훈련으로 강화된 근육이 없이 뇌의 생각만으로 쿵후 동작은 나오지 않는다. 사이먼 로버츠는 이러한 내용을 한 권의 책으로 엮어서 〈뇌가 아니라 몸이다〉 (원제: The power of not thinking)라는 책을 내놓았다. 그래서 불교 수행자나 힌두교의 사두, 가톨릭 수사들이 고행을 하거나 금욕하면서 자신의 몸을 수련하는 이유가 바로 이것이다. 정말 좋은 소식은 우리는 몸을 움직임으로써 우리 감정과 정신 상태를 개선할 수 있다는 것이다. 만약 슬프게도 사랑을 잃었다면 홀로 춤을 추어도 좋고 (나는 Dancing on my own 노래를 좋아한다), 우울한 기분을 전환하고 싶다면, 생각을 멈추고 즉시 밖으로 나가 몸을 움직이는 것도 좋다. 달리기를 하거나, 산책을 하거나, 그 무엇을 하든지 몸을 움직이는 것이다. 하루의 기분을 바꿀 수 있다면, 나는 내 운명이 예정된 그 길을 바꿀 수도 있다고 믿고 있다.

그리고 사족 같은 말이지만 나는 이 '나는'이라는 말을 자주 하는 것은 건강한 상태가 아니라는 것도 알게 되었다. 우울증의 초기 신호가 '나는 …'으로 시작하는 생각과 말을 자주 하는 것인데, 이렇게 일인칭으로 말하는 것은 우울함의 시그널일 수 있다고 한다. 캐럴라인 윌리엄스는 "바른 자세를 취한 사람들이 구부정한 자세를 취하는 사람들보다 일인칭으로 말하는 횟수가 적었다. 이것은 그들이 자신에게 집중하는 경향이 덜하다는 것을 암시한다. 충격적인 결과다. 자기 내면에 집중하는 경향은 우울증의 특징이며, 자책하고 과거의 실수를 곱씹는 성향과도 관련이 있다."고 언급하고 있다. 운명을 개선하고 싶다면, '나는…'이라고 말하거나 생각하는 횟수를 줄여야 한다. 그리고 자세를 바르게 하고 가급적 몸을 많이 잘 움직여야 한다. 정신과 마음은 몸을 잘 움직이는 것으로 인해 더 건강하고, 더 효과적으로 작동된다. 나이키 운동화 광고문구가 떠오른다. 그냥 움직여라! (Just Do it!)

생각은 고통의 의미를
깨닫게 한다

　우리의 감각과 느낌이 진화한 형태인 '최초의 생각'에 대한 이해
는 나에게 엄청난 지적 즐거움을 느끼게 해주었다. 그렇지만 아직
도 속이 시원한 정도는 아니다. 아무튼 이제 나의 '생각'에 대한 지
적 호기심은 '생각하는 이유'에 대한 궁금증으로 바뀌었다. 그리고
다시 '의미 있는 삶은 어떤 삶인가?'와 같은 질문으로 더 발전해 갔
다. 이 무렵 어둠 속의 빛처럼 나에게 다가온 책이 있다. 정신과 의
사 빅터 프랭클 박사가 쓴 책 〈죽음의 수용소에서〉이다. 이 책에
서 프랭클 박사는 생각한다는 것의 의미와 의미 있는 삶에 대한
감동적인 이야기를 들려주었다. 프랭클 박사는 죽음의 수용소에
서 죽어가는 사람들을 수없이 지켜보았고, 본인도 죽을 고비를 여
러 번 넘기고도 결국 살아남았다. 프랭클 박사가 자살 충동을 느
끼게 하는 지옥 같은 죽음의 수용소에서 말로 표현할 수 없는 여
러 가지 고통들을 겪으면서도 항상 그의 머릿속에서 떠나지 않았
던 생각, 즉 여러 사람들에게 수용소의 실상을 알리면서 그가 마

지막에 한 말은 이렇다.

(생각이란) "자극과 반응 사이의 빈 공간"

나치에 의해 수용소에 갇힌 사람들은 짐승처럼 이 수용소에서 저 수용소로, 그리고 수용소의 작업장에서 가스실로 쫓기고 내몰렸다. 그리고 대부분 서서히 죽어갔다. 지옥과 같은 상황 속에서 사람들은 항상 죽음을 생각할 수밖에 없었고, 나치의 이런저런 지시와 협박 앞에서 사람들은 '자극과 반응 사이의 빈 공간(시간)'이 지나면, 어떤 사람은 돼지가 되었고 어떤 사람은 성자가 되었다고 프랭클 박사는 전했다.

도마뱀은 자극을 받으면, 즉각적인 반응으로 쏜살같이 도망간다. 결코 일말의 망설임이나 주저함이 없다. 생각과 반응 사이에 그 어떤 간극도 없다. 자극에 대한 본능적인 근육의 움직임뿐인 것이다. 그런데 강아지를 건들면 강아지의 반응은 여러 형태로 나타난다. 짖어대거나 도망가거나 혹은 꼬리를 흔들며 다가와 안기기도 한다. 자극에 대한 반응에 시간이 좀 걸린다. 그리고 반응하는 모습도 그때그때 상황에 따라 다르다. 강아지 스스로 자극에 대해 해석을 하고, 그에 맞는 적절한 반응을 보이는 것이다. '당신이 좋다'는 의사표시로 자기 주인의 손과 얼굴을 핥는다든지 아니면 무서워서 도망간다든지. 강아지는 자극에 대해서 반응을 보이는 데 짧은 시간의 간극이 있다. 그 간극이 있다는 것의 의미는 강아지도 생각한다는 증거가 된다.

　사람도 어떤 자극에 대해 반응하는 데 시간차가 있다. 사람은 사회적 동물이다. 그래서 사람들이 보이는 이러한 자극과 반응 사이의 빈 공간에 문화적인 관습이 개입하기도 한다. 그리고 개인의 신념과 경험의 차이에 따라 반응 시간과 반응의 형태에 대한 개인차도 크다. 자극과 반응 사이에 너무 긴 시간이 있으면, 그는 바보 취급을 받거나 아예 초인으로 간주되어 그를 함부로 대하지 못하기도 한다. 이른바 고수는 느리고 고요하다. 그러나 그 반응 시간이 너무 짧거나 아예 없다면 그에 대한 평가는 엇갈리기도 한다. 나의 요구에 대해 무조건적인 빠른 반응을 보이는 것이 좋기도 하지만 일견 바보스럽게 보이기도 한다. 그래서 우리는 대체적으로는 무조건적인 빠른 반응을 보이는 것은 그리 바람직하지 못하다고 생각하는 것 같다. 생각이 없이 즉각적인 반응을 보이는 것은 거의 벌레나 동물(앞의 도마뱀) 같은 느낌을 주기 때문이다. 그러기에 세련된 느낌을 주려면 자극에 대해 약간 지체된 반응을 보여야 한다. (그러나 군대 같은 요즘 직장에서는 너무 반응이 느리다면 우리는 즉시 곤란한 상황에 빠질 것이다.)

　그런데 우리의 일상이 바쁘고, 또 우리가 빠르게 전개되는 현대적인 생활양식을 쫓아가는 것은, 그 반응 시간을 단축해 간다는 것과 비슷하다. 빠른 것에 익숙한 우리는 매사에 거의 즉각적인 반응을 기대하면서 동시에 느린 반응에는 답답해한다. 우리 스스로 그렇게 빠른 환경에 우리를 적응시키고 있다. 생존하기 위해서다. 그래서 사회문화적인 관습이 우리의 생각의 시간을 대체하기도 한다. 예컨대, "남들이 하는 대로 따라 하면 큰 문제가 없다."고 말하는 식이다. 그래서 우리의 생각은 젖혀두고 무리를 따라잡기에 여념이 없다. 그래서 갈수록 우리는 조급해지고 참을성이 없어진다. 우리가 케이블 TV의 채널을 돌려대는 모습을 보면 쉽게 알 수 있다. 미국인들은 시내버스를 타듯이 공항에서 비행기를 타는데 여러 항공사 카운터 앞에서 3초 만에 자신이 이용할 항공사를 결정한다고 한다. 항공사의 '결정적 진실의 순간'인 MOT(Moment of Truth)는 3초인 것이다. 항공사 카운터 앞에 서 있는 승무원의 미소나 복장이 그 항공사가 고객에게 줄 수 있는 모든 편익을 대표한다. 그리고 결정적 진실의 순간인 3초 만에 모든 것이 결정된다.

발달된 대뇌피질과 전전두엽은 생각하는 인간의 특징을 나타낸다. 우리는 이 부분으로 논리적으로 추론하거나, 상징을 사용하여 높은 수준의 사고를 하고, 다른 사람과 소통할 수 있다. 그런데 세상은 점점 더 상업적으로 변하고 있으며 그래서 점점 더 즉각적이고 감각적이다. 우리의 '자극과 반응 사이의 빈 공간'에 사회문화적인 요소가 점점 더 크게 자리를 차지하고 있다. 다시 말하자면 우리가 가지고 있는 대뇌 신피질과 전전두엽을 더 자주 사용하지 않아도 될 것처럼 세상이 변하고 있다는 이야기이다. 인간이 인간으로서 존중받는 이유는 우리 각자가 개인적인 고유한 경험(역사)을 가지고 있는 유일한 존재이기 때문일 것이다. 진화생물학에 따르면 개인이 각자의 고유성과 유일성을 담고 있는 장소가 바로 우리의 뇌라고 한다. 그래서 우리의 모든 뇌는 고유하고 유일하다. 이런 유일성이 모든 인간이 존중되어야 하는 철학적 근거가 되기도 한다. 나는 그렇게 생각한다.

　최근의 연구에 따르면 침팬지 같은 다른 동물들도 생각한다고 한다. 그렇지만 인간과 같은 높은 지적 수준의 사고를 할 수 있는 동물은 인간이 유일하다. 호모 사피엔스 사피엔스인 인류는 그 이름이 말하듯이 '지혜롭고 지혜로운 사람' 즉 두 배로 영리한 존재이다. 그런데 이 영리함보다 더 중요한 인간적인 특징은 '서로를 돕는 존재'라는 것이다. 협업하고 협력하는 사회적인 존재로서 인간은 문화라는 제도를 날마다 업데이트하고 있으며 동시에 이 문화 속에 편입되어 살고 있다. 사회적으로 인정받지 못하고 배척되는 사람은 결국 생존에 문제가 생긴다는 것을 우리는 너무나 잘 알고 있다. 그래서 사회문화의 힘은 나날이 개인보다 더 강력해지고 있다. 우리는 사회적인 관습의 힘이 엄청나게 크다는 것을 잘 알고 있으며, 이 엄청난 힘은 과거에 전체주의 혹은 군국주의로 나타났고, 제2차 세계대전 같은 크고 심각한 문제를 일으켰음을 우리 모두 잘 알고 있다. 그리고 그것은 지금도 여전히 우리를 압박하고 있다. 만일 우리가 속한 사회관계와 불화를 겪을 경우, 우리는 여러 가지 정신적인 문제(스트레스, 우울감, 화병, 여러 신경증)를 스스로 감당해야만 한다.

　일상생활에서 우리의 뇌가 최고의 가치로 여기고 여기에 모든 에너지를 몰아서 쓰고 있는 것은 대체 무엇일까? 일상의 생활은 여러 가지 일들로 얽혀 있어서 그 답이 쉽게 떠오르지 않을 수 있지만, 곰곰이 생각해 보면 그것이 밥벌이(작가 김훈이 지겹다고 표현한)인 것 같다. 다시 말하면 우리가 가장 중요하다고 생각하는 것은 '직업의 세계에서 승리하는 것'이다. 직업의 세계에서 일정한 성취를 얻어 낼 경우, 생존의 위협에서 우리를 놓아주는 사회적인 인정은 물론이고, 개인적으로도 그 성취에 따른 보람과 자긍심을 얻는다. 문제는 어떻게 그 성취를 이루어내는가 하는 것이다. 과연 극심한 경쟁을 직접 대면해야 하는 직업의 세계에서도 즐겁게 그 승리를 얻어 낼 수 있을까? 아니, (나에게) 그것이 가능하기는 한 것인가? 우리는 과거에 진화론의 적자생존(The Survival of the Fittest)의 개념을 '경쟁에서 지는 것은 열등함을 드러내는 것이며, 열등한 개체는 결국 자연 도태되는 것'으로 오해하고 열등 인종을 멸종시키려 했던 비극을 잘 알고 있다. 히틀러가 그 중심에 있었다. 그리고 많은 아류들이 있었다. 직업의 세계에서도 비슷한 일들이 일어날 수 있다. 아직도 직업의 세계에서는 성취와 보람보다는 생존과 경쟁이 더 중요하게 취급된다. 직업의 세계에서 경쟁을 피할 수는 없겠지만, 성과와 성공을 창의성과 아이디어의 문제로 관점을 바꾸면 조금 더 효과적으로 성취를 이루어 갈 수 있지 않을까. 이제 세상은 점점 동종 업종 간의 경쟁(나이키와 아디다스)이 아닌 이종 업종 간의 경쟁(청소년들이 닌텐도에 빠지면 나이키 신발이 안 팔린다)으로 번지고 있고, 생존을 위해서 이업종 간의 융복합이 이루어지고 있다. 그래서 이제 정작 필요한 것은 다른 업종 간의 협업과 창의성과 새로운 아이디어 그리고 상상력이다. 생존과 경쟁의 문제는 점점 더 성취와 보람의 문제로 바뀌어 갈 것으로 생각한다. 어느 조직이나 이런 현상에 대한 대비가 필요하다.

'생각'의 범주를 아주 좁게 잡아서 '생각은 현재의 상태를 개선하기 위해 뇌가 하는 활동'이라고 한다면, 우리는 우리의 현재 상태를 개선하기 위해서 그 무엇을 하든 그 활동을 의미 있게 하기 위한 '자극과 반응 사이의 빈 공간(시간)'을 확보해야 한다. 그 빈 시간 속에 인간성이 있다고 프랭클 박사가 이야기했듯이, 우리는 우리의 현재 상태를 개선하기 위해서 그리고 우리가 하는 일의 성과를 높이기 위해서 그리고 새로운 아이디어를 내고 창의성을 키우기 위해서도 그 빈 시간인 '생각하는 시간'이 필요하다. 직장에서도 단지 업무의 성과를 높이기 위한 연구개발(R&D)뿐만 아니라 그 성과의 토대를 만드는 직장 내 인간관계의 질을 개선하는 방법을 찾고, 우리가 하는 일(Job)에 대한 보람을 느낄 수 있는 방법에 대한 연구개발도 충분히 함께 이루어졌으면 좋겠다. 이제 우리나라도 그렇게 할 수 있지 않을까. 그것이 아니라고 한다면 우리는 언제쯤 그렇게 할 수 있을까. 직업의 세계에서도 '의미 있는 일(job)과 삶'에 대한 생각을 놓치지 않는 것. 경쟁보다는 협력하는 방식으로 성과를 내고, 이를 위해 서로 긍정적인 피드백을 교환하는 것. 그것이 직업의 세계에서 우리가 진정으로 승리할 수 있는 방법이 아닐까.

(내 마음의 버킷리스트)
인생은 알고, 즐겨야 할 대상이다

죽기 전에 해야 할 일이나 죽기 전에 꼭 하고 싶은 일을 적어 놓은 목록을 버킷리스트(Bucket List)라고 한다. 중세시대에 죄인을 교수형에 처하거나, 사람이 자살할 때 높은 곳에 매어있는 밧줄을 자신의 목에 걸고, 엎어 놓은 양동이 위에 올라서서 그 양동이를 발로 차버리는 것에서 나온 말이다. 즉 '죽기 전에 해야 할 일' 혹은 '죽기 전에 하고 싶은 일의 목록'이라는 뜻이다. 나는 직장 생활에 어느 정도 적응되어 갈 무렵 이 버킷리스트라는 말을 처음 들었다. 나는 내가 하고 싶은 것을 생각해 보았으나, 특별하게 꼭 하고 싶은 것은 없었다. 나중에 몇 개를 겨우 생각해 냈으나 그것은 그리 특별한 것이 아니었다. 예를 들면 내 집 마련, 스포츠카 구입, 해외여행, 박사학위 취득 등 누구나 생각할 만한 그렇고 그런 비슷한 욕망의 목록들일 뿐이었다. 그래서 내 버킷리스트는 특별히 내 것이라고 할 만한 것이 없었고 근사해 보이는 리스트 몇 개를 내 버킷에 옮겨 담아도 아무런 문제가 없어 보였다. 그때 나는 우리는 비슷한 욕망을 가지고 산다는 것도 알게 되었다. 그리고 나에게 버킷리스트가 없는 진짜 이유는 (우리들 대부분이 그렇듯이) 먹고 살기 바빠서 그런 것을 생각해 볼 여유가 없었다는 것이었다. 아니다. 솔직하게 다시 말하자면 나는 아는 것이 없었다. 내가 좋아하는 레오나르도 다빈치의 말이 맞다.

"아는 것이 적으면 사랑하는 것이 적다."

그때 나는 내가 원하는 것들은 대부분 다른 사람들도 원하는 것들이라는 평범한 사실을 알게 되었다. 그리고 모두가 타인의 욕망을 욕망하듯이, 나의 욕망도 그 '카피된 욕망' 외에 아무것도 아니라는 것도 알게 되었다. 결론은 내가 그 무엇인가를 모르고 있기 때문에, 내가 정말 무엇을 하고 싶은지 내가 무엇을 원하는지 잘 모른다는 것이었다. 나는 뭘 모른 채 회사 생활을 계속하면서 하루하루를 보내고 있었다. 내 삶이 이런 식으로 흘러가서는 안되겠다는 생각이 문득 들었다. 나는 다시 내 인생을 제대로 담아낼 나만의 특색 있는 버킷 목록을 만들어나가기로 했다. 내가 하고 싶은 것이 결국 내 인생의 주요 내용을 이루고 내 인생의 외연이자 내 삶의 목표라는 생각에 이르자, 갑자기 세상에 궁금한 것이 많아졌고 세상에 대한 깊은 호기심이 생겼다. 그러고 보니 내가 모르는 것이 너무 많았다. 내가 가고 싶은 곳과 내가 갖고 싶은 것, 내가 먹어 보고 싶은 음식, 내가 만나고 싶은 사람, 내가 경험해 보고 싶은 스포츠와 레저 활동, 내가 알고 싶은 지식, 즉 내가 알고 싶은 역사, 과학, 철학, 그림과 조각과 음악 등을 몰랐다. 그리고 나의 작은 누나가 발레리나였고 여고 무용 선생님이었는데도 나는 클래식 무용에 대해서 아는 바가 하나도 없었다. (백조의 호수는 두어 번 봤다. 그게 전부이다. 이것도 나에게는 대단한 경험이었다.) 그러다가 세상에 대한 지식이 조금씩 더해질수록 내 목록은 점점 길어졌고 조금씩 구체적인 것들이 만들어졌다. 이 목록을 10년쯤 적다 보니 73개가 되었다. 이제는 너무 많아져서 버킷리스트가 아니라 내 욕망의 긴 목록이 되었다. 그래도 좋았다. 마치 내가 어릴 적 누나들과 함께 빈 종이에 미래의 우리 집을 그리는 것처럼 즐거웠다. 이 중에 몇 개는 벌써 이룬 것도 있지만, 아직 이루지 못한 것은 훨씬 더 많다. 말하기 부끄러운 것도 많다. 나중에 다시 보니 얼토당토 않은 것도 많다. 내 버킷리스트 작성의 기준이 '모든 게 다 가능하다면, 그러면 나는 죽기 전에 뭘 하고 싶은가?'였기 때문이다. 그래서 그것은 나의 과대망상의 목록이기도 했다. 부끄럽긴 하지만 나의 버킷리스트 중 몇 개를 소개해 보면 이렇다.

(1) 미국 캔터키주 루이빌에 있는 '무하마드 알리 센터' 방문하기. 권투 챔피언 알리는 이런 말을 했다. "강, 연못, 호수, 시냇물은 모두 다른 이름을 가졌다. 그러나 모두 같은 물을 담고 있다. 물은 곧 정신이다. 종교들이 모두 정신(진실)을 담고 있는 것과 같다." 또 그는 이렇게 말했다. "챔피언은 체육관에서 만

들어지지 않는다. 챔피언은 욕망, 꿈, 통찰로 헌신함으로써 만들어진다.", "나는 훈련의 매분을 혐오하지만 스스로 이렇게 말했다. 멈추지 마! 지금의 고통을 감내하면 인생의 나머지를 챔프로 산다." 그는 그냥 권투 세계 챔피언이 아니다. '무하마드 알리 센터'에서 나는 육신의 힘과 정신의 힘을 겸비한 그로부터 심(정신) 신(육체)의 강한 에너지(기)를 받고 싶다.

(2) 자메이카 블루마운틴 커피 농장 방문하기와 자메이카 레게 음악을 현장에서 듣기. 나는 블루마운틴 커피를 좋아하는데 그게 좀 비싸다. 가능하다면 그곳에서 블루마운틴 커피를 많이 사고 싶다. 그리고 동시에 레게음악인 'No woman, no cry(여인이여 울지 마세요)'를 현장에서 라이브로 들어보고 싶다. 그리고 레게리듬에 맞추어 아내와 춤을 추고 싶다.

(3) 알래스카 빙하 방문. 그냥 추운 곳에서는 내 머리가 정신이 '확' 들 정도로 개운해질 것 같다. 추운 설원과 빙하가 녹아내리는 긴박한 현장을 보고 싶기도 하다. (정말 유감인 것은 빙하가 녹아내리는 것에 대해 생활인으로서 내가 할 일이 별로 없다는 것이다) 제정 러시아는 크림전쟁에 쫓기어 엄청난 자원의 보고(석유, 철, 금, 구리, 목재, 석탄, 천연가스 모두 합쳐서 수십억 달러)이자 미국의 전략 요충지인 알래스카를 단돈 720만 달러에 미국에 팔았다. (나는 해외자원을 국내에 들여오는 프로젝트 지원업무를

했었다. 나는 자원에 관심이 많다) 그때 대부분 정치인과 미국인들은 이 매입을 '멍청한 짓'이라고 했다. 앞서가는 사람은 항상 욕을 먹는다. 최근에 러시아인 일부는 알래스카를 미국으로부터 되돌려 받아야 한다고 했고 미국은 한마디로 그럴 일 없을 것이라고 반박했다는 뉴스를 들었다. 아무튼 핫?플레이스인 그곳에서 내가 좋아하는 시베리안허스키, 혹은 알래스카맬러뮤트가 모는 썰매를 신나게 하루 종일 타보고 싶다.

(4) 인도 여행하기. 남부 아잔타 석굴, 중부 타지마할, 동부 바라나시, 북부 히말라야와 갠지스강 상류 하리두와 여행하기, 그리고 히말라야 트래킹하기, 히말라야를 배경으로 근사한 사진찍기, 인도 남부 뿌네 오쇼 명상센터에서 명상 배우기

(5) 성공, 행복, 의미, 즐거움, 창의성, 뇌과학, 진화생물학, 진화철학에 대한 전문 지식 익히기 그리고 10권의 책 쓰기. 1권쯤 베스트셀러 작가 되기

(6) 이탈리안 셰프(요리사) 되기. 내가 직접 만든 이탈리안 요리를 먹으면서 정다운 사람들과 내가 만든 요리를 함께 즐기기

(7) 파리의 Buddha Bar에서 라운지 음악(특히 끌로드 샬 작곡) 듣기. '성(聖)과 속(俗)이 겹치는 이상하게 자유롭고 세련된 감정

느껴보기'가 핵심이다. 그리고 내가 좋아하는 노년의 까이유 생상스가 좋아했고 그 아버지의 고향이었던 프랑스 북부 디에프(Dieppe, 디에프성, 생상스 뮤지엄과 그의 동상이 있다)에서 생상스가 작곡한 아리아 "삼손과 데릴라"(이스라엘의 삼손과 삼손을 유혹한 팔레스타인 여인의 사랑 이야기)와 "죽음의 무도" 들어보기

(8) 서재를 겸한 사랑채 만들기, 즉 노후의 공간적 독립 이루기. 벤치마킹을 위해 일본의 다치바나 다카시의 고양이빌딩 가보기. '지식의 거인'이란 별명을 가진 일본의 저널리스트인 다치바나 다카시는 자신의 책 10만 권을 보관하기 위해 폭이 좁은 비탈길을 이용하여 지하 2층, 지상 3층짜리 고양이빌딩을 지었다. 그는 죽기 1년 전에 이런 제목의 책도 출간했다. 〈앎(지식)의 여행은 끝나지 않았다. 내가 3만 권의 책을 읽고 100권을 쓰고 생각해 온 것〉 그는 2021년 4월 별세했다. 향년 81세.

그런데 요즘은 마치 버킷리스트의 풍년처럼 느껴진다. 미디어와 SNS를 타고 돌아다니는 영상들을 보면 죽기 전에 해봐야 할 것, 죽기 전에 가보아야 할 장소, 죽기 전에 들어야 할 음악 등 여러 가지 종류의 '죽기 전에 메뉴'들이 유행한다. 마치 '죽기 전에 종합세트'를 만들어도 잘 팔릴 것 같다. 이렇게 죽음을 파는 상술은 죽음

을 대책없이 가볍게 하는 것 같다. 이런 세태에 대해 어떤 사람은 죽음이 죽어버렸다고 비판하기도 한다. 죽음이 지나치게 무거워지지 않고 조금 자연스러워지는 현상에 대해서는 찬성하지만, 죽음에 상술이 적극적으로 개입하는 것에 대해서는 반대한다.

마크 트웨인은 이렇게 말했다. "죽음의 공포는 별것 아니다. 나는 죽음이 두렵지 않다. 나는 태어나기 전 영겁의 세월을 죽은 채로 있었고, 그 사실은 나에게 일말의 고통도 준 적이 없다."고. 죽음은 걱정할 일이 아니다. 그리고 죽음은 우리에게 가르쳐 주는 것들이 많다. 오래된 나의 노트에서 죽음이 가르쳐 주는 것들이란 글을 발견했다. 죄송하게도 출처를 알 수 없다.

"죽음이 우리에게 가르쳐 주는 것은,

(1) 우리에게 주어진 시간이 유한하다는 것. 그래서 가치있다는 것.
(2) 사랑하는 사람이 늘 같은 모습으로 우리와 함께 머물지 못한다는 것.
(3) 인생에는 어쩔 수 없이 받아들여야 하는 것들이 있다는 것.
(4) 그러기에 삶은 누려야 한다는 것."

그렇다. 삶은 누려야 한다. 내가 이탈리아 요리에 도전한 것도 이탈리아인들이 즐겁게 사는 그 노하우를 배우고 싶어서였다. 그들은 와인 몇 병과 피자 그리고 몇 가지 음식만으로도 즐거운 파티를 하고 노래를 부르며 즐긴다. 이탈리아인들이 모여 식사하는 모습을 보면 부럽다는 생각이 든다. 할아버지 할머니와 엄마, 아빠, 아들, 손자, 삼촌, 숙모들 열댓 사람이 식당에 모여서 서너 시간 동안 음식을 즐기는 모습을 봤다. 좋은 날씨 때문이기도 하지만 정겨운 사람들이 모였기 때문에, 항상 즐거운 모습이다. 이탈리아에서는 사람과 즐거움과 멋(음악, 미술, 조각, 건축물과 예술)이 자연스럽게 함께 어우러진다. 삶의 의미와 재미는 결국 사람들과의 관계(특히 가족) 속에 있는 것 같다. 우리에게 남아 있는 시간을 즐거움으로 가득 채울 수 있다면 얼마나 좋을까. 우리가 버킷리스트를 만드는 이유도 남아 있는 시간 동안 즐겁게 누리기 위해서이다. 그리고 그 즐거움의 의미를 오래 간직하고 싶어서다. 그러기 위해 우리는 소망 목록을 만들고 또 하나씩 즐겁게 버킷리스트 목록을 지운다. 다 이루지 못해도 아무런 상관이 없다. 그렇지 않은가?

'빠른 생각'에 대해
죄의식을 가질 필요는 없다

종교개혁에 앞장섰던 마틴 루터(독일의 종교개혁가. 신학자)는 이런 말을 남겼다. "새가 머리 위를 지나가는 것은 막을 수 없다. 그러나 그 새가 내 머리 위에 둥지를 트는 것은 막을 수 있다." 내 머리 위를 지나가는 새는 정말로 많다. 내가 좋아하는 새도 있고 끔찍하게 나쁜 새도 있다. 이런 새들처럼 생각은 정말로 여러 가지 모양과 색깔을 하고 내 머리 위를 스쳐 지나간다. 그중에는 이미 내 머리 위에 둥지를 튼 녀석들도 있다. 어찌 보면 자연스러운 일이다. 전에는 (나도 모르게) 순간적으로 부끄럽거나 나쁜 생각을 하고서 어쩔 줄 모르던 때도 있었다. 성경에는 마음으로 간음한 자는 실제로 간음한 것과 같다고 말하기도 했으니, 저절로 드는 나쁜 생각에 부끄러워하고 죄책감이 드는 것은 당연한 일이었다.

그런데 이처럼 나도 모르게 불쑥 찾아오는 이런 생각에 죄책감을 가질 필요가 없다는 사실을 알게 되었다. 또 이런저런 생각은 괜히 아무런 이유 없이 오지도 않는다는 것도 알게 되었다. 뇌과학이 전해주는 이야기이다. 생각의 색다른 버전인 꿈을 보면 금방 알 수 있다. 꿈속에서는 내가 원하지 않는(혹은 원하는) 절대 그럴 수 없는 일들도 종종 일어난다. 굽혔던 무릎을 펴면서 땅을 박차면 하늘을 날아가기도 하고, 죽었던 사람을 만나기도 한다. 현실에서는 일어나지 않는 일들이 아무렇지도 않게 일어난다. 시공간이 늘어나기도 하고 줄어들거나 갑자기 중간 부분이 생략되기도 한다. 그런데 이런 갑작스러운 생략도 이미 양해가 되어 있다. 그야말로 자유롭게 꿈속 이야기가 판타지 영화처럼 전개된다. 이런 꿈속에서는 우리 무의식에 있던 것들이 변형된 모습으로 나타난다. 꿈(욕망)은 엄격한 의식의 필터를 통과해야 하기 때문에 그 본래의 모습을 바꾸거나 다른 사람의 가면을 뒤집어쓰고 나온다. 다시 말하자면 꿈은 도덕률로 억압하는 우리의 의식을 통과하기 위해 그 본래의 모습을 바꾸는 것이다. 그래서 내가 다른 사람의 얼굴을 하고 나타나거나, 다른 사람이 나이거나, 다른 사람이 또 다른 다른 사람이다. 그래서 꿈을 해몽하는 사람들은 꿈을 우리의 현실적인 예상과는 무척 다른 결과로 재해석해 낸다. 이렇게 꿈이 다르듯이 현실의 우리 생각들도 마찬가지이다. 좋은 생각 나쁜 생각, 우울하거나 즐거운 생각, 겁이 나거나, 부끄러운 생각과 자랑스러운 생각이 두서없이 나타난다. 그런데 정작 중요한 사실은 이런저런 생각들이 마구잡이로 나타나는 이유는 오직 하나, 우리 몸을 지키기 위해서 그렇게 한다. 우리의 무의식이 위험을 감지하고 경고를 보내는 것이다. 우리의 두뇌는 생존할 수만 있다면 얼마든지 나쁜 일도 할 수 있다. 이것이 바로 처음에 순간적으로 찾아오는 '빠른 생각'(fast thinking) 즉 우리 머리 위를 지나가는 새이다. 이런 '빠른 생각'에 대해 죄의식을 갖거나 부끄러워할 필요는 없다. 어떻게 하든 우리가 생존해 나갈 수 있도록, 무척 오래된 수백만 년도 더 된 우리의 유전자가 그렇게 하라고 지시하는 것일 뿐이니까. 나는 뇌과학이 알려주는 이런 사실을 알고 난 후 정말 깊은 위로와 안도감을 느꼈다. 소크라테스도 나쁜 생각을 하루에도 수백 번 했다고 고백하지 않았던가. 정작 중요한 것은 그 나쁜 생각을 실행에 옮기지 않았다는 것이다. 즉 머리 위를 지나가는 나쁜 새가 우리의 머리 위에 둥지를 틀지 못하게 한 것이다. 소크라테스는 자신의 제자인 알키비아데스가 자기를 술에 취하게 하고는 성적으로 유혹해서 그와 동침했을 때에도, 소크라테스는 말 그대로 제자에게 정신적 사랑만 주었다. (고대 그리스에서는 남자들끼리의 사랑을 진짜 사랑이라고 생각했다.) '빠른 생각'(본능)을 이겨낸 소크라테스의 훈련된 이성인 '느린 생각(slow thinking)의 힘'이었다. 추측컨대 소크라테스의 전두엽은 컸을 것이다. (내가 보기에, 소크라테스 두상을 보면 앞이마가 특히 도드라져 보인다. 그러나 나는 우생학은 반대한다.) 만약 이렇게 우리에게 나쁜 생각이 드는 일이 없다면, 이 세상은 말 그대로 유토피아였을 것이고 전쟁도, 다툼도, 시기와 질투도 없는 천당이고 극락이었을 것이다. 그러나 우리가 사는 세상이 그렇지 않다는 것은 누구나 다 알고 있다. 우리가 사는 이 세상에 전쟁과 다툼 그리고 온

갓 비극적 사건들이 끊이지 않는 것이 우리에게 첫 번째로 오는 빠른 생각 때문인지, 아니면 정작 두 번째로 오는 느린 생각 때문인지 잘 모르겠지만 아무튼 우리가 사는 세상은 선과 악이 공존한다는 것이 사실이다. 옛날이나 지금이나 마찬가지이고 아마 미래도 그럴 것이다.

정신분석의 창시자인 프로이트(Sigmund Freud 1856-1939)가 유명해진 이유가 있다. 그가 발견한 세 가지 때문인데 그것은 첫째, 우리의 정신생활의 대부분은 무의식적으로 이루어진다는 것. 둘째로 우리에게는 공격 충동과 성적 욕구가 우리의 유전자에 깊게 새겨져 있다는 것. 그리고 세 번째로 정상적인 정신 상태와 정신질환은 엄격히 분리된 형태가 아니며 하나의 연속선 위에 놓여져 있다는 것이다. 나는 프로이트의 이 세 가지의 핵심 발견 중에 공격 본능을 새삼스럽게 주목하고 있다. 우리 모두가 가지고 있는 폭력성이 그것이다.

"이상은 평화롭지만, 역사는 폭력적이다. (Ideals are peaceful, history is violent.)" 이 말은 전쟁 영화 퓨리(Fury)에서 워 대디인 콜리에 중위가 한 대사이다. 요즘 말로 현타(현실을 깨닫는 충격)가 올 때 내가 자주 상기해보는 대사이다. 그리고 그런 느낌의 유명한 영화 대사가 또 있다. 영화 대부에 나오는 장면이다. 젊고 과격한 조카 빈센트가 잔뜩 흥분하면서 경쟁자에게 복수하겠다고 떠들어

대자, 그의 대부 마이클 콜레오네가 하는 말이다. "절대로 적을 미워하지 마라. 그러면 판단력이 흐려진다. (Never hate your enemies. It affects your judgement.)" 철저하고 완벽한 복수를 위해 분노도 잠재우라는 것이다. 이성적으로 차갑게 그리고 치명적인 공격을 가하기 위해 느린 생각을 주문한 것이다. 그 냉철한 폭력성은 정말 정신이 번쩍 들게 할 만큼의 현타를 가지고 왔다. 프로이트는 이런 폭력성이 우리의 본능에 새겨져 있음을 120년 전에 발견하였다. 우리는 이런 우리의 폭력성에 대한 철저한 자각이 있어야 한다. 그리고 우리의 원초적 폭력성을 통제할 수 있는 느린 생각의 힘을 자각하고 계발해야 한다.

프로이트의 발견은 또 있다. 우리의 본능인 성적 욕구의 문제이다. 성경의 창세기에서도 사람이 혼자 사는 것은 좋지 않다고 말하면서 하느님은 그를 도와줄 배필을 만들어 주겠다고 말한다. 남녀가 짝을 이루어 사는 것은 축복이다. 남녀가 둘이 짝을 이루어 살면 고대 그리스의 철학자 디오게네스가 불평한 '성적 욕구의 성가심'이 자연스럽게 해결된다. 디오게네스는 성적 욕구보다도 오히려 식욕을 더 성가신 존재로 보았다. 그는 배고픔은 문질러서도 해결되지 않는다고 정말로 성가셔했으니까. 아무튼, 디오게네스의 수준이 못 되는 우리가 문제이다.

귀부인의 일탈된 사랑 이야기인 톨스토이의 명작 〈안나 카레니

나>에는 인간의 이성이 (아무리 노력하여도 결국) 본능을 이기지 못하는 장면이 여러 번 거듭해서 나온다. 유부녀인 안나가 나중에 자신의 애인이 되는 브론스키를 처음 만나고 난 뒤에 기차를 타고 집으로 돌아가는 부분이다. 자신의 아이와 남편을 곧 다시 보게 된다는 사실을 기뻐하면서도 페테르부르크 기차역에 마중 나온 남편의 귀를 보고 혐오에 빠지는 장면이 나온다. (아니, 남편의 귀가 무슨 잘못이란 말인가!) 그리고 또 있다. 소설 속에 나오는 레빈이라는 남자도 마찬가지다. 그는 첫사랑인 키티에게 사랑을 고백하였으나 퇴짜를 맞는다. 레빈은 결국 낙향하여 자신의 농장에서 새로운 삶을 산다. 그러나 레빈이 사랑했던 키티는 자신이 좋아했던 남자 (브론스키)로부터 사랑을 잃게 되고 병이 들어 레빈의 고향마을을 들르게 되지만 레빈은 키티와의 재회를 거부한다. 그러나 새벽에 자신의 앞을 스쳐 지나가는 마차 속 키티를 본 순간 이렇게 중얼거린다. "이런 소박한 노동의 생활이 아무리 멋지다고 해도, 나는 그 생활로 돌아갈 수 없어. 난 그녀를 사랑해." 그동안의 수많은 결심과 각오는 온데간데없다. 톨스토이 소설 속 인물들은 모두 자신의 육체뿐만 아니라 자신의 정신마저도 자신의 의지대로 제어할 수 없다.

이것은 우리의 정신생활의 대부분은 무의식적으로 이루어진다는 프로이트의 말을 생각나게 한다. 이렇게 우리의 정신은 육체의 오감이 전해주는 현실적인 자극을 외면할 수 없게 된다. 뇌 과학이 알려주는 진실(사실)은, 정신은 오히려 그런 자극에 대해 정당성과 함께 새로이 생기는 믿음의 토대를 만들어 주려고 노력할 뿐이라는 말이다. 어쩌면 진실은 끔찍하게 들릴 수도 있다. 본능과 감정이 먼저고 이성은 나중이다. 정작 이성이 하는 일은 본능의 합리화 정도에 그칠 수 있다는 것. 따라서 우리는 때로는 우리가 하는 행동의 분명한 이유를 알아차리기 어렵다. 오감의 능력은 때로 우리의 정신의 눈을 가리기 때문이다.

그리고 뇌 과학은 우리의 뇌가 어떤 의식적인 선택을 하기도 전에 우리의 몸은 그보다 더 먼저 반응하고 있다고 보고한다. 안나가 '남편의 귀를 보고 혐오에 빠지고', 레빈이 밤새 농장에서의 새로운 삶에 대한 각오를 다지다가도 '흘낏 보이는 키티의 모습에' 사랑한다고 고백하게 되는 것과 같다. 프로이트가 이미 오래전에 무의식을 갈파한 적이 있었건만, 나는 아직도 여전히 이런 과학적 사실과 우리 몸의 반응이 당황스럽게 느껴지기도 한다. 그동안 우리는 우리의 이성과 정신의 힘을 과신한 나머지 오감이 주는 원초적 감정의 힘을 제대로 깨닫지 못하고 있는 것은 아닌지 모르겠다. 세상은 요즘 지나치게 감정적이 되었다.

뇌 과학은 우리가 우리의 뇌를 알면 뇌를 조절할 수 있다거나 (실제로 쥐, 돼지, 원숭이의 뇌에 전극을 꽂고 뇌를 조작하는 실험을 하고 있다) 혹은 조절할 수 없다는 말을 하고 있는 것은 아니다. (최근 (일론 머스크가 소유한) 뉴럴링크가 인간의 뇌에 칩을 심고, 생각의 힘만으로 기기를 제어했다. 2024.1.29.) 과학자들은 "우리는 그저 뇌를 정확히 이해하기 위해 알아가고 있을 뿐"이라고만 말한다. 뇌 과학과는 별개로 우리가 감정적인 것이 더 인간적인지, 아니면 이성적인 것이 더 인간적인지 알 수 없지만, 나는 감정이든 이성이든, 더 인간적인 것은 과연 어떤 것인지 혹은 과연 어떠해야 하는지 알고 싶을 뿐이다. 섬뜩한 과학의 힘에 놀란 뇌과학자들이 독백처럼 내뱉는 말이 있다. "우리는 이제 무엇을 상상해야 하는지를 생각해야 한다." 우리가 무엇을 상상하든 상상하는 것은 곧 현실이 된다는 말이다.

지금까지 내가 알게 된 것은 처음에 드는 생각에 대해 우리가 부끄러워하거나 죄의식을 가질 필요는 없다는 것. 그리고 이런 빠른 생각에 이어 두 번째로 찾아오는 느린 생각(이성)에 집중하고 이 느린 생각의 힘을 길러야 한다는 것이다. 그래서 우리는 자신과 다른 사람이 보여줄 수도 있는 뜻밖의 행동과 반응에 그렇게 놀랄 필요가 없다. 그것은 다만 자신을 보호하기 위한 행동일 뿐이라는 것을 제대로 이해하면 되는 것이다. 그리고 무의식은 그 힘이 무척 강하기 때문에 우리의 이성은 때로는 감정 앞에서 무력할 수 있다는 사실도 동시에 기억하여야 한다. 결과적으로 우리는 이 무의식과 연결되어 있는 우리의 감정의 힘을 제대로 이해할 수 있도록 노력하여야 한다. 그래서 우리의 시선은 감정만도 아니고 이성만도 아닌, 인간을 향한 것이어야 한다. 나는 이제 철학자 니체가 말하는 "인간적인, 너무나 인간적인" 것은, 우리가 너무나 감정적일 수도 있고, 너무나 이성적일 수도 있다는 말임을 안다. 그리고 물론 우리는 감정적이자 동시에 이성적인 존재들이라는 것도 안다. 내 머리 위를 지나가는 새는 그냥 자유롭게 지나가도록 놓아주자. 머리 위로 바람이 지나가는 것처럼. 정작 중요한 것은 나는 온갖 새가 내 머리 위를 지나가는 것을 알고 있다는 것이다. 그리고 이보다 더 중요한 것은 이제 인간을 위해 그리고 나를 위해 무엇을 상상해야 하는지를 생각해 보는 것이다.

나를 찾기와 나를 잊기

인생을 살아가는 일은 '나를 찾기'와 '나를 잊기' 그리고 '그 사이에서 왔다 갔다 하는 것'이다. 나를 찾았다는 성취의 느낌은 대부분 오랜 시간 동안 자신이 이루기 위해 노력했던 그 무엇인가를 이루어냈을 때 찾아온다. 올림픽 금메달이나 노벨상같이 세상의 모든 사람이 인정해 주는 멋진 결과물을 만들어 내었다면 그때 느끼는 자기완성의 느낌은 정말 강렬할 것이다. 그러나 그 정도로 강렬한 느낌은 아니지만 내가 정말로 좋아하는 것이 무엇인지를 깨닫고 난 후, 지난한 과정을 거쳐 내가 해낸 일에 대해 성취감을 느낄 때, 우리는 나를 찾았다는 느낌 즉 그 결과물과 나를 동일시 할 수 있는 느낌을 갖게 된다. 우리는 이런 나에 대한 자각 혹은 내가 이루어 낸 성취감을 통해 나를 확인한다.

그런데 나를 찾기와 반대로 나를 잊는 상태도 있다. 어느 한 가지 일에 집중하여 시간이 가는 줄 모를 때, 즉 몰입 상태에 빠지는 긍정적이고 창의력 있는 순간들이 있다. 일상에 집중하느라 너무 바쁜 때에도 나는 나의 존재를 잊는다. 이런 나를 잊는 시간에서 깨어나고 난 뒤에도 우리는 때로 작은 성취감과 보람을 느낄 수 있다. 그래서 나를 찾는 것과 나를 잊는 것은 아무런 문제가 없고 그것들은 우리가 좋아하는 순간들이다. 다만 이렇게 나를 찾았다는 느낌의 순간이나 나의 존재를 의식하지 못하는 몰입의 시간은 대부분 그리 오래 지속되지 않는다는 것이 아쉬운 문제이긴 하다. 하나의 성취를 이루어 낸 순간에도 우리는 곧바로 다음 일을 생각하기 때문이다. 어쨌거나 1막이 끝나면 곧 다음 장면인 2막이 시작되는 것이 인생이다. 그리고 그 2막이 시작되기도 전에 3막이 어렴풋이 얼굴을 보일 수도 있다. 우리는 사회적 지위의 사다리를 한 칸 오른 뒤에도 곧바로 그다음 칸을 생각하고, 내가 전셋집이나 내 집을 마련한 후에도 또다시 더 큰 집을 생각하며 산다. 우리는 이렇게 산다. 어쨌거나 우리의 일상은 머뭇거리고, 도전하고, 성취하거나 실패하고, 또다시 도전하면서 우리의 새로운 삶을 열어간다.

우리는 작가 김훈이 지겹다고 표현한 밥벌이를 하기 위해서 일한다. 아니 밥벌이란 표현은 삶의 가장 본질적인 내용을 표현하고 있는 솔직한 말이기는 하지만, 조금 서글픈 느낌이 들게 하기도 한다. 그래서 그 밥벌이를 세련되게 다시 표현해보면 이렇다. 우리는 세상의 일(직업)을 함으로써 비로소 세상과 연결되고, 그 연결을 통해서 나를 발견하고 확인한다. 우리는 일을 하면서 성취감을 느끼거나 실망하고, 내가 한 일로부터 제대로 된 긍정적인 피드백이 나에게 돌아오지 않으면 불안해한다. 우리는 우리의 외침에 대한 세상의 긍정적인 메아리가 되돌아오지 않으면 금방 의욕을 잃는다. 누구나 세상의 평가 속에서 살아갈 수밖에 없다. 그런데 세상은 야속하게도, 하나의 온전한 인격체인 나를 주목하지 않고 (그러기에는 너무 바쁘다고들 한다) 내가 하는 일을 주시하고 그 결과를 평가한다. 내가 한 일과 나의 태도가 곧 '세상이 보는 나'인 것이다. 그래서 나는 내가 한 일의 결과가 좋지 않으면 걱정이 앞서고 불안하고, 성급한 마음이 들고, 초조해한다. 누구나 그렇다. 우리는 그렇게 사회적인 존재로 진화해 왔기 때문이다.

지금부터 대략 6,000년 전인 메소포타미아 지역의 수메르 문명(현재까지 알려진 인류 최초의 문명)에서도, 세상을 살아가는 일은 복잡하고도 어려운 '적응의 문제'였다. 발달된 도시 구조와 상하수도, 지구라트라는 거대한 건축물을 만든 그때도 옛사람들의 생활은 지금의 우리처럼 여전히 쉽지 않았다. 이들은 왕과 정부에 세금을 바쳐야 했고, 아이의 스승에게 촌지를 주어야 했다. 6,000년 전 수메르어로 어떤 아이가 적은 일기장 같은 점토판의 내용은 이렇다.

"… 허락 없이 물을 마셨다고 훈육 선생님에게 매를 맞았다. 글씨 선생님이 내가 쓴 글에 빠진 글씨가 있다고 나를 때렸다. 수메르어 시간에 아카드어를 쓴다고 나를 때렸다. 아버지가 선생님을 저녁 식사에 초대해서 귀한 반지를 주고 좋은 옷을 주고 좋은 음식을 대접했다. 교장 선생님은 내가 "좀 덜렁거리고 실수가 있어서 그렇지, 장차 훌륭한 필경사가 될 겁니다."라고 말했다."

쐐기문자로 일기를 쓴 이 아이처럼 인류의 역사가 비로소 시작되었던 때, 아주아주 오래전에도 우리의 일상은 그랬다. 인생살이는 늘 이렇게 쉽지 않은 적응적 문제였다. 우리가 주변의 사람들과 함께 모여 사는 것은 혼자서는 결코 해낼 수 없는 많은 것들을 해결할 수 있게 하지만 개개인들이 스스로 감당해야 하는 모든 것을 배우고 익히고 그 일을 능숙하게 해내는 것은 힘들게 적응해야 하는 개인적 적응의 문제가 됐다.

여러 사람들과 어울려 사는 복잡한 도시 생활에 대해서, 아니 힘들게 살아가는 사람의 인생에 대해서 생각하고, 또 세상살이에 어려움을 느끼고 있는 자신에 대해서 본질적인 질문을 던지던 사람들이 있었다. 아주 오랜 옛날부터. 나는 무엇인가? 어떻게 살아야 하는가? 무엇이 이렇게 나를 고민하고 힘겹게 하는가? 이렇게 사는 내 모습이 진짜인가? 세상 속에서 가면을 쓰고서 다른 얼굴로 사는 내가 진짜인가? 이런 질문들은 누구나 했고, 여러 가지 종교들은 여기에 대해 자기들의 논리로 설명했다. 우리가 어려움을 겪으며 일상생활을 하는 나는 가짜이고, 진짜가 따로 있다고. 그 진짜 나를 찾으면 모든 고생으로부터 해방된다고 설명했다. 인생의 고통에 대해서는 동의했으나, 그 해결 방법에 대해서는 설명과 해법이 서로 달랐다.

  힌두교는 진짜 나인, 변하지 않는 진아(眞我, Atman)가 있으며, 이 진짜 나를 찾으면 번민과 고통이 없어진다고 했다. 이 진아는 죽지도 않고 윤회한다고 했다. 그래서 그 진짜 나를 찾기 위해 온갖 노력을 다했다. 이에 대해 불교는 해석을 조금 달리했다. 세상살이는 고통스러운 바다를 건너가는 일이지만, 진실은 진짜 나라고 할 만한 것이 없으니 그것에 너무 신경 쓸 것이 없다고 했다. 모든 것은 변하기 때문에 변하지 않는 본질적인 것은 없다고도 했다. 그래서 나를 포함해서 모든 것의 실상은 없고, 삼라만상(森羅万象 우주 속에 존재하는 온갖 사물과 현상)은 끊임없이 변하기 때문에 없는 것과 마찬가지이고, 이 변하는 원리를 깨닫게 되면 고통이 없어진다고 했다. 내가 없으니 무아(無我)라고 했다. 그래서 당연히 진아(眞我 진짜 나)인 아트만도 없다. 나라고 할 수 있는 것이 원래 없으니 그 대신 원리를 깨닫는 것이 중요하다고 했다. 그 원리를 깨달은 상태를 해탈이라고 했고 그것은 절대 자유가 됨을 의미했다. 기독교는 이와 다른 설명을 한다. 거두절미하고 '나(우리)는 그다지 중요하지 않다'는 것이다. 우리 삶의 모든 의미는 신이 정하는 바에 따라 결정된다. 그래서 나의 뜻은 별로 중요하지 않다. 중요한 것은 신의 뜻이었다. 인생의 의미와 목적은 신의 뜻에 따라 존재한다. 그런데 현실을 사는 우리는 그 신의 뜻을 정확하게 알 수가 없다는 핵심적이고 현실적인 문제가 늘 있었다. 그래서 신의 뜻을 전해주는 메시아가 필요했다. 그러나 그 메시아도 진위 여부를 놓고 사람들 간에 다툼이 벌어졌다.

결국 현대의 거대한 신과 종교에 기대어 보아도 나를 찾는다는 문제와 그 해법은 속 시원하게 해결되지 않는다. 그것에 대해 뇌과학과 심리학이 설명하는 것은 무척 과학적이고 현실적이다. 가짜 나는 없다. 진짜 나도 없다. 헷갈리지 마라. '나는 그냥 나다.' 나는 생물학적인 나이고, 사회적인 나이기도 하다. 나는 나의 육체를 분명하게 가지고 있으며, 나의 두뇌를 이용해서 훌륭한 해결책을 찾아내는 것도 나이고, 이런저런 문제로 고민하는 것도 나다. 나의 호르몬 분비에 따라 괴로운 감정(스트레스)를 느끼고, 또 즐거움을 느끼는 것도 모두 내가(혹은 나의 호르몬)이 하는 일이다. 나의 기억과 나의 감각, 나의 몸과 나의 마음 그 모두가 나다. 그러니 정작 중요한 것은 '인생을 살면서 사는 문제로 너무 고민하지 말고, 괴롭지 않게 사는 방법을 찾아내는 것'이다. 지식과 지혜가 필요한 이유이다.

대부분 가장 큰 우리의 어려움은 자신이 하는 일에서 온다. 내가 하는 일은 세상과 나를 연결해 주고, 나의 의미와 존재 이유가 될 수 있다. 나의 직업을 포함해서 내가 살아가면서 하는 일(취미, 인간관계, 휴식, 이 모두를 포함하는 것)을 하는 이가 곧 나다. 그런데 그 가운데 직업으로 하는 나의 일이 나에게 주는 경제적 정서적 사회적 피드백은 결정적이다. 그래서 나는 내가 하는 일을 때때로 점검하고 그 일을 잘 해낼 수 있도록 적절한 조언을 받는 것이 내 삶의 균형을 잡아가는 지혜로운 방법이 될 수 있다. 내가 믿을 수 있는 스승이 있다면 다행이지만 그렇지 않다면 책을 통해서 지혜와 교훈을 얻어야 한다. 그리고 재충전을 위한 휴식이 꼭 필요하다. 고민이 많아지고 불안하거든, 우선 내가 하는 일을 점검하고 개선하는 방법을 찾는 것이 중요하다. 그리고 시간이 날 때마다 내 주변의 사람들과의 관계를 보살펴야 한다. 그들로부터 내가 가장 많이 힘이 되는 피드백을 받을 수 있으니까. 내 일은 내가 세상에 서 있는 토대이고 세상과 연결되는 다리이다. 그리고 우리가 느끼는 대부분의 삶에 대한 나의 배경 감정은, 그 대부분이 내가 하는 일의 성패 여부에 따라 결정된다. 때로는 몰입하고 때로는 휴식하고 그리고 필요한 일들을 해가는 것. 그것이 올바른 균형잡기이다. 불안과 고민과 망설임은 아무것도 해결해 주지 않는다.

영국 위릭대학 연구진은 1901년부터 1950년까지 노벨 물리학상 및 화학상 수상자들과 아울러 노벨상 최종 후보였으나 결국 상을 받지 못한 사람들의 수명을 조사했다. 노벨상 수상자들은 그 상을 받지 못했던 후보자들에 비해 평균 1~2년을 더 오래 살았다고 한다. 노벨상을 두 번 받은 사람은 한 번 받은 사람보다 더 오래 살았다. 노벨상 후보에까지 올랐으니까 그것만으로도 충분히 잘했다고 평가받을 수 있었다. 그러나 실제로 수명을 비교해 본 결과는 달랐다. 그만큼 자신이 한 일에 대한 긍정적인 세상의 피드백은 절대적으로 중요하다. 그러니 자신의 주변을 자신에게 힘을 주는 긍정적인 피드백을 제공하는 사람들로 채우는 것이 그 무엇보다도 중요하다. 적어도 한 명 이상은 있어야 한다. 자신에게 긍정의 피드백을 줄 수 있는 사람, 즉 배우자, 자녀, 동료, 선배와 스승까지도 포함해서 그 누구에게서든지 그러한 긍정적인 피드백과 응원을 받는 것이 필요하다. 그러니 우리는 서로에게 지지와 응원을 아낌없이 주어야 한다. 정작 아낄 것은 따로 있다. 내가 한 일에 대한 다른 사람의 평가를 지나치게 염려하는 조바심 같은 것 말이다.

나는 항상 불가피한 선택으로서 '직업의 세계'와 '내 주관의 세계'를 구별한다. 항상 그렇게 하려고 노력하고 있다. 흔히 인문학의 세계를 떠돌아다니다 보면 인간으로서 바람직한 행동과 가치관이 종종 직업의 세계에서의 논리와 충돌하는 것을 볼 수 있다. 나는 내가 가진 인문학적 가치관이 직업의 세계에서 펼쳐지는 매몰찬 경쟁적 태도 앞에 속절없이 무너지는 경험을 수없이 했고 그때마다 좌절했다. 그 뒤로는 이 둘을 불가피하게 구별하기로 했고, 그 둘을 합리적으로 연결하는 방법을 찾아내는 것을 내 나머지 인생에서 관심 있게 살펴보아야 할 과업이라고 생각하기 시작했다. 두 세계를 이어주는 제3의 길이 있을 거라 믿고 싶었다. 이 글을 쓰는 이유도 그 제3의 길을 찾아내기 위한 노력 가운데 하나이다. 과연

찾아질 수 있을까 걱정이 앞서지만 이런 걱정은 나를 크게 성장시
킬 것이라는 믿음도 가지고 있다. 세상의 양분된 흑백논리 외에 자
신의 최선의 길을 찾아가고 있는 많은 사람들이 있음을 안다. 나
를 포함해서 이 모든 분들에게 항상 평강과 용기가 함께 하시기를
소망한다.

2장

남과 여 그리고 사랑과 본능

나는 부드러운 말에
항복하고 싶다

고등학교를 졸업한 후에 대학 과정도 없이 케임브리지 대학교에서 동물 행동학 박사학위를 받았다. 그리고 전에는 없었던 침팬지 연구 결과로 온 세상을 떠들썩하게 만들었다. 유명한 제인 구달(Jane Goodal, 동물학자, 인류학자) 박사다. 제인 구달 박사가 소개한 이야기 중에 내가 무척 재미있게 읽었던 내용이 있다. 이 이야기는 침팬지 세계와 인간 세계가 꼭 닮은 것 같이 느껴져서 무척 흥미롭다. 사람의 이야기라면 식상할 수도 있겠는데 이것이 침팬지의 이야기라니! 하면서 놀란 적이 한두 번이 아니었다. 그 가운데 내가 정말 끝까지 눈을 뗄 수 없었던 이야기 하나를 소개한다.

인간과 가까이 살고 있었던 침팬지 한 마리가 빈 석유 깡통 두 개를 부딪치면 아주 큰 소리가 난다는 것을 알게 되었다. 이 침팬지는 석유 깡통 두 개를 들고 의기양양하게 숲속의 자기의 무리를 찾아갔다. 추정컨대 이 침팬지는 자신의 무리 속에서는 자기가 원하는 사회적 지위를 얻지 못해서 무리에서 밀려난 존재였을 것이다. 그는 침팬지 사회에서 밀려나서 그동안 인간 주변에서 연명하면서 구차한 삶을 살았다고 볼 수도 있다. 그가 귀환한 것이다. 빈 석유 깡통 두 개를 들고. 그는 자신들의 경쟁자들 앞에서 자신이 들고 온 빈 석유 깡통 두 개를 힘껏 부딪쳤다. "쿠앙" 하는 엄청나게 큰 소리가 났고, 이 소리에 놀라 경쟁자들과 다른 침팬지들은 겁에 질려 부들부들 떨었다. 그는 마침내 알파(우두머리 침팬지)가 되었다. 숲속의 침팬지 무리들에게 빈 석유 깡통 소리가 내는 천둥 같은 소리는 생전에 듣지도 보지도 못했던 전혀 새로운 것이었고, 침팬지들은 이런 천지가 개벽하는 소리에 놀라고 겁에 질렸다. 빈 석유 깡통 두드리기 기술은 쫓겨난 침팬지가 자신이 속했던 무리의 알파(우두머리)가 되기에 충분했다.

그런데 정작 중요한 것은 이것이다. 이 이야기는 재미있지만 정말 예외적인 현상이라는 것이다. 침팬지 사회에서 침팬지들은 자신들의 우두머리를 정할 때 이런 방식을 사용하지 않는다. 동물행동학자들이 하는 이야기를 들어보면 침팬지(인간과 유전적으로 가장 가까운 동물이다. 인간과 99퍼센트의 유전자를 공유한다) 무리에서 우두머리는 가장 덩치가 크고 가장 힘이 센 녀석이 대장이 될 거라 예상하는데 전혀 그렇지 않다고 한다. 간단히 말하면 적당한 힘(우두머리는 대부분 몸집이 크지만 가장 크지는 않다)과 지능을 가지고 있으면서도, 가장 호의적인(friendly) 녀석이 우두머리가 된다. 침팬지들은 서로 털 고르기(그루밍, grooming)를 해주면서 친분을 쌓아간다. 마음에 드는 놈이 있으면 그(그녀)의 털에 묻은 이물질을 떼어주고, 털 속의 벌레를 잡아주며, 기분 좋게 어루만져 준다. 털 고르기는 모두가 좋아하는 사랑하는 행위이다. 중요한 것은 아무하고 털 고르기를 나누는 것은 아니라는 것이다. 이 그루밍에는 원칙이 있다. 그루밍은 언제나 서로 주고받는 것이 원칙이다. 내가 해주면 그(그녀)도 나에게 그루밍을 해줄 것이라는 예측이 가능할 때 그루밍을 교환한다. 침팬지의 세계에서 일방적인 짝사랑은 없다. 그래서 누군가 내가 그루밍을 해주고 싶은 상대 외에 다른 개체가 함께 있거나, 멀리서 지켜보고 있으면 곧 그루밍 의도를 그만둔다고 한다. 다른 개체가 서로 그루밍을 하고 있을 때에도 마찬가지이다. 그들은 그루밍을 시도하지 않는다. 그루밍을 받고 있는 개체가 곧 상대방에게 답례를 할 것이기 때문에 설령 내가 그루밍을 해주더라도 그로부터 리턴(그루밍 받은 행위)을 받을 수 없게 될 가능성이 크기 때문이다. 그루밍은 반드시 받은 만큼 되돌려 주어야 한다. 그것이 원칙이다. (사람들이 하는 사랑도 마찬가지다.)

그래서 적당히 힘도 있고, 똑똑하며 가장 많은 그루밍을 해주고 그루밍을 가장 많이 받는 침팬지가 있다면 그(그녀)가 우두머리 알파가 될 가능성이 가장 크다. 그래서 알파(우두머리 침팬지)가 자기 자신보다 더 몸집이 작고 힘이 약한 개체에게 그루밍을 해주는 장면이 종종 목격된다. 알파는 가장 덩치가 큰 녀석도 아니고, 힘이 가장 센 녀석도 아니고 가장 이기적인 녀석도 아니다. 오히려 가장 호혜적이고 어찌 보면 가장 헌신적이다. 그래서 예전에는 키가 작은 침팬지로 여겨졌던 보노보노(침팬지와 비슷하나 종이 다르다는 것이 밝혀졌다) 무리의 대장은 암컷이다. 암컷들은 그루밍의 대가들이고 호혜적이며 집단의 룰을 지키는 무리이다. 그래서 힘센 수컷이 그 집단의 룰을 깬다면, 예를 들어서 자신은 그루밍을 해주지 않고 그루밍을 받기만 하면서 다른 개체들을 힘으로만 제압하려고 한다면 암컷들은 서로 힘을 합해서 그 힘센 수컷을 몰아내 버린다.

영어로 그룸(groom)은 '동물을 손질하다, 가죽 털을 다듬다'라는 뜻이다. 신랑을 영어로는 브라이드그룸(bridegroom)이라고 한다. 브라이드(bride)는 신부라는 뜻이다. 그러고 보면 신랑이 어떤 사람인가 하는 것이 분명해진다. 신랑은 신부의 몸을 쓰다듬어 주며, 기분을 좋게 하고, 매무새를 다듬어 주는 사람, 즉 그루밍을 해주는 사람이라는 뜻이다. 다시 말하자면 신부의 몸이나 옷차림을 가꾸어 주고 매만져 주는 사람이라는 뜻인데 원래 그루밍의 가장 큰 원칙은 되돌려 주는 것이기 때문에, 그루밍을 받은 신부는 신랑에게 그 그루밍을 되돌려 주어야 한다. 사랑이란 서로 사랑한다는 관념적인 것을 가장 실존적이고 현실적인 모습인 그루밍으로 재현하는 것이다. 두 사람이 그루밍을 나누는 모습을 본다면 누구나 그들은 서로 사랑한다는 것을 쉽게 알 수 있을 것이다. 사랑은 어렵지 않다. 서로의 몸과 매무새를 가꾸어 주고, 서로를 쓰다듬어 주고, 안아주는 것, 그리고 그것을 반드시 되돌려 주는 것이다. 이러면 사랑은 쉽다.

처음의 이야기로 되돌아가서 빈 석유 깡통을 두드려서 큰 소리를 내고 그것으로 두려움과 불안감을 조성하여 자신이 속한 무리의 우두머리가 된 그 침팬지는 결국에는 다시 권좌에서 밀려나는 수모를 겪어야 했을 것이다. 침팬지 무리는 석유 깡통 소리가 반복되면서 결국 그것이 아무런 해가 되지 않고 또 아무런 변화도 가져오지 않는 그저 큰 소리일 뿐이라는 것을 곧 알아챌 것이다. 침팬지들은 머리가 상당히 좋기 때문이다. 또 그들은 서로서로 그루밍을 나누면서 친소 관계, 즉 그(그녀)와 나는 얼마나 친한가를 확인하고, 앞으로 계속 친하게 지낼 것인가를 결정할 뿐만 아니라 누구를 몰아낼 것인가도 함께 결정할 것이다. 그루밍이 전혀 없는 빈 석유 깡통 소리는 결국 아무런 관계도 만들어 내지 못한다. 그가 좋아하는 다른 침팬지들에게 그루밍을 나누지 않고 계속 빈 석유 깡통만을 두드려 댄다면 그가 좋아하는 다른 침팬지들도 그를 외면할 것이다. 마침내 다른 수컷들은 암컷들과 연합하여 그를 권좌에서 밀어낼 것이고 그는 다시 외톨이가 될 것이다.

인간인 우리도 그렇다. 우리도 나를 안아주고 매만져 주고 나의 존재에 관심을 보여주는 사람을 좋아하고 사랑한다. 누군가 내 앞에서 빈 석유 깡통 같은 힘을 보여주면서 큰 소리를 내어 겁을 준다면 설령 내가 처음에는 겁을 먹을지도 모르겠지만, 나는 금방 그 의도를 알아챌 것이고 그것에 적절하게 대응할 것이다. 그러나 나는 누군가 나의 이야기에 부드러운 말로 화답해 주고, 나를 안아주면서 진심 어린 호의와 미소 띤 반응을 보여주는 사람이 있다면, 나는 그에게 금방이라도 항복하고 싶은 생각이 들 것이다. 침팬지의 세계에서 사랑과 권력은 별거 아니다. 단지 그루밍을 교환하는 것일 뿐이다. 그루밍으로 사랑을 나누고, 그루밍으로 연합하여 독재자를 몰아낸다. 빈 석유 깡통 같은 소리는 아무런 관계도 만들어 내지 못한다. 나는 언제나 부드러운 말에 그리고 그루밍에 항복하고 싶다. 사랑의 호르몬인 옥시토신과 행복 호르몬인 세로토닌이 나올 수 있도록 좋은 사람과 함께 향기 좋은 차를 마시거나, 맛있는 음식을 함께 먹거나, 모차르트를 듣거나, 몸을 움직이며 함께 운동하면서 그루밍을 나눌 수 있다면, 나는 언제라도 기꺼이 그 사람에게 항복하고 싶어질 것이다. 친구와 연인 사이도 보컬 그루밍(vocal grooming)으로 우정과 사랑이 시작된다. 그리고 사회적 그루밍을 교환하면서 우정과 사랑을 쌓아간다. 나는 언제라도 그런 부드러운 말에 항복하고 싶다.

남자와 여자는
꿈과 소망이 다르다

아침에 광교산 산책길을 오르다가 이리저리 땅 위를 낮게 나는 나비를 보았다. 나비가 나는 모습을 자세히 보면 위와 아래로 그리고 왼쪽과 오른쪽으로 정신없이 왔다 갔다 하면서 난다. 왜 저렇게 자주 방향을 바꾸면서 어지럽게 날까? 나비를 자세히 관찰해보니 그 이유를 알 것도 같다. 나비는 몸통의 크기에 비해 날개의 크기가 크다. 큰 날개를 한번 펄럭이면 상대적으로 가벼운 몸은 쉽게 들린다. 나비는 날개를 초당 20회 정도 움직인다. (초당 5~100회로 종류에 따라 다르다. 대략 20회가 일반적이다) 이렇게 큰 날개 때문에 비행효율은 엄청나게 좋다. 그래서 저고도 저속 비행이 가능하다. 나비는 큰 날개 한 쌍과 작은 날개 한 쌍을 가지고 있는데, 큰 날개만으로도 충분히 날 수 있다. 그런데도 뒤쪽에 작은 날개를 가지고 있는 것은, 이 작은 날개를 이용해서 순간적으로 방향 전환을 할 수 있기 때문이다. 그러면 천적들에게 쉽게 잡혀먹히지 않는다. 그래서 나비들은 살기 위해 이리저리 어지럽게 난다.

나비는 자신의 몸집이 작다는 것을 알고서 큰 날개에 무서운 눈을 그려 넣은 종류도 있다. 언뜻 보면 큰 동물의 눈과 같아 보인다. 사람은 물론 동물들은 다른 큰 동물들의 두 개의 눈동자를 두려워한다. 자신을 잡아먹을 수 있는 포식자로 생각하는 것이다. 그래서 나비는 커다란 두 눈을 날개에 그려 넣었다. 작고 약한 나비가 포식자들을 피하는 방법이다. 그리고 포식자들이 다른 동물을 공격할 때는 흔히 눈을 공격하는데 이렇게 나비의 가짜 눈을 공격할 경우, 나비는 날개만 손상될 뿐 살아남을 수 있다. 이중의 방어 장치인 셈이다. 이렇게 강자를 속이는 것은 나비 같은 약한 동물들이 채택하는 현실적인 생존 방식이다. 그리고 약한 존재들이 살아가는 대비책은 또 있다. 몸속에 독을 품고 있는 것이다. 이런 독이 있는 나비들을 잡아먹은 포식자는 즉시 배탈이 나기 때문에 곧바로 뱉어내야만 한다. 포식자가 끝내 나비를 잡아 먹을 경우에는 그 포식자가 죽기도 한다. 이런 유전적 정보는 후대에 전해지고 포식자의 후손은 다시는 선조를 죽게 한 비슷한 무늬의 나비는 잡아먹지 않게 된다. 그러니 나비가 작다고 무턱대고 얕잡아 보는 것은 큰 실수를 범하는 거다. 나비는 작은 존재들이 살아가는 방법을 말없이 전해주고 있다.

꿀벌은 어떤가? 꿀벌은 뚱뚱하고 무거운 몸집에 비해서 날개가 너무 작아 공기역학적으로 날 수 없는 구조라고 한다. 그런데 놀랍게도 상상할 수 없는 빠른 속도(초당 200~300회)로 날개를 빨리 움직여서 무거운 몸을 끌어 올리고는 허공을 날아간다(약 시속 20~24킬로미터). 워낙 빠른 속도로 날개를 상하로 움직이기 때문에 "윙윙" 하는 바람 소리가 난다. (이 꿀벌의 날개바람 소리를 묘사한 림스키코르사코프의 곡 '꿀벌의 비행'은 유명하다.) 그래서 꿀벌은 비행할 때 나비처럼 방향 전환을 자주 하지 않는다. 대개 필요한 장소로 곧장 날아간다. 무거운 몸을 이리저리 움직이는 것은 체력 소모가 매우 크기 때문이다.

날개를 움직이는 속도로 보면 나비와 꿀벌의 중간쯤 되는 동물이 잠자리다. 날개도 몸에 비해 적당한 비율의 크기이고 균형이 잘 잡혔다. 날개도 두 쌍이나 가지고 있다. 잠자리는 잘 발달된 가슴 근육을 이용하여 두 쌍의 날개를 빠르고 정교하게 움직인다. (초당 20~30회) 잠자리의 비밀은 네 개의 날개를 각각 독립적으로 움직일 수 있다는 것이다. 그래서 방향 전환도 쉽고 비행 속도도 매우 빠르다(빠른 것은 최대 시속 약 97킬로미터에 달한다). 허공에 정지해 있을 수도 있다. 심지어 전진 비행 속도로 후진 비행도 가능하다. 사람이 만든 비행기를 포함하여 새와 벌레 등 날아다니는 모든 것들 가운데 비행술에 관하여는 잠자리를 능가하는 것은 없다. 말 그대로 잠자리는 비행술의 대가이다. 그런데 대부분 잠자리는 활동 영역이 반경 약 20미터 내에서 이루어진다고 한다. 생애의 대부분을 반경 20미터 내에서 보내는 것이다.

그런데 '팬탈라 플레이베슨스'(Pantala flavescens) 잠자리는 다르다. 이 잠자리는 인도에 비가 오지 않는 건기가 닥치면, 번식을 위해서 대장정에 오른다. 인도를 출발하여 인도양을 건너서 아프리카까지 날아간다. 그 거리가 무려 7,000킬로미터이다. 논스톱으로 바다를 건너기도 하고 때로는 중간에 물이 있는 섬을 발견하면 쉬어 가기도 한다. 물이 있는 섬에서 짝짓기를 하고 알을 낳기도 하는데 이 새끼들도 다음에 뒤이어 오는 팬탈라 잠자리 떼와 함께 아프리카까지 간다. 수년 전 미국 럿거스대 유전자 연구팀이 유전자 분석 방법으로 이 같은 사실을 밝혀내었다. 얼마나 멋진가! 잠자리가 대륙을 건너 아프리카까지 가서 다시 되돌아온다니! 비행 거리가 무려 7,000킬로미터이다. 내가 이 놀라운 비행술을 가진 잠자리 이야기와 나비 그리고 꿀벌의 이야기를 아내에게 해줬다.

　"세상에! 인도에서 아프리카로 인도양을 건너서 7,000킬로미터를 건너서 날아간대. 팬탈라 잠자리가 정말 대단하지 않아? 다른 애들은 고작 반경 20미터 내에서 사는데. 당신은 나비, 벌, 잠자리 이 셋 중에 누가 제일 마음에 들어?" 나는 내 아내가 나와 같이 팬탈라 잠자리의 놀라운 매력에 혼이 나갈 것을 예상하며 물었다.

　"나는 꿀벌이 제일 마음에 들어."
　"응? 아니, 왜?"
　"위잉 하고 소리를 내면서 날아가는 것이 멋있잖아? 딴 애들은 소리가 없어. 꿀벌이 에너지 넘치고, 자신감 있어 보여서 좋아."

어? 세상에! 이것이 여자의 관점인가? 나와 이렇게 다르다니! 그래서 사람들이 이야기한다. 여자의 관점을 제대로 이해해야 성공할 수 있다고. 그것이 비즈니스든 연애든 사랑이든, 여자의 관점을 제대로 이해하지 못한다면 무조건 '꽝(zero)'이라고. 여자의 관점을 모르면 망한 것이다. 그게 무엇이든 실패한 것이다. 그러니 무엇을 하든 성공하려면 여자의 관점을 잘 이해해야 한다. 이것이 중국의 '따마'라는 단어가 2014년 옥스퍼드 영어사전에 등재된 이유이다. 따마는 아줌마라는 뜻이다. 중국의 40~50대 중년 부인들의 구매력을 표현할 때 주로 사용되는 말이다. 돈을 쓰는 사람인 소비자는 주로 여성이다. 중국도 우리나라도 머리 좋은 마케터들이 이것을 놓칠 리가 없다. 그래서 우리나라도 '아줌마'라는 단어가 비즈니스의 중심에 선 것은 벌써 오래된 이야기가 되었다.

나는 아내의 관점을 정확하게 이해해 보기 위해 꿀벌을 더 좋아하는 그 진짜 이유를 물었다. 나는 무려 7,000킬로미터를 날아가는 역대급 비행술의 대가에 흠뻑 취해 있는데, 아내는 쪼그만 꿀벌이 더 멋지다니. 아내는 자신이 꿀벌이 좋은 이유를 이렇게 설명했다.

"생김새는 잠자리가 비율도 좋고 잘 생겨서 멋있을지 모르지만,

멀리 여행 다니는 잠자리에게 나는 별로 매력을 못 느껴. 꿀벌은 원래 날 수가 없다고 하는데도, 지가 날 수 없는지도 모르고, 엄청나게 날개를 움직여서 결국 "위잉" 하는 소리까지 내면서 날잖아?"

"정말 멋있어!"
"그리고 꿀도 모아오고."
"내가 여자니까 나비라고 한다면, 나머지 잠자리와 꿀벌 중에 나는 꿀벌을 선택하겠다."
"그리고 나비는 많이 안 먹어."
"그냥 조금 먹고, 나랑 같이 이리저리 구경하는 것이 좋아."
"그러니까 그냥 조금만 관심을 가져 주면 돼."
"많이 안 바래."
"그러니까 잠자리같이 굳이 멀리 갈 필요도 없고."

대륙을 건너 무려 7,000킬로미터를 날아가도 그리고 다시 날아서 돌아와도 잠자리는 패자(loser)였다. 아내로부터 아무런 관심을 끌지 못한 것이다. "여자는 금성에서 왔다."더니 정말 그랬다. '훌륭한 비행술의 대가인 잠자리 이야기를 어떻게 그렇게 거꾸로 뜻풀이를 하는지.' 아무튼 기대한 것과는 정반대의 답을 들었으니, 내가 물어보기를 잘했다는 생각이 들었다. 미래를 위해 중요한 정보를 얻은 셈이다. 그렇지만 화성인인 남자인 나는 항상 팬탈라파슨스 잠자리처럼 아주 멀리 가는 여행을 꿈꾸면서 산다. 그리고 나는 항상 팬탈라파슨스 잠자리처럼 내가 가야 할 긴 여정을 생각한다. 그리고 때가 되면 불가능해 보일지라도 꿀벌처럼 짧은 날개를 열심히 움직여서 내 하늘을 날아 보고 싶다. 그리고 조금씩 벌통에 꿀도 모으고 싶다. 그러면 언젠가는 나도 나비처럼 우아하게 이리저리 어지러이 그러나 유유자적하게 날면서 사람들과 어울리고 산천을 놀이터 삼아 즐기는 때가 오리라. 산천은 소유한 자의 것이 아니고 즐기는 자의 것이라 하지 않던가.

08

남녀의 본능적인
두 가지 질문을 이해해라

작가 엘리자베스 길버트가 쓴 〈먹고 기도하고 사랑하라〉는 책 속에 어떤 나이 많은, 세상을 달관한 듯한 여인이 "이 세상에는 오직 두 가지의 싸움만 있으며, 이 싸움의 핵심은 두 가지의 질문 속에 존재한다."고 말한다. 남자가 하는 질문과 여자가 하는 질문인 듯한데, 자세히 생각해 보면 꼭 그런 것만은 아니다. 그 두 가지 질문은, "여기서 누가 대장이냐?" 그리고 "나를 얼마만큼 사랑해?" 이 두 개다. 복잡해 보이는 인간사에 대해 실재적이고 매우 현상학적으로 그 본질을 꿰뚫는 탁월한 질문이다.

"여기서 누가 대장이냐?"라는 질문은 사회적 지위나 권력 혹은 영향력을 확보하기 위해 혹은 그것을 미리 확인하여 후일 발생할지도 모를 다툼을 방지하고자 하는 선행적 조치이면서, 자신의 위력을 가늠해서 사회적 서열을 정하려고 하는 시도이다. 이런 모습은 사회적 동물인 수컷들이 모여 있는 곳에서 흔하게 볼 수 있는 광경이다. (드물게 암컷들도 경쟁에 뛰어드는 경우가 있는데, 그럴 경우 그 경쟁의 양상은 더 복잡하고 치열한 것 같다) 뿔 달린 숫산양은 번식의 기회를 제공하는 암산양을 놓고 다른 숫산양과 서로 머리를 부딪치며 싸운다. 때로는 이런 싸움으로 죽기도 한다. 사자도 비슷해서 수컷끼리의 싸움에서 진 사자는 그 무리에서 쫓겨나게 된다. 수컷끼리의 싸움은 자연계에서 매우 흔한 일이다.

인간은 양상이 좀 더 복잡하다. 영장류의 사회적 지위는 고정되어 있지 않고 시간과 장소에 따라 변동이 발생한다. 인간도 그렇다. 사회적 지위의 상승과 하강을 경험하는 우리는 늘 높은 지위를 확보하기 위해 노력하는데, 이 수컷들의 우열을 가리기 위한 척도도 재정적 능력, 몸집, 권력, 영향력, 전문 지식과 경험 등 실로 다양하다. 그래서 남자들은 항상 여러 변수를 고려하여 누가 더센지 서열을 정하려고 하며 이 서열 싸움에서 밀리지 않으려고 노력한다. 그리고 정해진 서열에 따라 제자리를 잡아야만 비로소 편안함을 느낀다. 서열이 정해지지 않으면 불안감을 느끼면서 끝없이 싸움을 이어 나간다. 수컷들은 말은 없어도 이 계산으로 머리가 항상 바쁘다. 그래서 그 계산이 잘 안되면 조용하게 옆 사람에게 묻는다. "저기 저 사람은 누구냐?" 혹은 "여기서 누가 대장이냐?"고. 이것은 너무나 흔한 장면이어서 창의적 영감을 주고받는 것과는 아무런 상관이 없는 고리타분하고 시시한 이야기일 수도 있다.

문제는 두 번째의 질문(나를 얼마만큼 사랑해?)이다. 왜냐하면 이런 질문은 아직 들어보지도 못한 사람(특히 남자)들이 많기 때문이다. 이런 질문이 있는지도 모르고 사는 남자(이번에는 수컷이 아니다. 사람인 남자다)가 정말로 많다. 그리고 들어본 적이 있었더라도 진짜 질문의 뜻을 제대로 이해하였거나, 답변을 제대로 한 남자는 그리 많지 않을 것이 분명하다. 왜냐하면 여자는 그렇게 매력 없이 노골적으로 질문하는 법이 절대로 없기 때문이다. 여자의 질문은 아주 여러 겹의 껍질로 싸여 있는 열매의 씨앗 같은 거다. 예를 들면, "오늘 좀 늦었네?", "밖에 비와?"(남자와 같은 장소에 있으면서도 여자는 이렇게 묻는다), "자기야 배고파?", "날씨가 추워졌지?", "나 살쪘지?", 이 질문이 당신의 배고픔이나 날씨, 혹은 질문자의 체중을 묻고 있다고 생각하는가? 아직 모르겠는가? 놀랍게도 이 모든 질문은 다 같은 질문이다. 위의 세상을 달관한 경지에 있는 부인의 말에 따르면, 이 질문들은 모두 "나를 얼마나 사랑해?"이다. 아직 이해하지 못하는 분(남자)들을 위해 설명이 필요할 거 같다. 앞의 질문들을 순서대로 해석하면, 집에서 기다리고 있는 나를 생각해 봤어?, 나랑 얘기 좀 하자(나에게 관심 좀 가져줘), 나 배고프다. 너도 배고프지?, 내가 춥다. 너도 춥지?, 나 사랑해? 이런 말이다. 이제 이해가 가는가?

생각해 보면 영장류인 우리 사피엔스가 하는 일은 별거 없다. 다른 영장류와 마찬가지로 털 고르기(그루밍으로 관계 맺기), 먹이 구하기, 매력적인 상대와 짝짓기하기, 사회적 지위를 두고 경쟁하기, 때때로 싸우기와 화해하기, 뻘짓하기(취미활동, 예술활동, 연구개발, 훈련 기타 등등) 뭐 이런 것들이다. 이것 이외의 것들은 모두 이것을 해결하기 위한 부수적인 것들일 뿐이다. 이것을 위해, 남자들은 폼을 재거나 목청을 높여 큰 소리를 내고(때로는 경제력을 과시하고), 여자들은 주목받기 위해 몸치장을 한다. 그리고 무리 속에서 인정을 받기 위해 노력하고, 경쟁자를 물리치고, 때로는 싸우거나 화해한다.

인간의 지식이 늘어가고 기술이 발전할수록 우리의 지혜로운 뇌도 이에 짝을 이루어 균형 있게 발전하고 있을까? 생각해 보면 우리의 합리적 이성도 우리의 이름인 호모 사피엔스 사피엔스(슬기로운 사람이라는 뜻의 호모사피엔스보다도 두 배로 더 머리가 좋은 현생 인류라는 의미)가 의미하는 바와 같이, 호모사피엔스보다 두 배로 더 똑똑해져서 우리의 본능 속에 자리 잡은 동물 수준의 욕망을 잘 통제하고, 언제나 지혜롭고 합리적인지에 대해서는 솔직히 의문이 생긴다. 왜냐하면, 위에서 언급한 두 가지 질문에 대해서 아직도 우리는 우리의 이름(호모 사피엔스 사피엔스)에 걸맞게 슬기롭고 지혜롭게 대처하고 있는 것 같지 않게 느껴지기 때문이다. 우리들의 많은 모임에서 누가 대장인지 따지지 않고도, 두려움 없이 좋은 아이디어와 영감을 교환하고, 서로 다른 분야의 경험과 지식이 공유되는, 더 개방적이고 유연하고 유익한 만남들이 더 많아졌으면 좋겠다는 생각이 들기 때문이다. 그리고 눈치 없고 무딘 남자인 내가 아내의 속뜻을 재빨리 알아채고 그것에 기쁘게 반응하는, 두 배로 지혜로운 사람이 되었으면 좋겠다. 그래서 궁극적으로는 우리가 기쁘게 더 사랑하고, 더 많이 사랑받을 수 있도록 조금 더 능력을 키울 수 있다면 얼마나 좋을까. 나는 항상 누가 더 힘센 대장인지 잘 몰라도, 내가 사는 데 아무런 지장이 없고, 나를 얼마나 사랑하느냐는 질문에 더 이상 당황하지 않는 세상을 꿈꾸며 산다. 부디 내가 정말 꿈만 꾸고 있는 것이 아니기를. 아니 꿈이라도 꾸었으니 다행일 수도 있겠다. 아무렇거나 상관없다. 나에게는 '세상은 꿈꾼 자의 것'이라는 쉽게 설명할 수 없는 나만의 마법의 주문이 있기 때문이다.

09

적응하고,
사랑하고, 잊어버려라!

세상에는 우리가 적응해야 하는 많은 적응적 문제들이 늘 있기 마련이고, 결국 적응을 잘하는 사람이 잘 살기 마련이다. 학교생활이 그렇고 직장생활이 그렇고, 사회적 관계나 개인적 일상의 모습도 그렇다. 새로운 사람을 만나고 새로운 것을 배운다는 것은 그 새로운 것에 적응한다는 말이다. 사랑하는 사람들 사이에서도 서로에게 적응해야 하는 면이 있기 마련이며, 모르는 사람끼리 같이 산다면 더욱 말할 것도 없다. 결혼생활도 결국은 서로에게 적응해 가는 과정이라고 할 수 있다. 그래서 우리는 자신에게 주어진 환경에 잘 적응할 수 있도록 관련된 기술과 지식을 쉼 없이 배우고 익혀야 할 필요가 있다. 특히 적응해야 하는 것들 가운데 이른바 남녀의 차이에 관한 것은 특히 그렇다.

내가 말하는 것은 남녀 간의 생물학적인 차이, 그리고 그런 차이에 기반한 사회적 젠더(gender)에 관한 것이다. 인간은 인간으로서 존중되어야 하고 남녀의 성별에 의해 누구도 차별받지 않아야 한다는 것은 두 번 말할 필요도 없다. 그러나 우리는 지나치게 평등을 강조한 나머지 상대의 성에 대한 생물학적인 차이까지 인정하지 않으려 듦으로써 많은 갈등을 야기하기도 한다.

　진화생물학에 의거해서 수백만 년 동안 진화해 온 남자와 여자의 성전략에 대해 내가 내 방식으로 이해한 내용을 요약해 보면 이렇다. (더 상세한 내용은 작가 데이비드 버스가 쓴 두꺼운 책 <욕망의 진화>를 참고하시기 바란다) 쉽게 이해되는 내용이 아닐 수도 있으니 조금 신경을 집중해 주면 좋겠다. 진화생물학이 말하는 남녀의 성전략을 간략하게 설명해 보면 이렇다. 남자는 '빠른 사랑'(육체적인 관계를 말함)을 통해서 되도록 많이 자신의 후손을 남기려고 한다. 이런 남자의 성전략적 특징을 나타내는 표현형에는 '기본형'과 '발전형'(이 두 개념은 쉽게 설명하기 위해 내가 만들어낸 개념이다)이 있는데, 이런 남자의 표현형 중 '기본형'은 말 그대로 원형 그대로의 형태로서, 되도록 많은 아이의 아빠가 되는 것에만 관심이 있고, 자신의 아이와 배우자에 대한 장기간의 보살핌에는 그다지 관심이 없다. 여기서 오해하면 안 되는 것이 있다. 이런 기본형의 특징은 그의 개인적 선택이 아니라 오랜 시간 동안 전해온 남자(수컷)의 유전자가 보이는 특징이 그렇다는 것이다. 원래 남자는 그렇게 대략 육백만 년 동안 진화해 왔다. 다른 동물들도 이와 비슷해서 새끼는 주로 암놈이 키운다. 그런데 인간은 개인이 무시할 수 없는 사회문화적 압력 역시 같이 진화하였기 때문에 이런 사회문화적 압력으로 인해서 남자들 사이에 '발전형'이 생겨났다. 즉 여자가 주장하는 '느린 사랑'에 동의하는 남자들이 생겼는데, 이 새로운 특성은 비교적 최근(인류문화가 시작된 5~6천 년 정도?)에 생겼기 때문에, '기본형'에 비해 그 특성이 아주 약하다. '발전형'(자신의 아기와 배우자를 오래 돌봄)은 수많은 '기본형'(자신의 아기를 돌보는 것보다 새로운 자식을 만드는 것을 더 선호함)에 의해 '자연도태'되지 않을까 하는 무의식적 두려움(자신의 후손을 기본형보다 더 적게 남기기 때문에)을 가지고 있다.

그런데 남자는 자신의 배우자를 다른 남자들로부터 지켜내야 할 뿐만 아니라 항상 자신의 자식이 진짜 자신의 자식인지를 확인해야 하는 적응적 문제를 가지고 있다. 왜냐하면 여자는 자기가 낳은 아이가 자신의 자식인지 쉽게 알지만(자기가 낳았으니까), 남자는 쉽게 알 수 없기 때문이다. 여자의 배란일은 아무도 모르게 감추어져 있을 뿐만 아니라 수정도 여자의 체내에서 이루어지기 때문이다. 자신의 아기라고 생각하고 있는 아기가 다른 경쟁자의 자식일 수도 있다는 말이다. 그래서 남자는 자신의 아이를 보면서도 자신이 아기의 진짜 아빠인지 확인하고 싶어하며 아기를 보면서 자신과 닮은 부분을 찾으려고 애쓴다. 이때 여자는 아기가 남자의 신체 부위 중 어느 부분을 꼭 닮았다고 이야기해준다. 한 마디로 남녀 간의 성적인 문제는 유전자적 수준에서 발현되는 본능이 그 대부분이다.

그래서 남자가 말하는 사랑은 그 대부분이 육체적인 관계인 '빠른 사랑'을 말하고 있는 것이다. '발전형'은 그것과 조금 다르지만 크게 다르지 않다. 그러나 여자는 '느린(오랜 기간의) 사랑', 즉 자신과 자신이 낳은 아이를 잘 돌볼 수 있도록 남자로부터 지속적인 관심과 함께 재정적 정서적 지원을 계속하여 받는 것을 원한다. 여자가 "나를 사랑해?" 하고 묻는 것은 이런 "느린 속도로 오랫동안 지속되는 정서적 재정적 지원을 계속하겠느냐?"고 묻고 있는 것이다.

여기에 더해 여자는 좋은 유전자를 갖고 있을 뿐만 아니라, 느린 사랑도 함께 제공할 수 있는 남자를 동시에 원하기 때문에 아무 남자와 함부로 짝짓기를 하려고 하지 않으며, 다소 시간이 걸리더라도 느린 사랑을 제공해 줄 진짜 자신만의 남자를 찾으려고 한다. 그래서 여자는 자신이 선택한 남자가 기본형(바람둥이)인지 발전형(느린 사랑 제공자)인지 알아내야 하는 적응적 문제를 가지고 있다. 여자에게 중요한 것은 느린 사랑이지 순애보가 아니다. 그래서 여자는 자신의 짝으로부터 느린 사랑의 제공이 중단되거나 중단될 위험에 처하면 느린 사랑을 제공할 남자를 직접 찾아 나설 수도 있다.

따라서 기본적으로 남자와 여자의 사랑의 개념에는 차이가 있다. 갈등을 겪고 있는 남녀는 서로가 이해할 수 없는 사랑의 개념(빠른 사랑과 느린 사랑)을 가지고 서로 도무지 이해할 수 없는 이야기를 주고 받고 있는 것이다. 빠른 사랑과 느린 사랑의 서로 다른 개념을 알 수 있는 연구들이 있다. 그 가운데 하나를 예를 들어 설명해 보자. 자신의 남자가 다른 여자와 육체적인 관계(빠른 사랑)를 가졌다는 말을 듣게 된다면, 그 여자는 자신의 짝이 다른 여자와 빠른 사랑(섹스)을 한 것보다는 자신의 남자가 다른 여자와 느린 사랑 혹은 느린 사랑으로 발전할 수 있는 감정의 교류를 더 못 견뎌야 한다고 한다. (그렇다는 연구결과가 있다.) 남자는 거꾸로, 자신의 여자가 다른 남자와 나눈 감정교류는 기분은 엄청 나쁠 수 있지만 절대 못 참을 정도는 아니다. 그러나 자신의 여자가 다른 남자와 빠른 사랑을 나눴다는 사실을 안다면 훨씬 더 못 견뎌 한다고 한다. (역시 그렇다는 연구 결과가 있다.) 결론적으로 말한다면 남녀가 원하는 사랑의 이상형은 각자 그 출발부터 엇갈려 있다. 나의 이상형이 나와 맞지 않는 근본적인 이유이다. 남자와 여자는 서로의 성전략이 이렇게 충돌한다고 설명한다.

그런데 이런 진화생물학적인 설명은 우리가 현실에서의 남녀 간의 사랑의 문제를 새로운 시각으로 이해하는 데 도움을 줄 수 있지만, 현실은 이보다 훨씬 더 복잡하고 고차원적으로 전개될 수 있다. 그리고 인간은 동물과는 다른 고유한 인간성을 가지고 있을 뿐만 아니라, 사회문화적 진화를 함께 이루어 왔으며 이 사회문화적 압력은 우리의 본능에도 점점 더 크게 영향력을 미치고 있다.

사실 나는 이런 본능에 집중된 이야기보다는 인간적이고 지적인 이야기를 더 좋아한다. 이제 그런 이야기를 해보자. 에리히 프롬은 "〈사랑의 기술 (The Art of Loving)〉"이라는 유명한 책으로 사랑에 대한 그의 탁월한 견해를 피력하였다. 사랑은 본능이나 유전자에 의해서 나타나는 것이 아니라, 우리가 '배우고 익혀야 할 기술'이라는 것이다. 우리는 어려운 기술을 습득하듯이 사랑의 기술을 배우고 익혀서 나의 기술로 습득하고 체화하여야 한다. 프롬은 여기서 동물적 본능이 아닌 인간의 사랑을 이야기하고 있다. 그리고 이와 비슷한 이야기가 또 있다. 〈아직도 가야 할 길〉이라는 명저를 저술한 정신과 의사 스캇 펙 박사도 이와 비슷한 말을 했다. 사랑은 '사랑의 대상이 잘 살아갈 수 있도록 끊임없이 지지하고 도와주는 일'이라고 했다. 공자도 말하기를 누군가를 사랑한다는 것은 그 사람이 욕망하는 바를 충족시켜주는 것이고, 누군가를 증오한다는 것은 그 사람이 하고 싶은 것을 절대로 못하게 하는 것이다. (애지 욕기생 愛之 欲其生 오지 욕기사 郡之 欲其死) 결국 그 사람을 사랑한다는 것은 그 사람이 원하는 것을 하도록 돕는 것이다.

  이쯤 되면 사랑은 쉬운 일이 아니다. 그렇다. 현실의 사랑은 쉬운 일이 아니다. 사랑은 원래 어렵다. 우리는 서로 사랑하도록 진화하지 않았기 때문이다. 그러니 아무런 노력 없이 나의 뇌 속의 그(그녀)가 이 현실의 여러 가지 적응적 문제들을 일시에 해결해 주는 것을 기대하는 것은 넌센스다. 내가 '우리의 이상형은 우리에게 (현실적으로는) 잘 맞지 않는다'는 생각을 하는 이유이다. 그리고 에리히 프롬이 사랑은 배우고 연습하고 익히는 기술이라고 말한 이유도 이와 같다. 우리가 꼭 알아야 할 것은 우리는 남녀가 (아무런 노력 없이 저절로) 서로 변함없이 오래 사랑하도록 진화하지 않았으나, 다행히 우리는 그 사실을 알고 있으며 서로 사랑할 수 있도록 노력할 수 있다는 사실이다.

나의 아내는 나의 이상형은 아니었다. 그런데도 30년 넘게 같이 살아보니 기대하지 않았던 좋은 것들이 아주 많다는 것을 알게 됐다. 가장 좋은 것은 다투고 난 뒤에 아내는 싸웠던 사실 자체를 금방 잊어버린다는 것이다. 나에게는 엄청난 혜택이고 하늘에서 은총이 내린 것과 같다. 복이 넝쿨째 굴러 들어온 셈이다. 나는 불쾌했던 경험을 다른 사람보다 훨씬 더 오랫동안 기억한다. 그래서 갈등 상황을 내 힘과 내 지력으로는 잘 해결하지 못한다. 나는 화해 무능력자인 셈이다. 그런데 갈등 자체를 잊어버리다니! 나는 아내의 엄청난 능력에 감탄하고 고마워한다. 내가 절대로 상상도 못 했던 일이다. 이런 것을 요즘 말로 레알(real) 실화라고 한다. 실화의 감동은 실로 엄청나다. 한 번은 내가 직접 물어보았다. "어떻게 그렇게 금방 잊어버릴 수가 있어?" 내가 묻자, 아내가 일말의 주저함도 없이 대답한다. "나는 보기보다는 엄청 단순해. 나는 별 도움이 안 되는 것은 금방 잊어버려!" "히야!" 내 수준에서는 결코 넘볼 수 없는 초인의 경지이다. 존경스럽다. 별로 도움이 안 되는 것을 나는 오랫동안 잊지 못하고 기억한다. 심지어 나는 중학교 때 내 친구가 나에게 빌려간 뒤 갚지 않은 500원을 아직까지 기억하고 있을 정도이다. (그런데 그 친구 이름은 잊어버렸다.) 문제는 나는 그걸 기억하려고 해서 한 것이 아니라, 그냥 기억에서 지워지지 않고 있다는 거다. 그러니 내가 얼마나 피곤한 삶을 살아왔겠는가. 도움이 안 되는 사실을 오래 기억한다는 것은 어쩌면 좀 미련한 짓을 반복하는 것과 같다. 두 배로 미련한 짓이다. (미련할수록, 두 배로 더 영리해야 하는데 말이다.) 나는 도움이 안되는 것들을 잊어버리는 노하우를 아내에게서 배워야 한다고 생각했다.

이제부터는 (나이도 됐고 하니까) 더 이상 환상의 그(그녀)에게 빠지지 말고 현실의 실체를 가진 실물로 존재하는 내 앞의 그(그녀)를 좋아하고, 적응하고 사랑할 것. 그리고 별로 도움이 안 되는 것은 바로 잊어버릴 것. 이것이 우리를 행복으로 이끌어 가는 여러 갈래 길 중 하나라고 믿고 있다. 이것은 내가 스스로에게 마법의 주문을 거는 것이기도 하고 힘들게 되뇌는 일상의 염불 같은 것이기도 하다. 나는 오늘도 나에게 축복같은 주문을 건다. "적응하고, 사랑하고, 잊어버릴 것." 부디 효험이 있기를.

10

빠른 욕망을 좇지 말고,
느리게 인생과 사랑을 완성해 가라

격정을 느끼는 것은 동물적 현상이다. 동물들은 짝짓기를 하고 자손을 남기기 위해 자신의 최선의 것을 자기 짝에게 베풀기도 하고(베짜기새는 둥지를 지어 암컷에게 선물한다) 때로는 이를 위해 자신의 목숨을 걸기도(수컷 사마귀는 짝짓기 후 암컷에게 잡아 먹힌다) 한다. 성적 욕망은 격정적인 힘으로 정신과 육체를 붙잡고, 오직 이 한 방향으로만 모든 에너지를 쏟아붓게 한다. 이런 격한 욕망이 없으면 새 생명은 탄생하기 어렵고, 느리고 지속적인 보살핌과 사랑이 없으면 새 생명은 제대로 성장해 갈 수 없다.

리처드 도킨스는 그의 저서 〈이기적인 유전자〉를 통해 우리가 이런 강한 욕망의 힘에 올라타도록 하는 것이 우리가 가진 유전자의 힘이며 결국 우리는 우리의 유전자를 후대로 전달하는 기계일 뿐이라고 썼다. 물론 이것은 도킨스가 이해를 돕기 위해 비유적으로 한 말이다. 우리가 유전자 운반기계만일 수야 없겠지만 누가 이런 격정적인 욕망을 쉽게 다스릴 수 있다고 말할 수 있겠는가. 욕망이 강하다는 것은 그 에너지 레벨이 높다는 말이다. 그래서 젊을수록 더 격정적이며 자신의 욕망을 실현하고 싶은 의지와 힘도 강한 법이다. 그것은 젊음의 특징이기도 하다. 그런데 이런 강한 욕망은 동시에 위험하기도 하다. 스스로 제어할 수 없는 힘은 자신은 물론 상대방도 위험에 빠뜨릴 수 있기 때문이다. 거친 바람과 성난 파도인 질풍노도의 시대라고 부르는 젊은 날의 사랑은 가장 높은 파고를 가지고 있다. 영국의 자랑 윌리엄 셰익스피어가 이탈리아의 오래된 사랑 이야기를 각색한 로미오와 줄리엣에는 이러한 격렬한 사랑의 감정과 그 위험성이 잘 표현되어 있다.

"이처럼 격렬한 기쁨은 격렬한 종말을 맞게 될지니
 그리하여 승리는 이내 스러지리라.
 불과 화약이 입 맞추듯 타오르기에.
 그토록 달콤한 꿀이 황홀한 그 맛 속에 떫은맛을 품고 있으니
 그를 취함이 음식에 대한 욕망을 해칠 수 있음이라.
 그러니 사랑을 절제하라. 긴 사랑이 되려면,
 빠르게 가는 것도 느리게 걷는 말과 다를 바 없이 더디게 닿는다."

욕망은 빠르나 사랑은 느리다. 남자는 빠른 욕망을 갈망하고, 여자는 느린 사랑을 소망한다. 그러나 성숙한 사랑은 천천히 자라는 나무와 같아야 한다. 셰익스피어도 사랑에는 속도 조절이 필요하

마음속 나침반이 되어줄 42개 이야기

다고 말하고 있다. 마치 화약에 불꽃이 닿아 자신의 몸을 터트려 버릴 수도 있음을 알기에 그 격렬함을 경계하고 느리게 갈 것을 주문한 것이다. 사랑까지도 절제하라고 한다. 젊은이의 붉은 사랑이든 뒤늦게 시작된 은빛 사랑이든 사랑은 결국 느리게 완성되어가기 때문이다. 그런데 현대 문명의 특징 중 하나인 빠름은 우리 모두가 빠르게 가기를 원하고 있는 것 같다. 온라인(on-line)이든 오프라인(off-line)이든 세상의 많은 것들이 시장(market)을 통해서 교환이 이루어지고 점점 더 그 거래시간이 단축되어 간다. 빠르지 않으면 다른 사람들의 관심과 선택을 받을 수 없다. 우리의 삶도 넘어지지 않으려고 점점 더 빠르게 도는 팽이와 같아진다. 그러나 이러한 빠름에는 반드시 치러야 하는 대가가 있다.

물벼룩은 섭씨 8도에서 108일을 살지만, 섭씨 28도에서는 26일 밖에 살지 못한다고 한다. 물벼룩의 생애 심장 박동수는 총 1,500만 번 정도 되지만, 섭씨 28도에서는 박동수가 4배나 빨라지기 때문에 그 수명은 4분의 1로 줄어든다. (시어도어 젤딘이 쓴 <인간의 내밀한 역사> 참조) 일반적으로 동물들은 그 심장 박동수가 빠르면 수명이 짧고, 심장 박동수가 느리면 오래 산다. 예를 들어 몇몇 동물들의 분당 심박수를 보면 고래 6번, 코끼리 30번, 말 38번, 쥐 420번, 카나리아 1,000번, 벌새 1,260번이다. 박동수가 느린 고래, 코끼리, 말, 쥐, 카나리아, 벌새 순으로 오래 산다.

호흡하는 것도 이와 비슷하다. 포유동물의 평생 호흡 횟수는 약 1경 (1조의 10,000배) 번으로 비슷하다고 한다. 이렇게 정해진 평생 호흡 횟수에 따라서, 수명이 긴 동물은 호흡 속도가 느리고 수명이 짧은 동물은 호흡 속도가 빠르다. 호흡 속도가 빠를수록 빨리 죽는다. 그러니 우리는 가급적 호흡을 느리게 하려고 노력해야 한다. 명상하는 이유도 이와 비슷하다. 심장이 쫄깃한 긴장감과 스릴을 즐기는 것은 짜릿한 즐거움을 주지만 그런 긴장이 오래 지속되는 생활을 계속하는 것은 그리 현명하지 못한 행동이 될 수 있다. 우리 생애에 우리가 가용해야 하는 총 맥박 수와 총 호흡수는 정해져 있기 때문이다. 가급적 느리게 오래 사용해야 한다. 나이가 들어갈수록 더욱 그렇다.

심장 박동수를 빠르게 하는 것과 호흡을 가쁘게 몰아쉬는 상황을 오랫동안 지속한다는 것은 자신의 수명을 단축시키는 것과 같다. 그러나 유감스럽게도 기술과 지식의 발전은 결국 우리의 전체적인 라이프 스타일을 빠르게 하고 있다. 직업의 세계에서의 하루는 익스트림 스포츠를 하는 것처럼 숨 가쁘다. 거친 호흡이 쌓이듯이 스트레스가 쌓인다. 일상에서의 휴식도 술자리이거나 아니면 오락으로 변한 지 오래되었다. 즐거움이 아닌 오락이다. 전율과 흥분을 지속시키는 오락은 우리의 심장을 빠르게 뛰게 한다. 그래서 우리의 심장은 쉴 틈이 없다. 자그마치 평생 44억 번(수명 83세 기준)을 뛴다고 한다. 잘 관리(박동수를 늦추는 휴식과 명상, 느긋함 마음)하지 않으면 결국 고장이 난다.

　미국의 비영리연구소인 하트매스연구소(HeartMath Institute)는 심장을 주로 연구하는데, '심장도 생각(기억)을 한다'는 사실을 발견한 이후 이와 관련된 연구를 계속하고 있다. 심장이식 수술을 받은 사람이 기증자의 기억을 갖고 있는 사례도 수차례나 보고되었는데, 심장이식을 받은 사람의 기억으로 기증자가 살해되었다는 사실이 밝혀졌으며 결국 기증자를 죽인 살인범은 체포되었다. 신기한 일이다. 심장에는 두뇌의 신경세포와 같은 40,000개의 뉴런이 있고 이 심장뇌가 두뇌와 상호작용을 한다고 한다. 이렇게 심장이 뛰는 것은 우리가 생각하는 것과 같이 단순한 기계적인 펌프 역할만을 하는 것이 아니다. 하트매스 연구소는 심장은 정서지능의 근원이라고 결론짓는다. 중요한 것은 행복한 마음, 감사하는 마음, 동정심, 남을 배려하는 마음과 같은 긍정적인 정서와 사랑은 호르몬의 균형을 유지하고 면역체계의 반응을 개선시키는데, 이때 이러한 작용의 중심 역할을 심장이 하고 있다. 즉 긍정적인 정서와 사랑은 심장 리듬의 조화에 좌우된다. 그리고 두뇌와 심장의 조화로운 리듬이 스트레스를 이기게 한다고 한다. 〈스트레스 솔루션〉(닥 췰드리 / 하워드 마틴) 참조. 그래서인지 오래전부터 우리는 우리의 마음이 머리에 있지 않고 가슴(심장)에 있다고 했는지 모르겠다. 그리고 때로 우리는 우리를 진정시키기 위해 가슴을 쓸어내린다. 머리가 아니다.

말레이시아의 수도인 콸라룸푸르 시내를 운전하다 보면 도로 옆에 가끔 큰 나무들이 쓰러져 있는 모습을 심심치 않게 볼 수 있다. 말레이시아와 같은 열대 지역은 항상 고온 다습해서 나무들이 엄청나게 빠른 속도로 자란다. 그런데 문제는 우리나라의 겨울나무들처럼 추위로 인해 성장이 늦춰지거나 멈춘 적이 없어서 목질이 약하다는 것이다. (우리나라의 나무는 겨울을 겪으면서 목질이 단단해진다.) 그래서 폭우가 쏟아지면 무성한 잎들 위로 떨어진 빗물의 무게를 감당하지 못하고 나뭇가지가 쉽게 부러진다. 쉼 없이 너무 빨리 자란 탓이다. 우리 인생도 마찬가지가 아닐까 싶다. 인생을 살다 보면 느려지는 구간이 있다. 이럴 때는 남들과 같이 빨리 가지 못하고 마치 경쟁에서 뒤처진 느낌이 들기도 한다. 혼자라는 생각이 지배적이 된다. 몸이 아파서 일을 멈추고 쉴 때나 사업이 잘 안될 때, 그리고 직장인은 승진이 되지 않았을 때 그렇게 느끼기 쉽다. 그러나 나는 이런 시간이 우리를 성숙하게 한다는 것을 알게 되었다.

내가 홀로 서부 아프리카 가나에 아크라 무역관을 개설하고 그곳에서 근무할 때가 그랬다. 아무도 깊은 관심을 갖지 않는 아프리카에서 홀로 고군분투하고 있는 것 같은 깊은 고립감을 느끼기도 했었다. 나는 마치 케빈 코스트너 주연의 영화 '늑대와 춤을'(1991) 주인공인 던바 중위가 된 느낌이었다. 아무도 없는 서부의 한 국경을 혼자 지키면서 군복을 갖춰 입고 구두를 광내어 닦고, 그리고 늑대와 함께 춤을 추던 던바 중위 꼭 그 모습이었다. (참고로 '늑대와 춤을'은 던바 중위에게 인디언이 지어준 이름이다. 참으로 멋진 이름이다!) 나에게 아프리카의 시간은 정말로 원초적으로 느리게 흘렀다. 이 글을 쓰고 있는 시간도 그렇다. 느리게 가고 있는 이 시간도 아프리카의 기억처럼 전혀 다른 색깔로 기억될 것 같다.

나는 그때 그리고 지금, 인생의 느린 구간을 지나고 있다. 하지만 이렇게 시간이 느리게 흘러가는 때에는, 나는 무엇이든 자세히 볼 수 있다는 것을 경험으로 알고 있다. 다른 사람들이 사는 모습도 잘 보이고, 그들의 눈에 비친 내 모습도 잘 느껴진다. 또 있다. 나에게 누가 가깝고 누가 멀리 있는지도 쉽게 알 수 있게 된다. 그리고 나에게 무엇이 중요한지도 알게 되고, 내가 어디쯤에서 어디로 가고 있는지도 잘 보인다. 느리게 가는 시간 속에서는 빨리 가는 것들이 더 잘 보인다. 인생의 의미는 결코 목적지에 빨리 도착하는 것에 있지 않다. 빨리 목적지에 도착하면 뭐가 기다리고 있겠는가? 삶의 의미는 목적지에 가는 동안에 만들어 가는 '스스로(self)의 이야기'가 아닌가? 나는 이렇게 시간이 느리게 갈 때는 내 사유의 목질을 단단하게 하여 무거운 빗물에도 내 생각의 가지가 부러지지 않게 하고, 성장이 멈추었을 때도 켜켜이 단단한 나이테를 만들어서 나를 아름드리 큰 나무로 변신하게 하는 시간이 될 수 있음을 잘 알고 있다. 욕망의 시간도 중요하지만, 그 욕망이 목적하는 그것을 천천히 완성해 나가는 시간도 중요하다. 그 숙성의 느린 시간이 사랑과 인생임을 믿고 있으며, 마침내 결실을 보는 때는 이러한 느린 시간의 끝임도 알고 있다. 나를 포함해서 느리게 가고 있는 그리고 느리게 가고 있다고 생각하는 모든 이에게 기다리던 결실과 함께 기쁨과 평화 그리고 의미가 오랫동안 함께 하시기를.

11.

네 속에 있는 반대성의
장점을 이용해라

"성적 에너지를 이용하면 엄청나게 무한한 창의력을 발휘할 수 있다." 그리고 "이 성적 에너지를 이용해 창의적인 열정을 지속해 갈 수 있다." 도대체 이게 무슨 말인가? 나는 이 말을 처음 접한 후 오랜 시간 동안 그 정확한 뜻을 이해하지 못하고 있었다. 그 어디에도 성적 에너지와 창의성의 관계에 대해 설명해주는 책(혹은 사람)을 찾지 못했었다. 그리고 내가 가까스로 이해하기 시작했을 때는 이미 30년이 훌쩍 지나가 있었다. 어디에서인가 처음 이 글을 접했을 때, 나는 중국의 성고전인 소녀경에서 말하는 대로 교접을 하되, 방사하지 않으면 남자의 정력이 강해진다(이 말도 의학적으로 틀린 말이라고 한다)는 관능적 의미로 오해하기도 했었다. 아, 이 얼마나 무지하고 부끄러운 오해인가! 전혀 듣지도 보지도 못했던 것을 처음 대할 때, 우리는 우리에게 익숙한 방식으로 생각하고 반응한다. 성적 에너지가 무한한 창의력을 발휘하게 한다는 말은 결코 그런 말이 아니다. 그럼 성적 에너지를 이용한다는 말이 무슨 말이고, 그걸 이용하면 어떻게 창의력이 생긴다는 말일까?

이해하기 쉽게 간단히 설명해 보면 이렇다. 인간의 성은 생물학적 성(sex)과 사회학적 성(gender)이 있다. 흔히 남성의 남성다움과 여성의 여성스러움을 이야기할 때, 우리는 사회적 성의 개념인 젠더(gender)를 이야기하고 있는 것이다. 사회적으로 여성은 여성으로 태어나는 것이 아니라 여성으로 길러진다. 남성도 마찬가지다. 우리는 우리를 포함해서 어떤 사람이 사회가 기대하는 성역할을 제대로 해내지 못하면 '남자답지 못하다'거나 '여성스럽지 못하다'고 비난한다. 이렇게 사회학적 성역할은 후천적으로 습득된다.

과학자들은 꽤 오랫동안 남자의 뇌와 여자의 뇌의 근본적인 차이점을 찾아내려고 많은 시도를 해왔으나, 남녀 간의 뇌에서 근본적인 차이를 찾아내지 못하였다. 누군가 남녀 두 개의 뇌를 들고 어느 것이 남자의 것이고 어느 것이 여자의 것인지 알아맞히라고 하면, 아무도 그것을 정확히 알아맞히는 사람이 없다고 과학자들은 말한다. 남자와 여자의 뇌의 차이보다는 오히려 개인차가 훨씬 더 크기 때문이다. 이제 뇌과학자들은 남자와 여자의 뇌의 차이를 연구하지 않는다고 한다. 그것보다는 특정한 능력에 있어서 그것을 더 잘 해내는 사람의 뇌와 못하는 사람의 뇌의 차이를 연구하는 것이 훨씬 더 유용하고 효과적인 방법이라고 말한다. 뇌의 수준에서 남녀의 차이는 없다고 할 수 있다.

심리학과 뇌과학에 의하면 어린 시절의 남자아이는 여자아이보다 훨씬 더 감성적이고 우리가 말하는 여성의 특징을 더 많이 보인다고 한다. 그런데 이 남자아이는 사회적인 남성으로 길러지면서 남성다움이라는 것을 배운다. 자신의 남성성을 더 많이 깨닫고 확인하고 개발하는 것이다. 이때 여성성은 억압된다. 마침내 그 남자아이의 여성성은 본성 깊숙한 곳에 자신의 모습을 그림자처럼 감춘다. 여자아이는 반대의 경로를 걷게 되고 마침내 사회적인 여성이 된다. 남자아이가 겪은 것과 똑같이 사회적인 여성의 남성성은 그림자처럼 억압되어 본능 깊숙한 곳에 감추어진다. 하지만 사실 우리 모두는 여성성과 남성성을 모두 가지고 있다. 우리 모두는 강한 남성성과 강한 여성성의 긴 스펙트럼 사이의 어느 한 지점에 속할 뿐이다. 그리고 이 지점도 평생 고정되어 있는 것도 아니다. 그래서 여성스러운 남자도 있고 남자 같은 여자도 있다. 우리의 행동과 생각과는 달리, 남자와 여자는 모두 양적 차이는 있지만 남성 호르몬과 여성 호르몬을 모두 분비한다. 그래서 흔히 우리는 '여성은 나이가 들어갈수록 남성 호르몬이 더 많이 분비되어 용감해지고, 남자는 여성 호르몬이 많아져서 감상적이 된다'고 이야기한다. 나이가 들면 남편이 아내의 눈치를 보며 사는 이유가 되기도 한다. (진실은 아내에 대한 남편의 배려일 것이다.)

한 남자가 한 여자를 사랑하는 것은 거의 본능대로 움직이고 결정된다. 사랑을 내 마음대로 했다거나, 내 뜻대로 할 수 있다는 사람을 아직 보지 못했다. 만약 그런 사람이 있다고 해도, 그런 사람은 사랑이라는 감정을 전혀 모르는 사람임이 분명하다. 아주 옛날부터 우리는 사랑에 빠진다고 표현한다. 영어표현도 Fall in love이다. 사랑하는 것은 그냥 사랑의 본능이라는 황홀하고 아름다운 절벽에 이끌려 저 아래로 추락해가는 것일 뿐이다. 높은 곳에서 저 아래 밑으로 추락해 봤는가? 그저 중력이라는 힘에 끌려서 하염없이 떨어질 뿐이다. 아무것도 내 의지대로 되지 않는다. 그게 사랑의 감정이다. 여기에는 의지가 개입할 여지가 전혀 없다. (물론 결혼은 다른 이야기이다.) 사랑이 주는 감정은 원래 그런 것이다. 제정신을 가지고 사랑에 빠지는 사람은 없으며, 사랑에 빠진 사람은 거의 미친 사람이라고 표현하는 것이 오히려 더 정확하다. 생물학적으로 화학적으로 정서적으로 변화를 겪게 된다. 가슴이 뛰고 얼굴이 붉어지고 온통 그 사람 생각뿐이고 다른 일은 모두가 뒷전이다. 말그대로 정신이 없어진다는 표현이 맞다. 의학적으로도 미친 증상이다. 따라서 평소 하지 않던 말과 행동을 한다.

그런데 이렇게 사랑에 빠지는 것이 왜 통제 불가능한 일인지, 육백만 년 동안의 길고 긴 시간을 거쳐서 우리의 유전자 안에 숨겨온 우리 인류의 본성을 가지고 설명해 보면 이렇다. 앞에서 설명한 대로 남자와 여자는 모두 억압된 본성을 가지고 있다. 인간은 원래 구분할 수 없는 남성적인 본능과 여성적인 본능 이 두 가지의 본능을 모두 가지고 있다. 그런데 우리가 사랑에 빠질 때 (다시 말하지만 사랑은 본능의 게임이다) 외부적으로 요구된 성역할을 수행해 오면서 억압되어 있던 그 반대의 성(남자는 여성성, 여자는 남성성)이 나타난다. 그들(남자 속의 여자와 여자 속의 남자가)이 사랑에 빠지는 것이다. 이것은 전례 없는 일이고, 누구나 처음 겪는 일이 된다. 그래서 당황스럽기도 하고 스스로 놀랍기도 한 일이 된다. 왜냐하면 내 가슴이 뛰고 마음이 설레고 정신이 없는 현상을 이 그림자들이 하고 있기 때문이다. 다시 말하면, 한 남자가 한 여자를 사랑할 때, 사실은 한 남자의 속에 있는 여자(그림자로 숨었던 아니마 Anima)가 사랑에 빠진 여자 속에 있는 남자(그림자로 숨었던 아니무스 Animus)와 벌이는 멈출 수 없는 게임인 것이다. 그 그림자들끼리의 사랑이고 본능 속의 본능끼리의 사랑이다. 그래서 흔히 남녀가 사랑에 빠지면 남자는 수줍어하며, 여자는 용감해 보인다. 그러니 아무도 막을 수 없다. 심지어 나도, 부모도, 친구도, 결국 그 누구도 막을 수 없는 불가침적이고 불가항력적이다. 이 사랑의 본능을 이기는 사람은 없다. 이기는 사람은 오직 한 명뿐이다. 내가 선택한 사랑하는 그 사람이다. 그래서 사랑은 정복하는 것이 아니고, 자신이 선택한 반대의 성에 조건없이 항복하는 것이다.

이제 이야기의 중심까지 왔다. 무한한 성적 에너지를 활용하는 방법은 내 속의 그림자로 숨은 반대성을 계발하고 이용하는 것이다. 갑작스러운 일(사랑에 빠지는 것과 같은)을 당할 때 당황하는 것보다, 나의 억압된 반대성의 빛깔과 모양, 취향, 재능을 찾아내어 계발하는 것이다. 이 반대성의 숨겨진 개성 또한 사람마다 다르다.

이것을 잘 해낸 사람들이 많이 있다. 대표적으로는 유명한 디자이너 코코 샤넬이 있다. 흔히 우리는 코코 샤넬을 중성적 매력이 있다고 이야기하는데, 사실 샤넬은 자신 속의 남성성을 찾아내고 계발하여 그것을 여성의 옷에 투사하였다. 샤넬은 남자들의 군복(밀리터리룩)에서 영감(샤넬 속의 남자가 찾아낸 것이다)을 얻어 큼직한 사각형 주머니가 네 개나 붙어 있는 유명한 샤넬슈트를 만들었다. 이 샤넬슈트는 지금도 살아있는 전설이 되어 있다. 이 자켓 안에 받쳐 입는 튜닉은 화력 발전소에서 일하는 일꾼들의 옷과 비슷했다. 그리고 처음으로 남자들의 옷에만 사용되었던 질긴 옷감을 여성의 옷에 사용했고 마부들의 옷에 있던 체크무늬 패턴을 핸드백에 적용했다. 샤넬 디자인의 핵심은 결국 여성들을 억압했던 여성성으로부터 해방시키는 것이었고, 이것은 결국 온 세상 여성들의 환호를 받았다. 이 샤넬도 처음부터 그런 것은 아니었다. 이것이 핵심이다. 샤넬은 어느 날 자신의 남자 친구인 에티엔 발상의 침실을 들어가 보게 되었고, 그녀는 발상의 옷을 가지고 나와 자신의 방식으로 그 남자옷을 입어보기 시작한 것이다. 오픈 컬러셔츠와 트위드 자켓, 남자용 보터햇은 자유로움을 느끼게 했고 중성적인 멋을 자아냈다. 그녀는 나중에 당시에는 아무도 입지 않고 존재하지도 않았던 여성용 승마바지를 제작해 팔았고 그 바지는 돌풍을 일으켰다. 그렇게 전설이 시작되었다. 그녀가 자신 속의 반대성인 남성성을 해방시키고 적극적으로 계발한 것. 이것이 우리 안에 감추어진 반대성으로부터 에너지와 영감을 얻는 비밀이다. 이 비밀에 관심을 가지고 자신 속에 감춰진 무한한 에너지와 영감을 찾아내어 전과는 전혀 다른 창조적이고 에너지 넘치는 성공하는 인생을 살 것인가, 그냥 살아 온 대로 살 것인가는 전적으로 우리의 선택에 달려있다. 우리 자신 속에 웅크리고 있는 반대성(여성 속의 남성, 남성 속의 여성)을 찾아내어 자유롭게 하는 것. 그리고 그 속에 숨겨진 반대성의 개성과 능력을 계발하고 실현시키는 것. 이것이 우리 안에 숨겨진 또 하나의 인생을 창의적으로 발견하고 개척해 가는 강력한 치트키가 될 수 있다. 당신의 반대성은 어떤 사람인가?

이 글은 데이비드 버스의 〈욕망의 진화〉와 키아라 파스콸레티 존슨의 〈Chanel〉을 읽고 영감을 받아 쓴 글임을 밝혀 둔다.

3장

나와 타인 그리고 인간

12

작은 행복감을 자주 느껴라!
네가 행복하면 남도 너를 좋아한다

우리들은 대부분 '나는 똑똑하고 성실하고 좋은 사람'이라고 생각한다. 주변 사람들의 평가가 나와 달라도 쉽게 동의하지 않는다. 설혹 어떤 일에 대해서 내가 실수를 했다고 해도, 그것은 어쩔 수 없는 상황 때문에 그런 것이지 원래 나는 썩 괜찮은 사람임이 분명하다. 왜냐하면 이 세상에서 나에 대한 좋은 정보는 내가 제일 많이 가지고 있기 때문이다. 그리고 우리는 평상시에는 잘 인지하지 못 하지만 무의식적으로 이런 생각이 나를 지켜준다고 생각하고 있다. 나는 나의 좋은 점과 강한 점을 너무나 잘 알고 있다.

그런데, 우리가 다른 사람을 평가할 때는 좀 다르다. 배우자나 자녀가 혹은 친구가 실수하면 그 사람은 원래 그렇다고 단정해 버린다. 그가 처한 어쩔 수 없는 환경이나 특별한 사정은 잘 고려하지 않는다. 합리적인 판단을 하지 못하는 휴리스틱(heuristics, 시간이나 정보가 불충분하여 합리적인 판단을 할 수 없거나, 시간적 정보적 제약

이 있을 때 신속하게 하는 어림짐작의 기술)의 흔한 경우이다. 나는 얼마나 좋은 사람인지 객관적으로 알고 싶다면 가장 쉬운 방법이 있다. '내가 자주 만나는 다섯 사람의 평균을 내보면, 그 사람이 나'이다. 생활인으로서 열심히 일하고, 때로는 어려운 상황을 잘 해결하기도 하지만, 가끔 실수도 하고 다른 사람을 오해하기도 하는 그런 다섯 명의 평균값을 가진 사람이 나인 것이다. 이렇게 나는 그다지 추상적인 존재가 아닌 현실에 실재하는 사람이다. 우리가 쉽게 현실에서 볼 수 있는 많은 사람들 가운데 한 명인 것이다. 그런데도 우리는 자신을 너무 특별하게 생각하고 있다. 그러나 나는 그렇게 특별한 존재가 아니라는 사실을 깨닫게 되면 여러모로 마음이 편안해진다. 보통 사람들이 이루어내는 많은 훌륭한 일들도 이렇게 특별하지 않은 보통의 사람들이 해낸 것이라고 생각하면 나도 할 수 있을 것 같은 생각이 든다. 그리고 그 사람들과 나 사이에 친밀한 느낌도 들게 된다. 나는 그리 특별한 존재가 아니라는 생각은 오히려 내가 더욱 노력하게 하고 다른 사람들을 더 열린 마음으로 대할 수 있게 하는 것이다.

이태 전 여름 오랜만에 대학 은사님을 찾아뵈었다. 그동안 잦은 해외 근무 때문에 오랫동안 뵙지 못했었는데 교수님의 85회 생일을 기념해서 미리 전화를 드리고 찾아가 뵈었다. 교수님은 책임을 맡고 계신 재단 사무실의 주차장까지 미리 마중을 나오셨다. 내가 주차할 장소까지 직접 안내해 주시고는 차에서 내리는 나를 반가

이 맞으며 안아 주셨다. "참, 잘 살았네! 참, 잘 살았어!" 교수님의 말씀에 눈물이 나려고 했다. 나의 인생을 통째로 온당하게 평가해 주신 것이다. '아! 내 인생이 불합격은 아니구나!' 하는 안도감과 감사함이 느껴져 왔다. 모처럼 뵙는 교수님과 이런저런 정겨운 얘기 끝에 나는 이렇게 말씀을 드렸다. "선생님, 사람은 자기가 자주 만나는 다섯 사람의 평균이라고 하는데, 선생님이 저의 다섯 사람 중에 한 분이셔서 제 평균이 엄청 올라갔습니다." 은사님은 빙그레 웃기만 하셨다. 내가 은사님을 찾아뵌 이야기를 전해 듣고 아내가 한 마디 했다. "자주 찾아뵈어야 평균이 올라가지, 한 번으로 돼?" 나는 나의 평균값을 올리기 위해서라도 은사님을 자주 찾아뵙기로 했다.

그런데 내가 얼마나 좋은 사람인지 알아볼 수 있는 조금 더 명확한 기준을 가진 좋은 방법이 있다. '내가 얼마나 좋은 사람인가'를 알고 싶다면 "나를 좋아하는 사람이 몇 명인지 헤아려보면 금방 알 수 있다." 미국의 판타지 소설 〈오즈의 마법사〉에 나오는 내용이다. 나를 사랑하는 사람이 몇 명이나 될까? 내가 얼마나 좋은 사람인지를 증명할 길이 있을까? 내가 좋은 사람이라고 강하게 주장할 수는 있겠지만, 실제로 내가 주장하는 것처럼 그렇게 좋은 사람인지는 객관적으로 알 수 없다. 그걸 알려면 다른 사람에게 물어보아야 한다. 그들의 이야기를 들어보아야 하는데, 또 문제가 있다. 나를 알고 있는 모든 사람들에게 다 물어볼 수는 없는 노릇이다. 그러니 실제로는 나를 사랑해주는(최소한 좋아해 주는) 사람의 숫자가 그것을 반증할 뿐이다. 아! 이 얼마나 명확한 방법인가? 나는 나를 좋아한다고 생각되는 사람을 세어보기 시작했다. 그러다가 내가 발견한 것은 나를 좋아하는(나를 좋아한다고 내가 생각하는) 사람이 그렇게 많지 않다는 사실이었다. 우리는 이렇게 나를 좋아하는 사람이 그리 많지 않다는 사실에 실망하기도 한다. 그리고 내가 그 사람이 나를 좋아한다고 생각하는 것과 실제로 그 사람이 나를 좋아하는 것과는 다소간 차이가 있다. 그 차이를 잘 살펴보아야 한다. 자칫 잘못하면 자뻑이 심한 이상한 사람이 될 수 있다.

우리는 잘사는 사람들을 부러워하면서, 나보다 나은 사람과 가까이 지내고 싶어한다. 그 사람으로부터 좋은 영향을 받고 싶기 때문이다. 그래서 그 사람들로부터 좋은 에너지를 받기도 한다. 부처님도 나보다 나은 사람을 친구로 삼아야 한다고 말했다. 그런데 여기에서 오해하면 안 되는 것이 있다. 이 말은 나보다 못한 사람을 만나지 말라는 이야기가 아니다. 그것(나보다 못한 사람을 만나지 않는 것)은 그럴 수도 없고, 그래서도 안 된다. 그리고 그렇게 되지도 않는다. 항상 가까이 지내는 친구는 나보다 더 나은 사람이 더 좋다는 뜻이다. 그를 보고 배울 수 있기 때문이다. 자기 발전을 위해서는 위(자기보다 나은 사람)을 쳐다보면서 살고, 살아가는 것은 아래(나보다 못한 사람)를 보며 사는 것이 지혜로운 방법이다. 우리는 살아가면서 도움을 받을 수 있는 사람만 골라서 만날 수는 없다. 그런 방식은 불가능할 뿐만 아니라 바람직하지도 않다. 사람 사이에서 주고받는 행복감은 서로 호감과 배려를 주고받는 것이다. 좋아한다고 고백하고 만나서 즐겁다고 행복한 피드백을 서로에게 주는 것이다. 기쁨을 함께하면 인생이 즐거워지고, 슬픔을 함께하면 세상은 살만한 곳으로 바뀐다. 함께하면 슬픔과 고독에 지치지 않는다. 기쁨은 더 커지고 슬픔은 더 줄어들어 우리가 함께 이겨낼 수 있게 된다.

'행복은 강도가 아니라 빈도'라고 한다. '작은 기쁨을 자주 맛보는 것' 그게 행복이다. 행복 호르몬 혹은 웰빙(Well Being) 호르몬으로 불리는 세로토닌은 우리의 장에서 95%가 생산되는데 뇌 신경세포 사이에서도 발견된다고 한다. 세로토닌은 기분, 식욕, 수면의 조절에 관여하는데, 이 세로토닌이 부족하게 되면 우울증이나 불안감, 강박증, 슬픔, 두려움, 낮은 자존감 등이 생길 수 있다. 이 세로토닌이 잘 분비될 수 있게 하는 방법이 있다. 내가 일상생활의 모토로 삼고 있는 내용이다. (1) 사랑하는 사람의 손등을 쓰다듬거나, (2) 배우자를 바라보거나, (3) 깊게 장미의 향을 맡아 보거나, (4) 와인을 마시거나, (5) 초콜릿을 먹거나, (6) 모짜르트를 듣거나, (7) 햇빛을 받으며 운동하는 것이다. 한마디로 정리하면, 오감을 열고 기분 좋은 경험을 할 때 세로토닌이 분비된다. 이렇게 우리가 살아가면서 '작은 행복을 자주 경험하는 것' 이것이 잘 사는 요령이고, 결국 나를 좋은 사람으로 만든다. 내가 행복하고 좋은 사람이라면, 자연스럽게 남들도 나를 좋아하리라는 생각이 든다. 행복은 전염되는 것이다.

13

타인은 기쁨, 아니면 지옥.
내가 선택하는 문제일 뿐이다

내가 좋아하는 책 중의 하나는 시어도어 젤딘 교수가 쓴 〈인생의 발견〉이다. 나는 그 책을 통째로 암기하고 싶을 정도로 좋아한다. 그 책 내용 중에 내가 가장 좋아하는 한 구절만 소개하면 이렇다.

"인간의 기쁨은 다른 인간이라는 바이킹 속담은 오랜 세월, 사람들이 자기와 비슷한 사람을 만난다는 뜻으로 해석되었다. … 나는 처음 만난 사람들이 흔히 하는 질문, "당신은 어디서 왔습니까?"라고 묻지 않는다. 대신 이렇게 묻고 싶다. "당신은 어디로 가는가? …" 당신은 어디로 가는가?는 개인이 상호작용과 영감 이외에 무엇을 추구하거나 선택하거나 만날 수 있는지를 묻는다. 사랑에 빠지는 것과 다르지 않다."

사랑에 빠지는 것은 다른 사람을 위해 자신의 시간과 공간 그리고 에너지를 기꺼이 내어 주는 것이다. 그리고 그 사람이 원하는 것을 하면서 잘 살아갈 수 있도록 돕는 것이다. 그런데 이게 쉬운 일이 아니다. 그동안 굳게 견지해 온 자신의 입장을 바꾸는 것이기 때문이다. 자기 자신보다 남을 더 우선시한다는 것은 결코 쉬운 일이 아니다. 그런데 사랑에 빠지면 거의 자동적으로 모든 것이 그 사람 중심으로 변한다. 자신의 모든 것을 내어 준다. 더 근사하게 표현하면 나를 초월하는 것이다. 보통 사람도 사랑하는 사람을 위해서 자신을 넘어서는 초인이 될 수 있다. 참으로 마법 같은 일이다. 이렇게 보면 '인간의 기쁨은 다른 인간'이라는 말의 의미가 쉽게 이해된다. 수많은 사랑의 찬가는 다른 사람이 나의 기쁨이고 나의 행복임을 고백하는 것이고, 설령 그 기쁨과 행복 속에 슬픔과 고통이 숨어 있다고 해도 그 사랑을 기꺼이 선택하겠다고 말하게 되는 것이 사랑이다. 그런데 느낌과 사랑은 다르다. 사랑은 느낌이라는 감정을 넘어선다. 아이를 키우는 것은 기쁘거나 즐거운 감정이 아니라 사실 힘든 노동을 떠올리게 되는 부정적인 감정을 받는 것이다. 애를 키우는 것은 먹이고 재우고 기저귀를 갈고 목욕시키는 힘든 일을 떠올린다. 그러나 엄마들에게 물어보면 애를 키우는 것은 고생이지만 행복하다고 말한다. 이렇게 사랑은 감정만이 아니며 감정을 넘어서는 다른 무엇이다.

미국의 코넬대학교 인간행동과학연구소에서 전 세계 5천 명을 대상으로 관찰한 바에 따르면 사랑에는 유통기한이 있다고 했다.

이 뉴스는 온 세상을 떠들썩하게 만들었고 사랑을 믿는 사람과 함께 사랑을 믿지 않는 (경험해 보지 못한) 사람들을 모두 흥분하게 했다. 사랑에 유통기한이 있다고? 그 연구 결과는, 사람들이 사랑할 때 분비되는 호르몬인 도파민, 아드레날린, 페닐에틸아민, 옥시토신은 '사랑에 빠진 증상'을 온몸으로 나타나게 하는데, 심장의 박동 수를 높이고 열이 나고 즐거운 느낌을 느끼게 한다. 또 신체가 느끼는 통증도 줄어들게 한다. 그런데 이런 호르몬이 분비되는 기간이 정해져 있다는 것이다. 그 기간이 18개월에서 30개월이라고 했다. 즉 "사랑에 빠진 지 1년 반에서 2년 반이 지나면 사랑의 열정은 식는다."는 이 연구 결과는 한때 유행처럼 번졌다. 믿었던 사랑마저 배반을 때리는 것에 대해 크게 실망하기도 하고, 바람둥이에게는 그럴듯한 명분이 생긴 셈이었다. 그런데 이런 연구는 사랑에 대한 과학적 연구가 흔히 그렇듯이, 사랑의 개념을 감정과 느낌만을 그 대상으로 국한해서, 너무 좁게 해석한 생물학적인 호르몬 분석에 치우쳤다고 할 수 있다. 사랑의 의미와 그 범주를 들뜬 흥분을 만들어 내는 호르몬의 세계로 너무 좁힌 것이다. 그마저도 과학자들은 그 호르몬이 중단되는 이유를 밝히지 못했다. 단지 전에 나왔던 것(호르몬)이 얼마간의 시간이 지나면 더 이상 나오지 않는다고 떠드는 것과 같다. 사랑은 이와 같은 초기의 열정만이 아닌 것이 분명하며, 사랑은 그 유효기간이 지난 후에도 이전보다 더 깊고 안정적인 편안한 행복감이 지속되게 한다. 들뜬 열정이 점차 잦아들고 사랑으로 낳은 아이를 돌보면서 사랑하는 사람들은 서로에 대한 관심과 배려로써 그 관계가 더 깊고 그윽해지는 것이다. 위에서 말한 어린아이가 고생 덩어리뿐이란 말인가? 사랑은 오히려 식물의 화려한 꽃과 무성했던 잎이 지고 난 후에 열매가 맺듯이 그렇게 영글어 가는 것이다. 사랑이 어찌 화려한 꽃과 이파리의 왕성한 활동뿐만이겠는가?

아직도 활발히 사회 활동을 하고 있는 104세의 노철학자인 김형석 교수는 '사랑이 있는 고생이 행복을 만들었다'고 고백했다. 그분은 뇌졸중을 앓고 있는 아내를 23년 동안 뒷바라지했고, 오랜 기간 병든 아내의 간병과 어머니의 병수발을 동시에 하기도 했다고 한다. 두 사람이 세상을 떠난 후에는 양쪽 어깨에 얹은 무거운 짐을 벗은 것 같아서 홀가분하다고 했다. 그러나 이제는 저녁에 집에 들어가도 반겨 줄 사람이 없으니 너무 쓸쓸하고 슬펐다고 말했다. 사랑은 열정만은 아니다. 이 노철학자는 사랑에 대해 이렇게 말한다. "남녀는 서로 그리워하는 연애 감정인 '연정'으로 살다가, 결혼해서 자식을 낳고서는 그 연애 감정은 사그라드는 대신 연정을 포함한 더 넓은 감정인 '애정'이 자리를 잡는다. 그러다가 더 나이가 들면 이런 애정까지를 포함하는 '인간애'로 사는 것이 인간성의 본래 모습이다."

그런데 우리는 세상 사람 모두를 사랑할 수는 없다. 그럴 수 있으면 좋겠지만, 능력 부족이다. 서로가 서로에게 의지해서 살아가지만 살다 보면 갈등이 생기고 다툼과 분쟁이 일어난다. 그리고 겉으로 드러나지 않는 갈등과 구속도 많다. 실존주의 철학자인 사르트르는 이것을 "타인은 지옥"이라고 표현하기도 했다. 이렇게 타인의 잣대로 자신을 판단하고 지나치게 그것을 의식하며 살 수밖에 없는 처지를 "타인은 지옥"이라고 표현한 것이다. 사회적 존재로 살아갈 수밖에 없는 인간은 항상 자신에 대한 다른 사람의 시선과 평가를 부담스러워한다. 그리고 그 지옥 같은 관계 속에서 그냥 견디는 것이 인간이라고 말한다.

　세상 사람들은 나를 잘 모른다. 사람들은 항상 바쁘기 때문에 나에 대해서 자세히 알아볼 시간이 없다. 나도 그렇지 않은가. 나도 다른 사람을 자세히 알아볼 시간이 부족하다. 이게 갈등의 원인이다. 서로가 서로에게 의지하고 사는데 그들을 잘 모른다. 이것이 또 다른 갈등의 원인이 되기도 한다. 우리는 그 누구도 다른 사람들의 도움 없이는 살아갈 수 없다. 우리가 먹고 있는 음식, 사용하고 있는 물건만 봐도 쉽게 알 수 있다. 모든 것이 남이 만든 것들이다. 그래서 만약 사람들이 나에게 제공하는 것들이 갑자기 중단될지 모른다는 생각에 빠지면 불안을 느끼게 된다. 실직의 공포가 그런 것이다. 당연히 일터에서 우리는 항상 다른 사람이 나를 어떻게 생각하는지 의식하지 않을 수 없다. 세상을 문제없이 잘 살아가려면 타인의 존재에 대한 인식은 반드시 필요하지만, 그것이 지나치면 문제가 된다. 사르트르 말대로 '타인은 지옥'이 되는 것이다.

그런데도 그 타인이 없으면 고독을 느낀다. 참으로 아이러니가 아닐 수 없다.

　바이킹처럼 인간의 기쁨은 다른 인간이기도 하고 사르트르가 말한 것처럼 타인은 지옥이기도 한 것이 세상살이다. 뭐가 이토록 달라지게 하는 것일까? 인간을 기쁨이었다가 또 지옥으로 만드는 것이 무엇일까? 그 정답은 그리 어렵지 않다. 내가 그들을 알면(안다고 생각하면) 기쁨이 될 수 있고, 모르면 지옥이 될 가능성이 크다. 바이킹들처럼 친구랑 같이하는 것은 해적질도 기쁨일 수 있다. (물론 내가 해적질을 두둔하는 것은 아니다.) 그러나 내가 모르는 사람들과 섞여 있으면 불편하고 심한 경우 지옥처럼 느껴질 수도 있다. 그래서 결국은 이것 또한 숙명처럼 우리가 어떻게 얼마나 잘 적응하느냐 하는 '적응적 문제'이기도 하고 나의 '선택과 결단의 문제'이기도 하다. 내가 그들을 알아보겠다는 생각, 그리고 친구로 만들겠다는 생각, 즉 마인드 셋(Mind Set)의 문제일 수 있다. 내가 다른 사람을 대하는 것을 나의 기쁨으로 생각할지 아니면 지옥처럼 느낄지 둘 중에서 하나를 선택하는 문제로 생각할 수도 있다. 모르는 다른 사람들뿐만 아니라, 이제 열정이 식어버린 그 사람(그녀)도 마찬가지이다. 나에게 기쁨이거나 혹은 나를 가두는 지옥이 된다. 이럴 때 내가 사용하는 나만의 비법이 있다. 바이킹이 말했던 "인간의 기쁨은 다른 인간"이란 옹골찬 주문(Magic Words)을 자주 외우는 것이다. 바이킹들은 자신들이 선택한 이 기쁨으로,

자신의 죽음마저도 극복해내지 않았던가. 바이킹들은 무엇을 두려워하는 것을 수치스럽게 생각했고, 친구들 앞에서 두려움에 떨며 수치심을 보이기보다는 차라리 싸우다가 죽는 것을 선택했다. 인간적인 게으른 생각이 찾아올 때 오늘도 조용히 마음속으로 암송한다. "인간의 기쁨은 다른 인간이다. 그리고 나 또한 다른 사람의 기쁨이다."

14

눈높이를 맞추면
'기쁨'을 만나게 될 것이다

　모든 동물의 조상이었던 원시 물고기는 입과 겨우 빛을 감지하는 안점(광수용체)을 가지고 있었다. 먹이를 먹는 입이 있었으니 당연히 배설을 위한 기관인 항문을 가지고 있었다. 몸이라고 해 봤자 입, 안점(빛을 감지하는 원시 눈), 소화를 담당하는 몸통, 항문을 가진 게 전부다. 초소형이다. 여기서 입 쪽이 '앞'이고 항문 쪽이 '뒤'이다. 사람을 포함해서 거의 모든 동물이 그렇다. 입이 있는 방향이 앞이고, 항문이 있는 쪽이 뒤다. 최초의 앞과 뒤가 생긴 것이다. 진화론에서 위와 아래의 개념은 훨씬 뒤에 생겨난다. 이른바 눈이 생기고 난 뒤의 이야기인데, 이 눈이 입과 항문이 생기고 뒤에 엄청나게 오랜 세월이 지나고 나서 비로소 생겨났다. 아무튼 엄청나게 오랜 세월이 흐른 뒤에 눈이 생겼는데, 이 눈보다 높은 쪽이 위이고 낮은 쪽이 아래이다. 위와 아래는 그 눈이 기준이다. 그래서 눈높이라고 한다. 생존에 엄청나게 중요한 개념이다. 내 눈보다 위에서 접근하는 것들은 모두 나보다 덩치가 큰 포식자들이다.

그리고 내 눈보다 아래에 있는 작은 것들은 전부 내 먹이일 것이다. 그래서 눈높이가 중요하다. 흔히 동물의 몸집이 크면 눈은 상대적으로 위에 붙어 있으며, 몸집이 작으면 그 눈이 아래에 붙어 있다. 그래서 대부분 동물은 상대가 자신보다 큰지 작은지를 눈높이로 가늠한다. 이런 이유로 동물들의 눈높이 싸움은 치열하다. 동물들이 싸울 때는 눈높이를 높이기 위해 앞발을 들고 일어선다. 바닷가의 칠게는 갯벌에서 밖으로 나와 있을 때는 감춰 두었던 두 눈을 높이 세운다. 자신이 세운 안테나 같은 눈 위쪽에 무엇이 어른거리면 재빨리 뻘 속으로 숨는다. 포식자로 인식하는 것이다. 사람이 조용히 다가가면 어느새 낌새를 느끼고 재빨리 도망간다. 대신 자신의 눈 아래쪽에서 움직이는 작은 것들은 먹잇감이다. 별로 크게 신경 쓸 것이 없고 걱정할 것도 없다. 사람들도 이와 비슷하다. 사람들도 본능적으로 자신의 눈높이를 높이려고 애를 쓴다. 사람들이 뒤꿈치를 들어 자신의 키를 높이려고 하는 이유이다. 안하무인이라는 말은 자신의 눈높이 밑에 아무도 사람 같은 존재가 없다는 뜻이니 사람이 있어도 사람 취급을 안 한다는 말이다. 권력이나 돈, 지위에 도취되면 상상의 눈높이가 높아지는데 이때 눈 아래에 있는 사람을 먹잇감이나 돌 같은 사물처럼 취급하는 것이다. 참으로 동물적이다. 이와 같이 눈높이와 관련된 동물의 역사는 인류의 역사(수백만 년 전)보다도 어마어마하게(수억~수십억 년 전) 더 오래된 이야기이다.

마빈 해리스가 쓴 〈작은 인간〉이라는 책에 인류학자 말리노프스키의 이야기가 소개되어 있는데, 그 내용이 이렇다. 참고로 트로브리안드섬은 호주 북쪽에 있는 섬인 파푸아뉴기니섬 동쪽 솔로몬해에 있다.

"남태평양 트로브리안드섬에서는 오직 추장만이 조개 장식을 걸칠 수 있었고, 평민들은 추장의 머리를 낮게 두는 자리에 앉히는 것이 금지되어 있었다. 누군가가 추장이 가까이 오고 있다고 외치자, 봐야탈루 마을에 있던 사람들은 모두 베란다에서 떨어졌다."

베란다에서 다른 사람들과 함께 있던 이 인류학자는 자신도 같이 베란다 아래로 떨어져야 하는지 무척 당황했다고 한다. 이 학자처럼 나도 왜 사람들이 베란다에서 갑자기 떨어졌는지 처음에는 정확히 이해하지 못했다. 아직 눈높이 개념이 없었기 때문이다. 눈높이 개념을 안다면 이 이야기는 아주 쉽게 이해할 수 있다. 누구도 추장의 눈높이보다 높은 위치에 있으면 안 되는 것이다. 만약 누가 추장보다 높은 위치에 있다면 필시 추장은 그들을 적으로 알고 공격할 것이기 때문이다.

대부분의 문화권에서도 마찬가지다. 누구나 왕 앞에 나서려면 왕의 눈높이보다 낮은 쪽에서 자신이 왕보다 아래쪽에 있다는 것을 알려야 한다. 그래서 하는 공식적인 말이 있다. '폐하'이다. 폐하

(陛下)라는 말은 이 말을 하는 사람이 왕보다 낮은 (정확하게는 왕의 눈높이보다 낮은) 대궐의 섬돌, 즉 층계(계단) 아래에 있는 사람이라는 뜻이다. '전하'도 마찬가지 말이다. 전하(殿下)는 왕의 전(殿, 즉, 왕이 있는 집의 아래쪽에 있다고 알리는 말이다. 폐하이든 전하이든 그 명칭이 무엇이든 중요한 것은 말하는 사람이 그것(왕의 눈높이)의 아래에 있는 미천하고 작은 존재라고 미리 고백하는 것이다. 이렇게 자신의 몸을 낮춘다는 의미는 내가 그렇게 하지 않을 경우에 발생할지도 모르는 섬뜩한 결말을 잘 알고 있다는 뜻이다. 쉽게 이 말은 나는 적이 아니라 작고 힘없는 약한 자라고 미리 아뢰는 말이다.

왕과 눈높이를 맞추는 것은 왕과 한번 해보겠다(겨뤄 보겠다)는 마음으로 읽힐 수도 있다. 그래서 왕과 눈높이를 맞추는 것을 절대로 금하는 것이다. 그것이 목숨을 단축하는 일일 수도 있는 것이다. 이런 일들은 동서양을 막론하고 공통적으로 존재하는데 동양의 문화권에서 유독 심한 것 같다. 많은 인력이 필요한 논농사 문화로 인해 많은 인구가 가까운 거리에서 많이 모여 살기 때문이다. 사람이 많으면 그 계층의 사다리도 길다. 하물며 길고 긴 사다리의 끝인 왕이 있는 자리는 저 아래에서는 잘 보이지도 않는다. 아무튼 눈높이 개념은 인류의 역사보다도 한참 더 오래되었다. 그 역사는 인류의 탄생 훨씬 이전으로 거슬러 올라가기 때문이다. 메타인지를 이용한 나의 관전 포인트(눈높이 본능에서 빠져나와 이것을 구경하고 즐긴다는 의미이다)는 이것이다. 이렇게 오래된 동물적인 본능이 인간이 개발해 온 지성과 문화의 힘보다 여전히 더 막강할지에 관한 것이다. 물론 정답은 없을 것이다. 이런 문제가 항상 그렇듯이, 정답은 '그때그때 달라요.' 혹은 '사람마다 달라요.'이다. 혹은 '시대마다 달라요'일 수도 있겠다. 그렇지만 나는 인류가 쌓아온 문화의 힘과 지성의 힘을 믿어 보겠다는 쪽에 배팅해보기로 했다. 뇌의 진화를 연구하는 학자들이 뇌의 미래에 대해 하는 이야기도 이와 맥락이 닿는다. 뇌의 진화는 어디까지 갈 것인가? 우리는 진화하는 뇌의 마지막 버전인가? 많은 뇌과학자들은 뇌 자체의 진화보다는 뇌에 깊숙한 영향을 미치는 문화의 힘을 이야기하고 있다. 우리의 문화가 어떻게 변해갈 것인가를 관찰하는 것이 우리의 뇌의 미래를 정확하게 이해하는 한 가지 방법이 될 것이라는 말이다. 결국 뇌도 문화적 유기체라는 것이다. 그렇다면 눈높이에 관한 이야기는 우리의 문화와 뇌의 본능, 이 둘이 함께 펼쳐가는 탱고춤 아니면 MMA 종합격투기를 구경하는 재미있는 이야기일 수 있다.

언제부터인가 항공사 승무원들이 승객의 요청 사항을 들을 때 무릎을 꿇고 눈높이를 맞추는 것이 눈에 뜨이기 시작했다. 위에서 고객을 내려다보는 승무원의 시선이 승객의 입장에서는 다소 불편한 시각일 수 있다. 항공사가 마케팅 차원에서 승무원의 높은 눈높이 자세를 수정한 것이다. 그리고 어린이들과 이야기할 때 허리를 낮추어 눈높이를 맞추는 것도 어린이와의 심리적 거리를 줄이려는 노력으로 보인다. 또 있다. 버락 오마바 대통령이 자신의 곱슬머리로 고민이 많은 소년에게 고개를 숙여서 대통령의 곱슬머리를 만지게 한 장면이 전 세계의 뉴스거리가 된 적이 있었다. 드디어 우리 인류의 역사보다도 더 오래된 눈높이 본성을 우리가 조금씩 극복하고 있는 것 같은 생각이 들어 기분이 좋아진다.

사실 눈높이를 바꾸면 사물이 달라 보이는 것이 분명하다. 또 눈높이를 바꾸면 안 보이던 것들이 보인다. 예를 들어 어린이를 대상으로 사진을 찍을 때 카메라 앵글은 대개 어린이 눈높이보다 더 높다. 어른들의 키가 어린이보다 더 크기 때문이다. 그런데 이 카메라 앵글을 어린이 눈높이 보다 낮추면 평상시에 보지 못했던 근사한 사진을 찍을 수가 있다. 그러려면 사진을 찍는 사람은 거의 땅바닥에 붙다시피 하여야 한다. 이것이 포인트이다. 만약에 어린이와 갓난아이 그리고 바닥에서 기어가는 거북이를 피사체로 하여 좋은 사진을 얻으려면 촬영자는 거의 땅바닥에 찰싹 붙는 정도로 누워야 한다. 이렇게 눈높이를 바꾸는 것은 의도적인 노력을 하여야 비로소 가능하다. 분명한 것은 우리가 눈높이를 바꿀 때 눈에 띄는 변화가 온다는 것을 알게 된다는 것이다. 나는 취미로 사진 공부를 하는데 기억에 남는 유명한 내셔널지오그래픽 사진작가가 찍은 한 장의 사진을 기억한다. 그는 자연 상태의 거북이와 눈높이를 정확하게 일치시키고 사진을 찍었다. 처음 보는 놀라운 장면이었다. 거북이의 코가 내 코와 맞닿고, 거북이의 눈과 내 눈이 정확하게 아이콘택(eye contact)이 이루어지는 충격적인 사진이었

다. 아! 내셔널지오그래픽의 사진작가들은 존경스럽다. 이렇게 눈
높이를 일치시킬 때 놀라운 일들이 벌어지기 시작한다. 물론 비즈
니스 차원의 마케팅 활동이겠지만 항공사 승무원들처럼 고객을 대
할 때 자신의 눈높이를 낮추는 것은 적지 않은 변화를 가져온다는
것을 믿는다. 다른 사람이 나의 기쁨이 되기를 원한다면, 우리가
첫 번째로 해야 하는 일은 우리의 눈을 다른 사람의 눈과 맞추는
것이다. 다른 사람과 눈을 맞추는 것은 쉬운 일은 아니겠지만, 그
렇다고 아주 어려운 일도 아니다. 누구든 눈높이를 맞추면 친구가
될 수 있다. 그리고 좋은 친구가 많은 세상은 살만하다.

15

돈과 권력에 빠지지 마라.
공감 능력을 잃게 된다

우리나라에서 한동안 유행했었던 〈승자의 뇌〉 (이안 로버트슨, 원제목 Winner Effect, 부제목 뇌는 승리의 쾌감을 기억한다)를 다시 꺼내 읽었다. 이 책과 비슷한 〈도파민 중독〉이라는 책을 얼마 전 서점에서 봤는데 이런 제목의 책들이 보이는 것은, 그만큼 우리 사회가 이미 도파민 중독 현상을 보이고 있기 때문일 것이다. 〈승자의 뇌〉의 저자인 이안 로버트슨은 인지신경과학자로서 신경심리학 분야의 국제적인 권위자이다. 이 책은 이기는 방법에 관한 책이 아니다. 오히려 이기는 것이 주는 쾌감이 초래할 수 있는 비극을 피하는 방법에 관한 책이다. 책 제목이 주는 상식적인 예상과 기대(이기는 방법을 알려주는 책이라는 기대)와는 정반대의 이야기를 하고 있다. 그러나 비극적이게도 자녀교육에 열성적인 우리나라의 젊은 엄마들(정확하게 표현하면 1등만을 부추기는 사교육 열풍)은 자신의 아이가 승자의 뇌를 갖게 할 수 있도록 모든 노력을 다한다. 한 번 이겨봤던 아이가 계속 경쟁에서 이길 수 있고, 한 번만 1등을 하면 계속 쉽게 1등을 할 수 있다는 내용으로 착각한 것이다. 이런 잘못된 오해는 종종 아이들을 끝없는 경쟁으로 내몰고 친구들과의 협력을 모르는 1등 지상주의자로 자라게 한다. 그리고 결국 자신의 아이가 도파민 중독에 빠지게 한다. 이러한 일등주의의 폐해는 자살률 증가, 화풀이 범죄, 승자독식 등 여러 가지 형태로 나타나고 있다.

이 책에는 승자의 예로써 WBA, WBC, IBF 세계 권투 챔피언 타이틀을 가지고 있는 마크 타이슨의 이야기가 소개되고 있지만 이 책의 핵심 내용은 이렇다. 승리를 거듭할수록 승자의 뇌는 더 많은 승리, 즉 승리 후에 맛보는 도파민(쾌감을 주는 신경전달물질)에 중독되어 간다는 것이다. 도파민에 중독되면 다른 사람들을 단지 승리의 도구(자신의 뇌가 쾌감을 주는 도파민을 분출하게 하는 도구)로만 생각하게 된다. 도파민에 중독된 독재자가 아무런 죄의식 없이 자신에게 반대하는 사람을 죽이는 이유와 같다. 도파민 중독자의 눈에는 그들은 사람이 아닌 도구로 보이니까 자신의 부적절한 행위에 대해 아무런 죄의식을 느끼지 못하게 되는 것이다. 그러니 우리는 인간관계에서 무조건 이기려는 마음을 잘 조절하여야 하며, 인생에서 진정한 승자가 되는 길을 잘 찾아야 한다는 것이 이 책의 핵심 내용이다.

내가 말레이시아에서 근무할 때의 이야기다. 우리 아이들이 다녔던 학교에서 학생들의 토론회가 있으니 부모들 가운데 한 사람은 꼭 참석해달라는 연락이 왔다. 서로 다른 학교의 고등학생들이 모여서 영어 토론대회를 하였는데 아이가 다니던 학교에서 최종 결승전이 벌어진 것이었다. 토론 주제는 복제인간을 우리는 허용해야 하는가? 동성애자의 결혼은 허용해야 할까? 이런 것들이었다. 이런 토론 주제를 미리 주고 찬반의 논거와 참고자료 준비를 위한 시간을 준 뒤 토론을 진행하였다. 참여자 모두 열성적으로 찬성과 반대의 논거를 중심으로 자신의 주장을 펼쳤는데, 이 학생들이 정말로 고등학생이 맞나 할 정도로 토론을 잘하였다. 그런데 마지막에 반전이 있었다. 토론회를 주최한 학교 측에서 갑자기 양측의 대표자를 부르더니 입장을 서로 바꿔서 토론하라고 하였다. 즉 복제인간의 허용을 반대했던 학생은 찬성해야 했고 거기에 찬성하는 논거를 제시해야 했다. 또 찬성했던 학생은 반대의 이유와 논거를 제시하면서 반대하는 주장을 해야만 했는데, 재미있는 현상이 발생했다. 미국인 학생은 즉각 자신의 기존 입장을 바꾸고 상대편이 했던 자료들을 인용하면서 종전에 자신이 했던 주장과 정반대의 주장을 잘 펼쳤다. 그런데 조금 전에 정말로 조리 있게 토론을 잘했던 (내가 1등을 하리라고 예상했던) 중국인 학생은 당황하고 어이가 없어 하면서 내가 어떻게 종전의 주장과 반대되는 주장을 할 수가 있겠느냐고 따지면서 토론을 거부하였다. 토론회는 그렇게 끝이 나버렸다. 이 토론회는 토론 주제뿐만 아니라 상대편의 입장을 이해하는 것과 입장을 바꾸는 것에 대해 많은 것을 생각하게 했다. 나는 토론회가 단지 말 잘하기 1등을 뽑기 위한 행사가 아니라는 것을 보여준 학교 선생님들에게 감사와 찬사를 보냈다.

지금 생각해 보면 당시에 나는 그 고등학생들의 토론을 보면서 문화적인 차이를 실감하였다. 〈협력의 유전자〉 (니컬라 라이하니)는 동양의 집단주의와 서양의 보편주의의 차이를 설명하는데, 나는 학생들의 토론회에서 그 좋은 사례를 보았던 것 같다. 중국, 일본, 한국 같은 논농사를 중심으로 모여 사는 집단주의 사회에서는 가족을 중심으로 내부 유대가 끈끈하고 서로 많이 의지하면서 살아간다. 그래서 서로를 도와야 한다는 도덕적 의무감을 강하게 느끼지만, 그런 도덕적 의무감이 집단 바깥으로까지 넓게 퍼지지 않는다. 그런데 미국과 서유럽의 나라에서는 가족보다 더 큰 사회적 관계망을 쌓고 살아가기 때문에(유목민의 특성으로 보인다), 비교적 친교의 범위가 넓고 도덕적 의무를 지는 범위도 더 넓다. 그래서 누구에게나 같은 원칙을 적용하는 것에 익숙하다. 바로 이것이 중국인 학생이 쉽게 자신의 입장을 바꾸지 못한 이유에 대한 좋은 설명이 되었다. 그 학생은 자신의 입장을 바꾸는 것을 공동체 내에서 미덥지 않은 사람이 되는 것으로 생각했었기 때문이다. 그리고 '내가 이겨야 한다'는 생각 즉 내가 옳다는 생각만을 했기 때문에 결국 자신의 입장을 바꾸지 못했다. 세상살이가 어떻게 단 하나의 입장으로 살아지던가. 토론을 잘해왔던 중국인 학생의 당황스러운 표정이 오래 기억에 남아 있다. 생각해 보면 젊었을 때 나도 그랬던 것 같다.

　장타 소녀 프로골퍼였던 미셸 위가 남자 프로대회에 참가하여 고전하고 있을 때 타이거 우즈기 미셸 위에게 주었던 충고가 이랬다. "남자와 경쟁하려 하지 말고 작은 대회에 참가해서 우승하는 법을 배워라. 나도 그렇게 했다." 참으로 대가다운 적절한 조언이었다고 생각했다. 그 후 미셸 위는 LPGA에서 최초의 우승을 맛보았다. 이런 조언은 참으로 값지다. 그러나 승자의 뇌에서 하는 조언을 놓치면 섬뜩하다. 승리에만 집착하게 될 경우, 즉 도파민에 중독될 경우에 마치 마약에 중독된 사람처럼 다른 사람을 도파민 보충을 위한 물건처럼 여기게 된다. 그래서 공감능력을 잃게 되고, 결국 그가 그동안 쌓아온 사회적 관계가 망가진다. 승리만을 위한 승리, 도파민을 위한 도파민 보충(refill)에 빠지는 것이다. 독재자가 사람을 아무런 느낌도 없이 죽이는 일이 벌어진다. 문제는 승리만이 아니다. 우리에게 쾌감을 가져다주는 모든 것들이 그렇다는 것이다. 견제되지 않는 권력(집안에서도 마찬가지다. 폭군 같은 아빠 엄마가 있다)을 잡게 되거나, 많은 돈을 가진 사람도 권력을 가진 사람처럼 행동한다. 그 사람이 나빠서 그런 것이 아니라 과학적으로 신경학적으로 그렇게 된다는 것이다. 그 사람이 나쁘기 때문에 혹은 그 사람이 인격에 문제가 있어서 마약 중독자가 되는 것이 아닌 것과 같다. 마약 중독자가 되는 것은 단지 마약에 중독되었기 때문이다. 그것뿐이다. 그래서 섬뜩하다. 도파민 중독도 마약 중독과 같은 뇌의 부위에서 일어난다고 한다.

이렇게 무조건 이겨야 한다는 생각은 우리의 공감 능력을 떨어뜨리고 인간관계를 망가뜨린다. 그런데 자연계에서 통상적으로 암컷은 수컷보다 공감 능력이 뛰어나다. 새끼를 낳아 기르고 노약자를 보살피는 것에 익숙하다. 사람도 마찬가지다. 여자는 공감하지만, 남자는 공감할지 아니면 공격할지 사이에서 망설인다. 사로잡힌 전쟁포로를 대할 때나 이방인이 곤경에 처해 있을 때의 반응 역시 다르다. 여자는 상처를 치료하거나 먹을 것을 주는 반면에, 남자는 죽일지 살려줄지 사이에서 망설인다. 우리는 그렇게 진화해 왔다. 일반적으로 여자의 공감 능력은 남자보다 더 크다. 그런데 여자도 권력의 맛을 보면 그 공감 능력을 상실한다. 중독은 남녀를 따지지 않는다. 여자 중독자도 많다. 부부 관계에서도 나타난다. 견제되지 않거나 스스로 자제하지 않는 절대적인 권력을 갖고 있다고 느끼는 순간, 도파민의 공격에 당하고 만다. 악처나 나쁜 놈(아내가 하는 소리)이 그래서 생긴다.

이와는 반대로 세상은 점점 더 우리의 공감 능력이 커질 것을 주문하고 있는 것 같다. 기후변화나 자원고갈, 전염병 팬데믹, 체인처럼 연결된 세계적 경기침체, 핵 문제와 전쟁의 위험 등 어느 것 하나 한 나라의 힘으로 풀어낼 수 있는 문제가 없으며, 국내적으로도 한 개인이나 하나의 기관이 해결할 수 없는 문제들이 수도 없이 많이 발생하고 있다. 공감과 협력이 더욱 필요해지는 긴박한 상황에서 나만 이겨야 한다는 생각은 이제 아무런 의미가 없다. 일등주의는 이미 구닥다리가 되었고 공동의 문제를 해결하기 위한 협력과 협업 그리고 공감 능력이 필요한 때이다.

16

항상 마음속에
평화가 있기를

    인도에 가면 사람들은 만나는 사람에게 서로 나마스테 하면서 정중하고도 고요하게 예배하듯이 인사를 한다. 이때 두 손을 합장하여 자신의 가슴 앞으로 모으는데 나는 왠지 모르게 서로 이런 인사를 나누면 기분이 좋아지면서 깊은 여운이 오래도록 가슴에 남았다. 그냥 고개를 앞으로 숙이고 허리를 굽히면서 하는 우리식 인사와는 분명히 다른 무언가가 있었다. 나마스테(Namaste)라는 인도의 전통적인 인사말의 뜻을 알게 되자, 비로소 그 인사법이 나에게 오래도록 여운으로 남아있는 이유를 알게 되었다. 나마스떼는 인도 고대어인 산스크리트어로 Namah(존경하다)와 Aste(당신에게)라는 말이 합쳐진 것이라고 한다. 즉 나마스테의 뜻은 '당신을 존경합니다.'라는 뜻이었다. 그런데 인도말이 그렇듯이 나마스테는 단순히 당신을 존중한다는 뜻만 가지고 있는 것이 아니다. Aste는 상대방의 마음속에 있는 신을 뜻하기도 한다. 그래서 '나는 당신의 신을 존경합니다.'라는 뜻이 되고 더 깊은 의미로는 '내 안의 신이 당신 안에 있는 신에게 경배한다.'는 뜻이 된다. 인사말 나마스테 안에는 서로의 두 신이 함께 만나는 깊은 뜻이 있었다. 나마스테 에는 만남과 존경과 기쁨이 함께 있다. 나마스테라고 인사를 할 때 가슴 앞에 두 손을 모아 합장하는 의미도 이와 같다. 힌두교의 요가에서 '가슴에 생명의 에너지가 있다.'고 말한다. 가슴(심장)은 사랑, 공감, 연민, 용서, 우정을 의미한다. 그리고 나마스테라고 인 사할 때 가볍게 눈을 감고 머리를 숙이는데 이것은 신을 경배하는 마음을 나타내는 행동이기도 하다. 또한 가슴 앞에 두 손을 모으 는 이 동작은 자신의 영혼이 다른 이의 영혼과 함께 있다는 것에 대한 감사의 표시이기도 하다. 그래서 나마스테라고 말하는 것과 두 손을 모으는 합장은 정확히 같은 것을 의미한다.

전에 내가 인도 뉴델리무역관에서 근무할 때 내 인도인 친구 샴 루와니가 나에게 해준 이야기가 있다. 샴 루와니는 나보다 네 살이 많았는데 그의 딸과 내 딸이 같은 나이의 친구였고 같은 유치원을 다녔다. 나는 '나마스떼'라고 말하면서 두 손을 함께 가슴 앞으로 모으는 인사에 무슨 다른 뜻이 또 있느냐고 샴에게 물었다. 샴은 내가 평생 기억하게 될 의미 있는 이야기를 나에게 해주었다. 인도 인들은 왼손은 화장실 갈 때 사용하는 더러운 손이고 오른손은 음식을 먹을 때 사용하는 깨끗한 손이라고 생각한다. 그래서 인도 인들이 주식인 '난(화덕에 구운 납작한 빵)'을 찢어 먹을 때도 신기하 게 오른손으로만 찢어 먹는다. 한 손만으로도 잘한다. 왼손은 나에게 더럽고 부끄러운 부분이고 오른손은 깨끗하고 자랑스러운 부분을 상징하기 때문이다. 그래서 인도인들은 밥을 먹을 때도 절대 왼손을 사용하지 않는다. 물건을 주거나 받을 때도 오른손만을 사용한다. 그러니 나마스떼라고 인사할 때 '그대의 신께 경배한다'는 고백에 가까운 신성한 행동을 할 때는 나의 두 손을 모아서 전부를 보여준다는 것이다. 즉 "나는 나의 더럽고 부끄러운 부분을 감추지 않고, 나의 깨끗하고 자랑스럽고 명예로운 부분과 함께 이 모두를 당신의 신께 보여 드리겠습니다."라는 의미가 있다고 설명해 주었다. 아! 그랬다. 상대방의 신 앞에 나의 부끄러운 부분까지 감추지 않고 드러내야 하는 것이었다. 나마스떼의 의미와 경배의 의미를 비로소 조금 더 잘 이해할 수 있게 되었다. 경배는 단지 신을 향해서 신을 찬미하는 것에만 있지 않고, 나의 부끄러운 부분을 고백하는 것과 관련이 있다는 것을 알게 된 것이다. 사랑과 우정도 서로의 밝은 쪽만을 보고 있지는 않다는 것과 같다.

인도 뉴델리에 가면 하얀 연꽃 모양의 사원(Lotus Temple)이 있다. 한국 사람들에게는 자부심을 느끼게 하는 사원이다. 한국기업이 건축공사를 하였는데 그 당시에 불가능에 가까운 어려운 공사를 성공리에 마무리했기 때문이다. 1986년 흰 대리석을 이용하여 거대한 연꽃 모양으로 건축된 바하이 사원이다. 섭씨 40도를 오르내리는 뜨거운 열기로 시멘트 타설 작업이 불가능하였는데 이때 공사를 맡은 한국기업이 콘크리트 시멘트믹스에 얼음덩어리를 부어가면서 완공시켰다고 한다. 흰 대리석은 미리 설계도에 따라 재단된 대리석 덩어리들을 그리스에서 가져왔으며, 뉴델리 지역의 지진에 대비해 사원 전체 밑바닥을 두꺼운 방수고무를 깔고 그 위에 건축하였다고 한다. 그러니까 로터스 사원은 방수고무 위에 떠있는 건축물이다. 건물 주위에는 물을 채워놓아서 멀리서 보면 건축물이 물 위에 뜬 것처럼 보이기도 하다. 흰색의 연꽃 대리석 건축물이 매우 아름다워서 특히 석양에는 사진 촬영의 핫플레이스로 꼽히기도 한다. 그런데 내가 정작 이 사원을 소개하는 이유는 다른 데 있다. 흰색의 거대한 대리석 구조물 속으로 들어가면 가운데 낮은 곳에 마루 같은 조그마한 공간을 중심으로 둥글게 경사를 이루면서 수백 개의 의자들이 놓여져 있다. 그뿐이다. 그 외에 아무것도 없다. 그냥 가운데 빈 공간과 빈 좌석만 있는 것이다. 좌석을 빼면 그냥 아무것도 없는 셈이다. 기도하는 사원이나 성지가 아니라 마치 무슨 공연장 같았다. 사원인데 왜 그런지 관리하는 인도인에게 물었다. 내가 관리인에게 들은 대답은 "빈 자리에 앉아서 경건하게 당신의 신 앞에 경배드리라"라는 말뿐이었다. "그럼 종교가 다른 사람들은?" "그들도 당신과 마찬가지로 그들의 신 앞에 경배드리면 된다." 아! 참으로 단순했다. 누구든지 자신의 신께 조용히 기도를 드리면 된다. 그 로터스 사원 내부는 에어컨을 찾아볼 수가 없었는데도 건물 외부 연못에 채워놓은 물 때문인지 공기는 덥지 않고 선선했다. 선선한 바람이 건물 벽체 아래에 뚫려있는 바람통로로 들어와서 마치 선선한 나무 그늘에 있는 것처럼 느껴졌다. 참으로 기도하기에 적당했다. 바하이라는 이름은 아랍어로 영광이라는 뜻이라고 하며 바하이교는 아브라함 계통의 종교로서 19세기 페르시아인 바하올라를 신의 마지막 메신저로 믿으며 바하올라를 통해 유일신을 믿는 종교라고 한다. 어쨌거나 이런 바하이 사원도 인도에 있다는 사실이 놀랍다. 내가 아는 힌두교는 거대한 종교와 사상의 용광로이다. 그 안에 모든 신이 다 있다. 부처도 있고 예수도 있고 마호멧도 있고 바하이도 있다. 그 외에도 무려 삼천만 명의 신들이 있다고 한다. 내 친구 샴 루와니가 해준 이야기다. 그리고 그 신들은 결국 하나라고 한다. 그래서인지 인도인들은 다른 사람의 신앙과 종교에 대해 전혀 거부감이 없다. (참, 아주 오래전에 힌두교와 무슬림과는 충돌이 있었다.) 그들은 누구에게나 나마스떼(그대의 신께 경배한다)라고 말하며 경배하듯 인사한다. 평화를 구하는 모든 이에게 평화가 있기를 기원한다. 나마스테.

17

항상 인간적인 사람이
되도록 노력해라

    인간의 가장 기본적인 욕구는 식욕과 성욕이라고 할 수 있다. 먹는 것과 자손을 남기는 것은 인간이 가진 욕구 가운데 가장 기본적인 것들이고, 동시에 가장 강렬한 욕구이다. 그리고 이것과는 전혀 그 성질이 다른 또 하나의 욕망(충족시킬 수 할 수 없으므로 이것은 욕구가 아니다)이 있다. 죽음의 공포를 다스리는 것(솔직히 다스릴 수는 없다. 잠시 잊거나 미뤄두는 요령을 아는 것 정도일 것이다)이다. 죽음을 의식하면서 죽음의 공포를 다스리는 것은 종교적이고 철학적인 문제이다. 현실적으로 긴 생각의 시간이 필요하다. 하루아침에 집중적으로 고민해서 해결될 문제가 아니다. 식욕과 성욕은 인간이 기본적으로 느끼는 것이고 삶의 본질을 이루는 것이지만 단지 그것만을 놓고 본다면 다른 동물들과 크게 다르지 않다. 그러나 죽음을 의식하고 그 죽음을 극복하기 위해 노력하거나, 죽음을 의식한 채로 살아 있는 동안의 삶을 더 풍요롭고 의미 있는 것으로 만들려고 하는 것은 인간만이 가진 특징이라고 할 수 있겠다. 죽음을 의식하는 것은 아주 인간적인 현상이다.

인간은 생존을 위해 자신의 감정 기제를 발전시켰다. 좋아하고 싫어하거나, 공포로 인해 겁을 먹거나, 용감하게 두려움을 무릅쓴다. 부끄러움을 느끼거나, 화를 내기도 한다. 이런 감정들 모두가 우리의 생존을 돕는다. 우리가 어떤 것을 좋아하는 것은 우리가 그 행동과 말을 자주 반복하게 함으로써 그것을 다시 경험하게 할 가능성을 높인다. 반대로 싫어하거나 두려운 감정은 그 행동을 피하게 함으로써 다시 경험하게 될 가능성을 낮춘다. 두려움을 무릅쓰고 용감하게 달려드는 것은 그에 따른 보상이 크기 때문이다. 부끄러움을 느끼는 것은 우리의 행동을 점검하고 그 행동이 적절하지 않다고 느끼면 바로 그만두게 하는 효과가 있기 때문이다. 화내는 것도 때로 유리한 면이 있다. 부당한 대접을 피하게 하고 무시당하는 것을 면하게 한다. 그래서 우리는 건강에 좋지 않다는 것을 알면서도 얼굴을 붉히며 화를 낸다. 화를 자주 내는 사람이 더 높은 비율로 자신의 목적을 이룬다는 연구 결과도 있다. 이렇게 우리의 감정은 우리를 지키는 신호등 역할을 한다. 우리는 그 신호에 따라 앞으로 나아가기도 하고, 행동을 멈추기도 하며, 때로는 길을 피해 돌아가기도 한다. 그래서 우리는 우리가 느끼는 감정 신호의 의미를 잘 헤아려 볼 필요가 있다. 그래서 감정은 아무런 잘못이 없다.

그러나 우리가 항상 감정적인 대응만 하다 보면 낭패를 볼 수도 있다. 감정은 다른 사람들과의 상호관계 속에서 형성되기 때문이다. 따라서 감정을 느끼게 되는 그 상황과 상대방을 잘 파악해야 한다. 이렇게 세심하게 상황을 살피는 행동이 이성이다. 그 사람이 그렇게 행동하는 불가피한 상황을 이해한다면, 우리는 많은 오해와 불편한 감정들로부터 자유로워질 수 있다. 하지만 사실 실제로 그렇게 하기는 쉽지 않다. 우리는 항상 감정과 이성 사이에서 길을 잃는다. 그런데 오히려 때로는 길을 잃는 것. 이것이 더 인간적인 모습일 수도 있겠다. 우리는 우리의 감정 표현에도 서툴고, 상대방의 감정을 이해하는 데도 서툴다. 남자와 여자가 말이 잘 통하지 않고, 어린이와 엄마가, 젊은이와 장년층이 소통이 잘 되지 않을 때가 많다. 공감과 소통이 필요하다고 여기저기에서 목소리를 높인다. 그만큼 공감과 소통이 안 되고 있다는 이야기다.

　이성은 어떤가? 우리가 충분히 이성적인가? 만약에 우리가 충분히 이성적이라면, 이성적인 사고와 행동을 배울 수 있는 것이라면 세상이 이렇게 엉망으로 돌아가지는 않을 것이다. 끊이지 않고 계속되는 전쟁과 다툼, 기후변화와 공해, 산처럼 쌓여가는 쓰레기, 가난과 불평등, 생태계 파괴와 자원고갈의 문제는 이미 모두 해결되어 있을 것이다. 그런데 인간은 생각만큼 이성적이지 않지만 때로는 기대 이상으로 이성적이기도 하다.

인간은 감정과 이성이라는 두 마리의 말이 끌고 가는 마차라고 한다. 어느 쪽 말이든 한 마리가 지나치게 속도를 내며 저 혼자 뛰쳐나가도 문제이고 뛰지 않아도 문제이다. 이래서래 균형잡기가 쉽지 않은 건 사실이다. 그래서 결국 우리는 감정에 치우치거나 너무 이성적으로만 판단하려 하다가 실패하고 만다.

이성과 감성을 잘 컨트롤하는 사람은 훌륭하다. 그런데 이성과 감성의 균형을 잘 맞추는 일은 생각만큼 쉽지 않은 일이다. 주변에 훌륭한 사람이 흔하지 않은 이유이다. 그래서 어쩌면 "이성적이지도 못하고 감성적이지도 않은 채, 이리저리 왔다 갔다 하다가 때로는 길을 잃어버리는 사람이 오히려 더 인간적이다."라고 할 수도 있을 만큼 이 둘 사이의 균형을 잡는 것은 쉬운 일이 아니다. 그러나 길을 잃었다고 너무 속상해할 필요는 없을 것 같다. 우리가 본래 그렇기 때문이다. 때로는 길을 잃고 헤맬 수도 있지만 그러다가 다시 새롭게 길을 이어 가는 것이 인생이다. 인생의 새로운 길은 우리가 흔히 길을 잃었다고 생각했을 때 찾아지지 않던가. 감정은 우리의 무의식과 신경이 닿아 있고, 이성은 다분히 의식적이다. 이성은 자신이 한 선택과 그 결과를 가늠하는 일을 한다. 계획을 세우고 스케줄을 짜고 인과관계를 따진다. 감정은 우리를 보호하고 이성은 우리가 원하는 목표를 이루게 한다.

우리가 때때로 감정과 이성 사이에서 균형을 잡지 못하는 것은 지극히 정상적이다. 그래서 머리로는 이해가 되는데 마음으로는 선택할 수 없는 경우가 발생한다. 선택하고 싶지만 왠지 모르게 꺼림직하여서 그것을 선택하지 못하는 경우도 있다. 때로는 감정을 억누르고 실리를 택하기도 한다. 물론 그렇지 않기도 한다. 이렇게 감정과 이성 사이에서 어떤 결정도 하지 못하고 우왕좌왕한다고 해서 그것이 형편없다거나 가치가 없다는 말은 아니며, 잘 못 사는 것도 아니다. 다만 그것은 중요한 일이기 때문에 결정하는 데 시간이 좀 더 필요한 문제일 뿐이다.

세상은 '소비가 미덕이고 욕망의 충족은 능력'이라는 믿음이 점점 그 힘을 얻어가는 것 같다. 세상은 논리적인 설명보다는 사람들의 감성적인 면에 호소하는 방법을 더 자주 사용하는 것 같다. 사실 우리는 감정적으로 결정하는 경우가 많다. 뇌과학자들은 이것을 '제한된 합리성'이라고 이야기한다. 감정적인 판단을 먼저 하고 여기에 이성적인 이유를 덧붙이는 식이라는 것이다. 감정은 직관적이어서 이성보다 훨씬 더 빠른 결정을 내린다. 그래서인지 모르겠지만 요즘에는 빅데이터와 인공지능을 이용한 신기술은 점점 더 많은 데이터를 이용해서 사람들의 감성을 파고드는 것 같다. 감성을 자극하는 광고의 융단폭격은 우리의 이성을 마비시킨다. 우리가 내려야 할 판단을 신기술이 대신 내려주는 것이다.

잘 생각해 보면 '인간적이다'라는 말은 '감정과 이성 사이에서 균형을 잡는 것'이라기보다는 오히려 '더 감성적이고, 더 이성적이 되는 일'일지도 모른다. 동물계를 보면 인간과 같은 수준으로 폭넓은 감정의 스펙트럼을 보이는 동물은 없다. 그리고 그 감정의 표현 방법이 인간만큼 다양한 동물도 없다. 이성의 측면에서는 더 말할 나위가 없다. 〈사피엔스〉라는 책으로 유명한 유발 하라리는 그의 후속작 〈호모 데우스〉를 통해 인간의 지적 능력은 이미 신의 경지에 도달했다고 표현하고 있다. 우리가 '인간적'이라고 표현할 때 그리고 '인간답다'는 표현을 할 때, 그 인간은 신의 경지에 도달한 존재를 말하는 것이 아님은 분명하다. 인간답다는 말은 인간이 신의 자리를 넘보는 것이 아니라 '더 보편적인 감정과 이성을 가진 존재다움'을 말하는 것이 아닐까? 인간적이라는 말은 '보통 사람이 느끼고 판단하는 것과 같은'의 의미라고 생각된다. 다만 우리가 소망하는 것은 보통 사람들이 더 감성적이고, 더 이성적이었으면 하는 것이다. 인간다움의 반대말은 더 이상 감성적이지 않고(감정이 통하지 않고), 더 이상 이성적이지 않는(사리분별을 하지 않는) 것이다. 그래서 우리는 더 감성적이어야 하고 더 이성적이어야 한다. 그것이 더 인간적일 수 있다.

　인간만이 가지고 있는 또 다른 특징 중의 하나는 인간은 자신의 죽음을 의식하고 있다는 것이다. 어찌 보면 죽음에 대한 이러한 인식은 가장 인간적인 현상의 하나라고 할 수 있다. 인간은 욕망을 추구할 뿐만 아니라, 때로는 그 욕망을 거부하기도 하고, 스스로의 판단으로 죽음을 선택하기도 한다. 인간은 획일적으로 이러한 존재다라고 말할 수 없는 존재이다. 인간은 자신의 존재를 넘어설 수 있는 존재인 것이다. 죽음을 의식하면서 때로는 그 죽음을 불사하기도 하는 게 인간이다. 순교자, 의사, 열사, 전사, 의인 등의 이름으로 불리는 사람들이다 이외에도 이름이 없는 숭고한 죽음도 많다. 더욱더 큰 가치를 위해 자신을 스스로 희생하기로 한 사람들이다. (물론 우리 대부분은 자연사한다.) 그러니 인간적이라는 말의 뜻은 그 폭과 깊이를 다 헤아릴 수 없을 것 같다는 생각이 들기도 한다. 2차 세계대전 중 일어났던 실화를 영화로 제작한 감동적인 영화 디파이언스(Defiance 반항/저항 2009)에는 독일군의 공격으로부터 살아남기 위해 숲속에 들어가 숨어 살면서 추위와 굶주림, 독일군의 살해위협 속에서 사투를 벌이는 사람들의 이야기가 소개되고 있다. 이 영화는 단순한 생존만이 아닌 죽더라도 인간성을 지켜나가겠다는 사람들의 이야기이다. 영화 속 이야기처럼 인간성은 때로 지켜내기 어렵다는 것을 우리는 잘 알고 있다.

'인간적'이라는 말과 함께 우리가 어떤 행위를 할 때 그 행위의 판단기준이 되는 것이 있다. '가치 있다'는 말이 그것이다. 그럴 만한 가치가 있는가? 이때 '가치가 있다'는 말은 결국 '생명이 사는 것'이라는 말이다. 여기에는 아무런 전제조건도 없고 수식어도 필요 없다. 그냥 '생명이 사는 것'은 '가치가 있다'는 말과 동의어이다. 그래서 '살만한 가치가 있는가?' 하는 질문은 틀린 말이다. 살아있는 모든 생명은 이미 가치가 있기 때문이다. 그래서 '가치 있다'는 말은 '생명이 살도록 돕는 것'을 의미한다. 그렇다고 한다면 가치의 기준은 사람만을 그 대상으로 하는 것이 아님을 알 수 있다. 가치의 기준은 모든 생명이어야 한다. '사람을 포함하여 생명을 가진 존재들이 사는 것', 그리고 '어떠한 어려움 속에서도 생명이 삶을 이어가는 것', 또한 '생명들이 살아가는 것을 돕는 것'이 모두 다 '가치 있고, 의미 있는 것'이다. 즉 가치와 의미는 두 가지 모두 어떠한 어려움이 있더라도 우리(생명들)의 삶이 중단되지 않고, 지속되도록 돕는 일들 속에 있다. 삶이 중단되거나 고통스럽지 않도록 서로 돕는 것은 가치 있고 의미 있는 일일 뿐만 아니라, 모든 인간적인 것 중에서도 가장 인간적인 모습이라는 것을 나는 내가 다녔던 세상 여러 곳에서 확인할 수 있었다. (나는 주로 공무로 35개국을 여행했고 해외 5개 나라에서 살았다.)

말레이시아에서 딸의 무릎(반월상 연골 파열)을 수술했던 무슬림 의사와 간호사들은 수술이 시작되기 전에 모두 한자리에 모여서 수술의 성공과 딸의 완쾌를 기원하는 기도를 드렸다. 사용하는 언어가 다르고 종교가 다른 한국에서 온 외국인을 성공적으로 치료하고자 하는 그들의 기도와 노력은 국경과 종교 그리고 언어를 초월하고 있었다. 그리고 잊지 못할 아프리카에서의 기억이 있다. 36도의 무더위에 에어컨도 없는 판잣집 병원에서 부서질 듯 낡은 목재 의자에 앉은 가나의 흑인 의사는 나의 멈추지 않는 기침과 설사 증상을 걱정 어린 얼굴로 유심히 듣고서 약을 처방해주었다. 그때 나의 하소연을 들으면서 병의 원인을 알아내고자 노력하던 흑인 의사의 걱정스러운 얼굴이 잊히지 않는다. 내가 세계를 돌아다니면서 깨달은 것이 있다면 우리는 서로의 생존을 돕고 안녕을 기원하는 인간성을 가진 존재라는 것. 그리고 세상에는 인정을 보여주는 아름다운 사람들의 모습들로 가득하다는 것. 그래서 우리가 사는 이곳은 아직 살만한 세상이라는 것이다.

18

사람을 만나는 일의 의미

사람을 만나는 일은 재즈를 연주하는 것과 같다. 사람을 만나는 일은 상황에 맞추어 말하는 템포와 소리의 강약이 조절되고 때로는 곡의 분위기가 순간적으로 바뀌는 즉흥연주(improvise)이다. 누구를 만나느냐에 따라 나의 말소리의 크기와 빠르기와 높낮이가 달라지고 대화의 내용도 달라진다. 만나는 장소에 따라서 화제가 달라지기도 하고 나와 상대의 옷차림에 따라서도 분위기가 달라지기도 한다. 그래서 외국에서는 복장을 지정하는 모임도 있다. 전체 분위기를 맞추려는 것이다. 코믹하거나 클래식하거나 혹은 즐겁게 혹은 엄숙하게 꾸미기도 한다. 그래서 여러 가지로 장식한 모자를 쓰기도 하고 가면을 쓰기도 한다. 그래서 시간에 따라서, 장소에 따라서, 복장에 따라서 우리의 기분과 화제가 바뀐다. 대화의 내용도 바뀌고 기분이 달라지며 일상의 질감도 전혀 새로운 느낌으로 다가오기도 한다. 그래서 사람을 만나는 일은 설레기도 하고 조금은 두렵기도 한 일이다. 아니다. 전에는 그랬던 것 같다. 요즘은 그런 설렘이 많이 줄어들었다. 때로는 모처럼 만났는데도 별로 감정의 변화가 덜 느껴지기도 한다. 이런 설렘이 없는 만남은 추가 비용의 지불 없이 얼마든지 찍을 수 있는 디지털 카메라와 같다. 그래서 사진을 찍고서도 확인하지 않기도 한다. 부담과 설렘이 없으니 감동도 덜하다. 사람을 앞에 두고 휴대폰을 들여다보는 일은 하지 않아야 한다. 이제 막 시작하고 곧 생겨나려고 하는 음악을 멈추게 하고 곧 있을 수 있는 감동을 차갑게 식히는 일이 될 수 있기 때문이다.

주로 길거리의 사람들을 솔직하게 찍어서 유명한 프랑스의 전설적인 사진작가 앙리 까르띠에 브레송(1908-2004)은 사진계의 톨스토이라고 불렸다. 그는 사진의 휴머니즘이라고 할 수 있는 많은 영감 넘치는 사진을 많이 남겼다. 그는 이렇게 말했다. "평생 결정적 순간을 찍으려고 발버둥 쳤으나 삶의 모든 순간이 결정적 순간이었다." 그가 말한 '찰라의 순간'은 유명한 말이 되었다. 사진은 우리의 '찰라의 순간'을 찍어 영원한 장면으로 바꾸어 놓는다. 감동은 어디에나 있다. 우리가 대화를 나누는 사이에도 있다. 굳이 앙리 까르띠에 브레송이 우리에게 사진기를 들이대지 않더라도 말이다.

사람은 내향적인 사람도 있고 외향적인 사람도 있다. 세상을 살아가는 데는 아무래도 외향적인 사람이 유리하다. 외향적인 사람이 더 행복하다는 연구 결과도 있다. 사교적인 활동이 생존력과 행복감을 높이기 때문이다. 다른 사람들과 교류가 많은 사람은 정서적으로도 더 건강하다. 항상 그 주위에 사람이 많다. 그런데 내향적인 사람은 관심이 외부가 아니라 내부를 향해 있을 때가 많다. 그래서 안정적인 분위기를 좋아한다. 상대적으로 주변에 사람이 그렇게 많지 않다. 그래서 세상을 살아가는 데 조금 손해를 보기도 한다. 내향적인 사람은 겉으로 크게 드러나지 않기 때문이다. 그런데 이런 내향적인 사람들 가운데에는 중요한 일을 조용하게 잘 해내는 사람들이 많다. 집중력과 창의성도 좋은 편이다. 집중하기에 좋은 환경을 좋아하기 때문이다. 내향적인 사람과 외향적인 사람은 감성의 수신감도가 다르다. 외향적인 사람의 감정 수신감도가 1이라고 한다면 내향적인 사람의 수신감도는 2나 3쯤 된다. 그래서 우리가 다른 사람들을 만나서 감정적인 교류가 필요할 때 한 달에 충족되어야 하는 감성량이 10이 필요하다고 한다면 외향적인 사람(수신감도 1)은 10명을 만나야 한다. 이보다 적으면 감정교류로 얻을 수 있는 심리적 안정감과 만족감이 충족되지 않는다. 그래서 사람을 더 많이 만나서 10의 수준을 맞춘다. 그런데 내향적인 사람들은 3명이나 5명만 만나도 충분하다. 그들의 수신감도가 높기 때문이다. 수신감도가 5 정도 되는 사람은 2명만으로도 충분하다. 대신 이렇게 수신감도가 매우 높은 사람은 2명을 넘어서면 어수선함을 느끼기 시작할 것이다. 그런 사람은 사람을 만나서 얻을 수 있는 외부자극을 줄여야 한다.

재미있는 이야기가 또 있다. 외향적인 사람들은 평균적으로 72 데시벨 수준의 잡음을 선택하는 반면, 내향적인 사람들은 55데시벨을 선택한다고 한다. 내향적인 사람들은 수신감도가 좋기 때문에 외향적인 사람들이 좋다고 하는 72데시벨은 시끄럽다고 느낀다. 이와 같은 이유로 자신의 성향에 따라 만나는 사람의 수가 다르다. 만나는 사람의 수가 많아서 좋다든지 적어서 좋다든지 하는 말이 아니다. 그냥 각각의 성향과 그 성향적 특징이 그렇다는 것이다. 외향적인 사람이 사회적으로 그리고 스스로 느끼기에도 유리한 점이 있는 것은 분명하다. 다른 사람으로부터 기분전환을 할 수 있는 기회를 얻을 수도 있고 일상의 활력과 아이디어를 더 얻을 수도 있기 때문이다. 그런데 한편으로는 많은 사람을 만나다 보면 실망과 스트레스도 많아지는 것이 사실이다. 나는 내향적인 편인데 그래서 만나는 사람이 많지 않다. 만나는 사람의 수가 적다 보니까 어쩌다 다른 사람들을 만날 때는 조금 설레기도 하고 기대도 된다. 마치 재즈 콘서트를 찾아가는 느낌도 든다. 그래서 만나고 난 후에도 여운을 길게 느낀다.

지금도 기억하는 것은 대학 1학년 때 친구를 따라 처음으로 미술대학의 선배를 방문한 적이 있었다. 그림을 그리는 그 선배는 대학원 과정에 있었는데 대학원 화실에서 작업을 하고 있었다. 친구를 따라 처음 가보는 화실과 미래의 화가가 환하게 반겨주는 모습은 충분히 인상적이었다. 미술과 그림 작업에 대해 이런저런 이야기를 나누다가, 내가 선배의 작업에 방해될까 봐 얼른 가야겠다고 했더니 그 선배가 나에게 하는 말이 이랬다. "오히려 지금 가면, 제 작업에 방해가 됩니다." 그 화가는 모처럼의 만남을 통해 자신의 그림에 대한 어떤 영감을 떠올리고 있었는지도 모르겠다. 아무튼 그 말은 사람을 어떻게 대해야 하는지를 배우게 된 좋은 계기가 됐다.

문화인류학자들은 무슬림(회교, 이슬람교) 사회의 일부다처제의 이유에 대해 이렇게 설명하기도 한다. 사막에서는 어린아이의 사망률이 높다. 그래서 최소 2년 동안 모유를 수유해야 아기가 면역력이 강화되어 생존력을 높일 수 있는데, 아이의 엄마가 임신을 하면 수유가 중단(태아를 위해 아기에게 젖을 주지 않는다)되고 만다. 이때 다른 엄마의 젖으로 수유가 가능하다면 유아의 사망률을 낮출 수 있다. 사막 지역에서의 일부다처제는 유아의 사망률을 낮춰서 인구를 유지할 수 있게 하는 것이다. 사막에서 적정한 인구 규모는 생존에 절대적으로 유리하다. 사람을 만나는 것은 이와 비슷하다. 죽을 수도 있는 유아가 다른 엄마의 젖으로 면역력을 키워 생존하듯이 다른 사람과의 만남은 우리의 정신적 감정적 면역체계를 강화시킨다. 사람을 만나면 우리도 모르게 면역력을 얻게 되는 것이다. 그래서 우리가 정서적 어려움에서 벗어나기 위해서는 감정교류가 일어날 수 있도록 충분한 시간을 들여 만나야 한다. 어린아이가 엄마의 젖을 통해 에너지와 면역력을 얻듯이, 우리도 서로의 에너지와 정서적 공감을 주고받아야 하며 만남이 주는 감동의 즉흥 연주를 오래 감상해 보아야 한다. 진행되고 있는 이 연주가 어떻게 바뀌어 갈지 모르는 기분 좋은 긴장과 설렘을 느껴야 한다. 서로의 만남에 아무런 기대도 없고 어떤 감동의 준비도 되어 있지 않다면 이제 우리는 반대로 실망과 스트레스만 교환할 수도 있다.

인도 힌두교 수도승을 사두라고 한다. 한 사두가 한국의 젊은 사진작가에게 이런 말을 해주었다고 한다. "나는 인생이 수도하는 과정이라고 생각하고 있다. 인생은 '이미 나에게 와 있으나 내가 선택하지 않은 것들'에 대해 책임을 지는 것이라고 생각한다." 이 말을 듣고 젊은 사진작가는 눈물을 흘렸다고 했다. 아마 그 젊은 사진작가는 사진작가로서의 자기 길에 대해 물었을 것이다. "인생이 뭐냐?"고. 그리고는 사두가 해준 답변을 통해서 자신이 아직도 선택하지 않고 있는 미완의 사진작가로서의 책임 때문에 울었던 것이리라. 결국 그 젊은 사진작가는 유명한 사진작가가 되었다. 내가 선택하지 않았으나 이미 나에게 와 있는 것들에 대해 책임을 지는 것이 인생이다. 그것이 예술이고, 그것이 사람을 만나는 일이다.

4장

도전(Challenge)

꼭 이루고 싶은 일이 있거든
귀를 막고 해라

무더운 여름철 키 큰 나무 위에서 우는 매미 소리는 청량감을 준다. "매앰, 매앰, 매앰, 매애애앰" 하는 소리는 작게 시작했다가 점점 커지더니 부르르 떨리는 소리를 내다가 멈춘다. 그러다가 또 다시 울기 시작하는데 자세히 들어보면 일정한 리듬과 규칙을 가지고 있다. 그런데 조그만 곤충이 내는 소리치고는 너무나 그 성량이 커서 매미 앞에 확성기를 달아놓은 것 같다. 한여름 무더위를 틈타서 우는 매미 소리는 정말 에너지가 넘친다. 그래서 나는 여름이 오기 전부터 매미 우는 소리가 기다려진다. 조그만 체구에서 나오는 어마어마하게 큰 소리가 듣고 싶은 것이다. 매미는 모르겠지만 매미의 유전자는 알고 있을 것이다. 자신이 질러대는 소리가 얼마나 크고 시끄러운 소리인지. 짝을 찾는 곤충의 소리치고는 너무나 크다. 사람이 듣기에 그렇다는 것이다. 만약에 매미가 사람처럼 목의 성대를 움직여 소리를 낸다면 매미는 금방 목이 쉬다가 피를 토하고 곧장 병원에 실려 가야 할지도 모른다. 한여름철 태양열이 뜨거운 청명한 날의 매미 소리는 정말로 크다. 매미는 생애의 대부분(5~7년)을 땅속에서 나무뿌리의 수액을 먹으면서 굼벵이로 지내다가 변태를 하고 날개를 달고서 나무 위로 올라가 한 딜쯤 산다. 느디어 황금 같은 시간이 오면 제 짝인 암컷을 찾기 위해 죽을 듯이 소리를 질러댄다. 매미는 오직 숫놈만 운다. 매미의 입장에서 생각해 보면 이해가 간다. 왜 그렇게 시끄럽게 울어 대는지. 7년쯤 (북미대륙 동쪽에는 17년을 사는 '17년매미'라는 이름의 매미도 있다) 땅속에서 살다가 세상 밖으로 나와 일생일대 단 한철 여름에만 주어지는 기회를 어떻게 놓칠 수가 있겠는가. 매미는 자신이 소리를 낼 때에는 자신의 귀를 보호하기 위해서 귀를 막고서 운다. 〈곤충기〉를 지은 곤충학자 장앙리 파브르는 매미 옆에서 대포를 쏘아 봤지만, 매미는 아랑곳하지 않고 계속 울어 댔다고 한다. 아! 매미의 집념과 몰입감은 천재적이다. (내가 보기에 매미 옆에서 대포를 쏜 파브르도 대단하다.) 그 앞뒤 재지 않는 태도가 그렇고, 그렇게 내놓는 결과가 그렇다. 아무튼 매미가 울 때 매미는 자신의 귀를 닫아버린다.

매미는 날개를 달고 나무 위에서 한철을 아니 한 달쯤 살다 죽는다. 그러니 자신이 짝을 찾기 위해 온몸을 떨며 내는 소리가 생애 처음 내는 소리다. 생전 처음 하는 일치고는 너무 프로답게 잘한다. 누가 매미 소리를 듣고 아마추어가 내는 소리라고 하겠는가? 매미는 아예 제소리를 듣지도 않고 영혼까지 끌어모아 세상을 향해 소리를 지른다. 자신이 내는 그 소리가 큰지 작은지 아무런 상관이 없다. 누군지도 모를 나의 짝에게 자신의 존재를 알리기 위해 그저 혼신의 힘을 다할 뿐이다. 하지만 매미는 알고 있다. 자신이 생애 처음 내는 이 소리를 듣고 반려자가 꼭 찾아오리라는 것을. 그것으로 충분하다. 매미한테는. 매미 소리가 너무 크다고 불평하는 것은 매미가 사는 나무 아래를 지나가거나 그 이웃에 살고 있는 매미와는 아무 상관도 없는 사람들이다.

생각할수록 매미의 전략은 탁월하다. 매미는 파브르가 심벌즈라고 명명한 매미의 발음기관과 자신의 몸통의 반을 비워 만든 공명실을 이용해 소리를 만들어 낸다. 매미소리는 심벌즈가 만들고 이 소리가 몸통의 공명실에서 확대되어서 밖으로 나간다. 몸속에 확성기가 내장되어 있는 것이다. 파브르가 연구하기 전에는 사람들은 매미가 내는 소리는 매미가 두 개의 날개를 서로 비벼서 내는 것으로 오해했었다. 아무튼 매미는 아니 매미 유전자는 자신과 짝 짓기할 암컷 매미가 그 소리를 듣고 찾아올 것이고, 자신이 내는 소리는 암컷을 부르기에 충분한 음량과 음색을 갖췄다는 것을 잘 알고 있다. 모른다면 그 매미는 지금 짝을 못 찾고 죽고 없을 것이기 때문이다. 물론 후손도 남기지 못했을 것이다.

나는 시끄럽게 우는 매미 소리를 들으면서 생각했다. 그 일이 '쉽지 않다'고 느껴지고, 더구나 그 일이 생전 처음 해보는 일이라면, 나의 무의식적 유전자의 힘을 믿고 그냥 해보는 것도 좋겠다고. 해보려고 마음먹었다는 것은 이미 무의식의 세계에서 시작이 된 것이다. 그것을 내가 해낼 수 있을지, 없을지는 아무도 모른다. 결국 내가 해봐야 알 수 있다. 그런데 반드시 해야 하는 일이라고 생각한다면, 일단 귀를 닫고 이 일을 하다가 죽어도 좋을 만큼 해보는 것이다. 요즘 말로 영혼을 갈아서. 그 누가 무슨 말을 하든 귀를 닫고 해보는 거다. 매미처럼 말이다.

20

세상에 헛수고는 없다

아마존몰리(Amazon molly)는 멕시코 하천에 사는 담수어인데 암컷의 자기 복제로 처녀 생식을 한다. 그러나 이 암컷이 산란하기 위해서는 수컷으로부터 성적 자극을 받아야 하는데, 자신의 종에는 수컷이 없으므로 자신과 비슷한 세일핀몰리(Sailfin molly)를 찾아 나선다. 아마존몰리의 가짜 구애 행위에 속은 세일핀몰리 수컷은 온갖 정성을 다하여 그녀를 경치 좋은 바위틈 속으로 데려가기도 하고, 맛있는 먹거리가 풍부한 숨겨진 장소로 초대하기도 하면서 온갖 정성을 다한다. 이 둘이 만드는 사랑의 분위기가 최고로 고조될 무렵 아마존몰리는 세일핀몰리 수컷을 따돌리고 어디론가 혼자 가서 알을 낳는다. 이때 세일핀몰리 수컷은 당황스럽고 황당하다. 지금까지 쏟아부은 정성이 얼마인데, 시간적 금전적 감정적 손해가 이만저만이 아니다. 아마존몰리에게 자신의 유전자를 전해 준 것도 아니고 자신에게 남겨진 것은 시간과 정열의 낭비뿐이었다. 이 대목에서 과학자들은 궁금했다. 과연 세일핀몰리 수컷에게 아무런 대가가 주어지지 않았을까? 아무런 대가가 없다면 이런 아마존몰리와 세일핀몰리 수컷 사이에서 벌어지는 행위는 일찌감치 중단되고, 이런 행동은 퇴화되어 사라졌을 것이나. 그런데도 여전히 이런 행위가 여러 세대를 이어서 반복된다는 것은 세일핀몰리 수컷에게 무엇인가 다른 이익이 있을 것이란 추측을 낳게 하였다.

　과학자들은 다시 세일핀몰리 수컷의 이별 후의 모습을 지켜보았다. 과연! 반전이 있었다. 아마존몰리의 구애 행위와 세일핀몰리 수컷의 데이트를 훔쳐본 세일핀몰리 암컷이 있었던 것이다. 누구나 그렇듯이 아마존몰리는 그냥 아무하고나 데이트를 하는 것이 아니고, 섹시하고 잘 생기고 유능해 보이는 세일핀몰리 수컷을 점찍어 유혹한 것이 분명하다. 그래야 자신이 성적 흥분을 느낄 테니까. 그렇다면 그 선택된 세일핀몰리 수컷은 썩 괜찮은 신랑감인 것이다. 이 둘의 데이트를 멀리서 지켜본 세일핀몰리 암컷은 이 둘 간의 이별의 순간을 기다려 왔을지도 모른다. 아마존몰리가 사라진 이후 세일핀몰리 암컷이 그 세일핀몰리 수컷에게 다가간 것이다. 이별의 상처를 안고 있는 세일핀몰리 수컷은 자신에게 접근해 온 세일핀몰리 암컷과 새로운 사랑을 시작했던 것이다. 세일핀몰리 수컷은 자신의 헛수고가 예상 밖의 기쁨으로 바뀌는 것을 온몸으로 경험하게 된 것이다. 나는 이 아마존몰리 이야기를 읽고 세상에 '헛수고는 없다'는 믿음을 갖게 되었다. 자연의 이치가 그렇다는 것 아닌가. 세일핀몰리 수컷의 헛수고는 없다고. 만약 그렇지 않다면 생태계는 제대로 작동하지 않는다고.

이것과 관련한 내 이야기를 잠깐 하자면 이렇다. 2013년 8월 나는 아프리카 가나에서 귀국하여 서울 본사 근무를 앞두고 있었는데 갑자기 대구로 인사 발령이 났다. 서울 본사 근무가 예정되어 있었기 때문에 집도 회사가 가까운 분당에 구해 놓은 상태였고 아이들도 학교를 분당에서 다니고 있었다. 그런데 갑자기 대구경북 kotra 지원단을 개설하라는 지시가 떨어졌다. 짜증이 나기도 했지만 원래 적응을 잘하는 나는 대구에 내려가 대구경북kotra지원단(수출지원센터)을 개설했다. 그리고 주중에는 대구에서 근무를 하고 주말이면 빨랫감을 들고 분당으로 올라오는 생활을 반복했다. 하루는 이렇게 반복되는 일상을 바꾸어 보기로 했다. 어느 토요일 집으로 가지 않고 대구 시내 구경을 나갔다. 심기일전을 위해 대구시내 동성로에서 구입했던 책 〈사랑은 어디로 가는가〉(에카르트 폰 히르슈하우젠) 속에서 처음 아마존몰리에 관한 이야기를 읽었다. 그래서 나는 내가 대구로 내려오게 된 어떤 이유(세일핀몰리 암컷의 등장과 같은) 같은 것이 있을지 모른다고 생각해 보기로 했다. 그래서 복권도 한 번 사 보았다. 물론 당첨되지 않았다. 결국 대구에 온 다른 뜻(본래 뜻은 중소기업 수출지원이다)은 찾지 못하였는데, 우연한 기회에 인터넷 신문을 통해 융합정보학이라는 것을 알게 되었고 서울에 있는 융합정보대학원에 입학하게 되었다. 융합정보대학원이 좋은 점은 주로 온라인으로 수업하기 때문에 세계 어디에서나 그리고 국내 어디에서나(Any time, Any where) 공부하는 것이 가능하다는 것이었다. 나중에 우리 회사에서는 융합정보학이 업무에 도움이 된다고 판정해주었고 나는 사내 장학금도 받을 수 있었다. 다시 나는 불가리아로 파견되었고 불가리아에서 논문을 마무리하고 정보학(Informatics) 석사학위를 받았다. 그때가 내 나이 57세였다. 대구에 내려간 개인적인 이유를 4년 만에 깨닫게 된 것이다. 이것이 크게 내세울 것은 못되지만 오십 중반에 공부를 다시 시작하고 그 마무리를 잘했다는 데 개인적으로 작은 의미가 있었다. 그렇게 해서 나는 정보학, 인공지능, 뇌과학, 진화생물학, 동물학 등에 관심이 생겼다. 지금 이 글을 쓰고 있는 것도 그때 내가 나의 희망과는 반대로 대구로 내려갔고 대구에서 그 책을 사고 융합정보학을 공부하게 된 것 때문이라고 생각하고 있다.

세상을 살다 보면 당장은 쉽게 이해할 수 없는 일들을 겪게 된다. 이해할 수 없는 일 중에는 당장에 괴로운 일이 꽤 많다. 자신이 원하지 않은 결과이기 때문이다. 그러나 내가 원하는 일이 나에게 항상 좋은 일이 아닐 수도 있고(물론 좋을 수도 있다) 내가 원하지 않았던 일의 결과가 나중에는 그 일로 크게 도움을 받게 되거나 새로운 일을 찾게 되는 경우도 종종 발생한다. 그러니 세상일에 일희일비할 필요가 없다는 말을 흔하게 듣게 된다. 내가 가나의 아크라 무역관을 개설하기 위해 아프리카 가나에 파견된 것도 당시에는 괴로운 일이었다. 그러나 그것은 결과적으로 나에게 가장 보람 있는 일이 되었다.

심리학자기 노벨 경제하상을 받았다고 떠들썩하게 세계적인 관심을 받았던 행동경제학자 대니얼 카너먼은 자신이 쓴 책 〈생각에 관한 생각〉에서 이런 이야기를 했다. "인생의 그 무엇도 그것에 대해 생각할 때, 그것이 중요하다고 생각하는 것만큼 중요하지 않다." 인생을 살아가다 보면, 나는 당장에 내가 결핍을 느끼는 그 결핍된 대상에만 집중하게 된다. 예를 들어 돈, 승진, 합격, 배움, 건강, 집, 배우자, 자식 등 그러나 인생은 결국 이 모든 것의 총화이다. 단 하나만 중요할 수는 없다. 단지 내가 지금 당장 그것만을 강하게 원하고 있을 뿐이다. 예를 들어 당장 돈만을 생각하고 있는 나에게 장기적으로 중요한 것은 건강과 가족과 함께하는 것일 수 있다. 너무 한 가지만 보지 말자. 떠나버린 아마존몰리를 아무리 생각해봤자 그녀는 세일핀몰리의 진정한 짝이 될 수 없다. 그리고 자연계가 그러하듯이 세일핀몰리도 사기녀 아마존몰리를 잊게 된다.

75세인 하버드대학 출신자들이 생각하는 지혜에 대한 정의는 이렇다.

(1) 다른 사람들에 대한 이해

(2) 모순과 아이러니를 이해할 수 있는 능력과 참을성

(3) 균형 있는 시각. 삶에 대한 폭넓은 이해. 사물의 양면성에 대한 인식과 인내

(4) 감성과 이성의 조화

내가 좋아하는 책 조지 베일런트의 〈행복의 조건〉에 나오는 내용이다. 내가 제일 주목하는 것은 삶에는 반드시 쉽게 이해할 수 없는 모순과 아이러니 그리고 사물의 양면성이 존재한다는 것이고, 우리의 감성과 이성은 조화가 잘 안 된다는 사실이다. 그리고 하버드대학을 나온 사람들이 지혜의 첫 번째로 든 '다른 사람에 대한 이해'가 말하는 것은 우리는 쉽게 다른 사람을 이해하기 어렵다는 것이다. 다시 말하자면 세상을 살아간다는 것은 다른 사람이 나에게 쉽게 이해가 되지 않고, 우리 삶에는 내가 이해할 수 없는 모순과 아이러니가 존재할 뿐만 아니라, 동시에 내 삶의 균형이 잘 잡히지 않고 특히 나의 감성과 이성은 잘 조화되지 않는다는 것이다. 참으로 황당한 이야기(아니 사실)가 아닐 수 없다. 그럼에도 불구하고, 우리는 이러한 사실을 받아들이고 인내하고 적응해야 한다. 그것이 지혜로운 삶이다. 75세가 된 하버드대학 졸업자들은 그걸 알아낸 모양이다. 이 기가 막힌 사실을 모르면 내가 지금 얼마나 당황하고 황당해하겠는가? 다른 사람은 이해가 안 되고, 인생은 모순투성이고, 내 삶의 균형은 잘 안 잡히니 말이다. 그러나 이제라도 알았으니 다행 아닌가? 떠나버린 사기녀 아마존몰리를 계

속해서 연연해한다거나 뜻하지 않게 새로이 나타난 행운인 세일핀몰리를 거부하는 어리석음은 없어야 한다. 이렇게 인생살이가 쉽지는 않지만, 우리가 인내심을 가지고 유연하게 대처하고 긴 안목을 가진다면 그리고 '이것은 내가 원하는 결과가 아니다'라는 생각이 든다고 해도 성급하게 좌절하거나 포기하지 않는다면 인생은 기대하지 않았던 뜻밖의 방식으로 우리를 기쁨으로 맞아 줄 것이다. 세일핀몰리처럼. 나는 오늘도 (모든 것이 나의 뜻대로 되지 않는다고 하더라도) 아름다운 모습을 하고서 나에게 접근해 오고 있는 또 다른 세일핀몰리를 꿈꾸며 산다.

21

지름길은 현실의
고통이 가르쳐 준다

니체는 〈방랑자와 그 그림자〉에서 이렇게 이야기했다.

"학교에서는 가장 짧은 길은 시작과 끝을 직선으로 잇는 길이라
고 가르친다. 그러나 현실에서의 지름길은 그렇지 않다. 옛 선원들
은 이렇게 가르치고 있다. '최적의 바람이 불어와 돛을 밀어 인도해
주는 선로가 가장 짧은 지름길이다.' 이것이야말로 실제로 무언가
를 이루고자 하는 경우, 적용하는 지름길의 이치이다. 머릿속에서
세운 계획대로 만사가 진행되지는 않는다. 현실의 무언가가 먼 길
을 가장 가까운 길로 만들어 준다. 그것이 무언가는 미리 알 수 없
고 실제로 진행하고 나서야 비로소 알 수 있게 된다."

니체가 말했던 그 옛 선원들의 말대로 돛을 단 배와 범선이 가는
길은 대개 지그재그(zigzag)로 간다. (요트에서는 이것을 비팅(beating)
이라고 한다.) 맞바람이 불어도 그 역풍을 이용해 지그재그를 그리

며 뱃머리를 35~45도로 방향을 틀어서(클로즈 홀드 close hauled라고 한다) 우전방으로 혹은 좌전방으로 미끌어지면서 조금씩 앞으로 나아간다. 이때 요트는 맞바람 때문에 배가 뒤로 미끄러지지 않도록 배의 밑에 용골(센터보드)이라고 하는 상어지느러미 같은 큰 판을 붙인다. 요트가 가장 빠른 속도를 낼 수 있는 것은 90도의 바람이라고 하며 순풍이 불면 오히려 속도가 가장 느리다고 한다. 항상 지름길로만 빨리 가려고 하는 우리가 인생의 역경을 지혜롭게 넘어가는 방법에 대해서 영감을 얻을 수 있는 이야기다.

역풍을 맞은 요트가 지그재그로 앞으로 조금씩 나아가듯이 우리는 날마다 틀어지는 균형을 바로잡으며 살아간다. 산다는 것이 줄타기하는 줄 위의 곡예사처럼 오른쪽으로 치우쳤다 싶어 균형을 잡으면 어느새 몸은 왼쪽으로 다시 기운다. 날마다 균형을 잡기 위해 우리는 자신을 팽이처럼 돌리면서 쉬지 않고 움직이거나, 넘어지지 않도록 우리 몸속에 자이로스코프를 달고 윙윙 돌려야 한다. 균형을 잡기 위해 남모르게 에너지를 써야 한다는 말이다. 그러나 이렇게 노력하는 일 없이 저절로 되는 것은 늙어 가는 것과 죽는다는 것뿐이다. 우리가 퇴로가 보이지 않는 상황에 용감하게 대응할 때 삶의 의미가 생긴다. 빠른 속도로 탄탄대로를 달려가는 사람이 남보다 더 일찍 다다른 곳은 '평범한 것에 대한 시큰둥함'이거나 자신의 무덤뿐이다.

1859년 이란 술타나바드(이라크의 옛 이름)의 23세 청년인 하지 사이야흐는 18년 동안 걸어서 유럽 대부분의 국가들과 미국, 일본, 중국, 인도, 이집트까지 여행했다. 그는 평범한 사람이 실은 얼마나 비범한지를 발견하는 데서 즐거움을 찾았다. 이로부터 100년 뒤인 1959년 영국 맨체스터에 살던 샤이먼 머리라는 19세 소년은 철공소에서 일하다가 지겨워져서 프랑스 외인부대에 입대했다. 그는 전쟁과 폭력 속에서 살아남은 자신을 발견했다. 그는 사막에서 돌아와 자신의 이야기를 책으로 출간했다. 이 책은 영화로도 만들어졌다. 예순 살이 넘은 나이에는 혼자 걸어서 남극까지 탐험했다. 그는 이렇게 말했다. "나는 안주할 틈새를 찾으려 하지도 않고 그렇다고 나의 진정한 열정 혹은 재능이 무엇이냐는 물음으로 끊임없이 나 자신을 괴롭히지도 않을 것이다. 그저 인간에게 주어진 경험을 한 조각이라도 맛보는 데 목표를 둘 것이다. 내가 직접 경험할 수 없다면 내가 가보지 못한 곳에 가본 사람들에게 이야기를 들으며 상상하고 싶다." 이 이야기는 내가 좋아하는 시어도어 젤딘이 그의 책 〈인생의 발견〉에 소개하고 있는 내용이다.

'인생의 목적은 나를 표현하는 것'이라고도 할 수 있다. 내가 남과 똑같다면 굳이 애써서 나를 표현할 필요가 없다. 모두가 다 똑같을 테니까. 나의 표현은 결국 내가 남과 다른 점을 보여주거나 그것을 말로 이야기하거나 글로 적거나 행위로써 나를 드러내는 것이다. 이른바 출세한 사람들은 모두 나는 남과 다르다고 하면서 자신을 드러낸 사람들이다. 그래서 나를 표현하려면 내가 남과 다른 점에 주목할 필요가 있다. 그것이 잘하는 것이든 잘못하는 것이든 아무 상관이 없다. 이것이 중요하다. 살다 보니 내가 깨달은 것이다. 잘하는 것이면 좋겠지만, 잘못한다고 해도 상관이 없다. 어떤 것을 잘못한다는 것은 그것의 반대는 잘한다는 말이다. 운동을 잘못하는가? 남과 잘 사귀지 못하는가? 그러면 조용하게 홀로 무엇인가를 잘한다는 말이다. 내가 그랬었다. 나는 나의 표현도 잘하지 못했다. 정말 다행인 것은 무엇이든 굳이 처음부터 탁월하게 잘할 필요는 없다는 것이다. 탁월함은 시행착오를 반복하면서 조금씩 발전하고 시간이 지나면서 자연스럽게 얻게 된다. 처음에는 누구나 다 서툴다. 그러나 누구나 그것을 반복하면 더 잘하게 된다.

그것을 아는가? 비운의 화가 고흐는 늘 신세만 지고 있던 동생 테오에게 보낸 편지에서 이렇게 썼다. "언젠가는 내 그림값이 물감값 이상의 가격에 팔릴 날이 올 거야." 고흐가 이렇게 말한 것은 그 물감을 동생이 보내 주는 돈으로 사야만 했기 때문이었다. 자신의 생계와 물감과 그림 그리는 도구를 사는 것을 동생이 보내 주는 돈에 의존했다. 그러나 고흐의 그림은 생전에 한 점도 팔리지 않았다. (생전에 한 점 '아를의 붉은 포도밭'을 팔았다는 의견도 있다.) 절망한 고흐는 권총을 그의 가슴에 겨누고 방아쇠를 당겼다. 죽기 직전 잠시 깨어난 그는 이렇게 말했다. "(내) 인생이 이렇게 슬픈 것인줄을 누가 믿겠는가?" 고흐는 사랑도 자신이 원했던 성직자의 길도 우정도 화가로서의 길도 모두 실패했고 그 인생 모두가 너무 고단했다. 그의 동생 테오는 자신의 아파트에 고흐가 10년 동안 그린 그림 350점을 전시하는 회고전을 열었다. 10년 동안 한 점도 팔리지 않는 그림을 350점이나 그린 것이다. 고흐는 10여 년의 기간 동안 900여 점의 유화와 1,000여 점의 드로잉과 스케치를 남겼다. 2014년 기준으로 빈센트 반 고흐의 그림인 가세 의사의 초상은 865억 6천만 원에 팔렸다. 이 외에도 수없이 많은 고가의 그림이 수두룩하다. 나는 내가 좋아하는 고흐보다 더 행복한 현실을 사는 사람이라는 사실이 너무나 다행스럽고 감사하고 미안하게 느껴진다.

〈오리지널스〉를 쓴 애덤 그랜트는 이렇게 말한다. "독창적인 사람이 되고 싶다면 작업량을 늘리는 것이 가장 중요하다. 그것도 엄청나게 많이. 가장 별 볼 일 없는 작품들이 생산된 그 기간에 가장 중요한 작품들이 탄생하는 경향이 있다고 사이먼튼은 이야기한다. 자연은 맹목적인 시행착오의 과정을 통해 많은 가능성을 만들어내고 자연도태의 과정을 통해 생존 가능한 종이 결정된다는 것이 다윈의 진화론의 내용이다. 수없이 많은 개구리에게 입맞춤을 해봐야 그중에 왕자를 하나 찾아낼 수 있다. 피카소는 유화 1,800점, 조각 1,200점, 도자기 2,800점, 드로잉 12,000점을 그렸다고 한다. 모짜르트는 600곡을 작곡했고 베토벤은 650곡, 바흐는 무려 1,000

마음속 나침반이 되어줄 42개 이야기

곡을 작곡했다. 에디슨은 특허를 1,093개를 받았다."

인간의 진화는 아프리카 기후가 건기에 들어섰을 때 시작됐다. 호수는 말라붙고 숲은 줄어들어 대초원으로 바뀌었다. 인류의 조상이 이러한 조건에 잘 적응하지 못한 것이 어쩌면 행운이었다. 환경에 적응한 얼룩말은 초원을 떠나지 못했다. 그랜트가젤(Grant's gazelle)도 마찬가지였다. 그러나 인류는 적응하지 못하고 이동을 시작했다. 주변 환경에 부적응하는 것도 행운일 수 있다. 제이콥 브로노우스키의 〈인간등정의 발자취〉에 나오는 말이다. 우리가 고통받는 이유와 아픔(통증)의 존재 이유는 이렇다. 고통과 아픔은 생물학적으로 쓸모가 있다. 불안감과 고통은 우리가 살아가는 방식이나 태도, 그리고 우리 몸을 포함한 우리 자신을 재점검할 필요가 있다는 것을 알려준다. 그리고 그것은 우리에게 어떤 조치와 변화를 주문하고 있는 것이다. 불안과 불만 그리고 아픔은 우리에게 현 상황을 개선하게 하는 어떤 조치를 하게 만든다. 결국 그것들은 혁신과 생존에 도움을 주는 우리 몸의 감각 센서이고 경고장치인 것이다. 우리의 조상들은 가혹한 기후변화로 먹을 것이 없어지자 두 차례에 걸쳐 아프리카를 떠나 유럽으로 그리고 아시아와 시베리아를 거쳐 아메리카에 이르는 멀고도 오래 걸리는 길을 떠났다. 불안하고 두려운 마음이었을 것이다.

지금 우리가 겪고 있는 것도 당시의 우리 조상들이 겪었던 어려움과 비슷하다. 기후변화가 찾아오고 식량과 에너지가 부족해지고 있다. 그리고 인공지능과 IT 기술은 산업구조와 비즈니스 구조를 빠르게 바꾸고 있으며 원자재 가격은 오르고 세세 경기는 급속히 둔화되고 있다. 전쟁의 비극적인 모습도 날로 그 규모와 정도가 커지고 심해지고 있다. 인공지능이 우리의 미래를 어떻게 바꿀지 아무도 모른다. 모두가 가보지 않았던 길을 가고 있다. 그러나 해보지 않았던 일에 도전하는 것만이 살 수 있는 거의 유일한 길로 여겨진다. 그리고 이것만이 생존과 의미와 보람을 만들어 낼 것으로 예상된다. 빨리 가는 것이 포인트가 아니라, 정확한 방향을 찾아서 그것에 도전해야 한다. 국가든 기업이든 개인이든 불안과 고통이 느껴지면 이것을 극복하기 위해서 무엇인가를 해야 한다. 그리고 때로는 겁이 나는 도전을 시도하여야 한다. 겁이 나는 수준의 도전이 없다면 현재 상태의 개선과 성취감은 맛볼 수 없다. 한 번도 가본 적이 없는 길을 가지 않는다면 새 길은 발견되지 않는다. 길은 현실에 있다. 우리는 빙빙 돌아가도 결국 그 길이 유일한 길이었음을 깨닫게 된다. 내가 현실의 지나온 길이 아니면 무슨 길로 왔겠는가. 내가 지나온 길이 나의 유일한 지름길이었다. 내가 가야 할 길도 그럴 것이다.

22

호모사피엔스의 다리뼈는
너를 잘 넘어지지 않게 한다

인간성이란 도대체 무엇인가?라는 생각을 하기 시작하다가 자연스럽게 인간과 동물이 근본적으로 다른 것이 무엇인가?라는 질문에 다다르게 되었다. 이에 대해 고인류학자들은 이렇게 대답한다. 인간이 다른 동물에 비해 다른 점은 몸집에 비해 유난히 큰 사람의 머리라고 했다. 호모사피엔스라는 말 자체가 '머리가 좋은 사람'인 것처럼 큰 머리는 좋은 지능을 의미했다. 그러나 최근 인류학자들이 소개하는 내용을 보면 종전과 달라졌다. 우리 인간이 다른 동물들과 다른 점은 큰 뇌가 아니라 의외로 두 발로 걸을 수 있는 능력이라고 한다. 어떤 이유로(기후변화로 인해 추워져서 과실 나무들이 많이 없어졌을 것이라고 추정하기도 한다) 인류가 나무에서 내려와 아프리카 사바나의 풀숲에서 생활을 시작했을 때, 두 발로 걷는 것은 인류가 풀숲에 가려지지 않는 시야를 갖게 했고 당연히 더 멀리 볼 수 있게 했으며 이런 능력은 포식자를 피해서 더 멀리 먹이를 구하러 갈 수 있게 했다. 또한 두 발로 걷게 되자, 자유로워진 두 손을 이용해 여러 가지 도구와 무기를 만들면서 비로소 무리를 지어서 사냥을 시작할 수 있었다. 침팬지도 잠시 두 발로 걸을 수는 있지만 대부분 네 발로 걸으며 인간처럼 두 발로 직립히여 오래 걸을 수는 없다. 결국 인간이 다른 동물과 가장 다른 점은 두 발로 걷는 것이라고 한다. 결국 인류가 지능이 높아진 이유도 직립으로 자유로워진 두 손을 이용해 사냥을 시작하면서 뇌에 충분한 영양분을 공급할 수 있게 되었기 때문이라고 설명하기도 한다. 이렇게 인류가 두 발로 걷는 의미는 매우 크며 이것이 다른 동물과 가장 많이 다른 점이다.

아프리카에서 발견된 고인류 화석 루시의 다리뼈는 당시 과학계를 흥분시켰다. 당시 가장 오래된 인류인 오스트랄로피테쿠스 아파렌시스로 밝혀졌기 때문이다. 그런데 나는 그것이 침팬지나 원숭이의 뼈인지 인간의 뼈인지 어떻게 알 수 있는가? 하는 궁금증이 생겼다. 내가 나중에 알게 된 사실은 인간의 뼈는 엉덩이 부분인 골반뼈와 허벅지뼈가 연결된 부분이 직각이 아니고 허벅지뼈가 약간 몸통 안쪽으로 경사지게 연결된다는 사실을 알게 되었다. 인간은 원숭이나 침팬지와 달리 직립 보행을 하고 때로는 두 발을 번갈아 쓰면서 달려야 하기 때문에 한 발로도 충분히 중심을 잡을 수 있도록 허벅지뼈가 약간 몸통 안쪽으로 기울어져 붙어 있다는 것이다. 그래서 사람을 앞에서 보면 두 개의 허벅지뼈가 약간 안쪽으로 모아져 있다. 골반뼈와 90도 직각이 아니라 그보다 작은 각도로 꺾여서 붙어 있다. 네 발을 사용하는 짐승들은 이렇게 안쪽으로 기울어져 붙어 있을 필요가 없다. 그래서 그들은 네 발로 자연스럽게 걷다가도 두 발로 걸을 때는 좌우로 뒤뚱거린다.

걷는나는 짓은 쓰러지기지 않게 끊임없이 몸의 무게 중심을 다시 잡는 것이다. 그래서 걷는 것은 스릴이 있다. 넘어질 수 있는데 넘어지지 않는다는 것에 스릴을 느끼는 것이다. 걷거나 뛴다는 것은 사실 정교하게 이루어지는 매우 고난도의 어려운 동작이다. 우리는 걷기에 너무 익숙해져서 잘 의식하지 못하지만, 어린아이가 처음으로 첫걸음을 떼기 시작하면 넘어지지 않고 몇 발자국을 걷는 것에 대해서 스스로 희열을 느끼며 즐거워하고, 이것을 보는 부모는 환호성을 지른다. 당연하다. 얼마나 경이로운가. 게다가 걷는 것을 넘어서 달리게 되면 몸의 무게 중심을 잡기가 더 어려워지는데, 이 어려운 동작을 잘 해내면 쾌감이 온다. 넘어져서 나뒹굴어질 수 있는데도 용케 넘어지지 않고 계속 달리는 것은 스릴이 곱빼기가 된다. 사실 달리는 것은 한 발로 가는 것이고, 몸을 계속해서 허공에 띄우는 것이다. 이렇게 계속해서 몸을 허공에 띄우는 달리기는 많은 에너지를 소모하고 고통이 뒤따르며, 그 고통 뒤에는 엑스터시를 경험한다. 이렇게 한 발로 달리기가 가능하도록 돕는 것이 몸통 안쪽으로 약간 기울어진 호모사피엔스의 허벅지뼈 덕분이다.

인류의 발은 좀 더 특이하다. 호모사피엔스인 인류와 가장 가까운 침팬지의 발은 인간의 발과 다른데, 엄지발가락을 비롯해서 다른 발가락들의 길이가 인간의 발가락보다 더 길다. 그래서 침팬지의 발은 마치 자신의 손과 비슷하게 생겼다. 침팬지의 손과 발은 생김새가 비슷하다. 손처럼 긴 침팬지의 발가락은 나무 위에서도 떨어지지 않도록 나뭇가지를 붙잡을 수 있다. 그래서 떨어지지 않고 거꾸로 나뭇가지에 매달릴 수도 있다. 마치 손으로 나뭇가지를 붙잡는 것과 비슷하다. 그에 비해 나무에서 내려와 생활하게 된 인간의 발가락은 더 이상 나뭇가지를 잡을 필요가 없어지면서, 발가락 길이가 짧아지고 더 잘 걸을 수 있는 모습으로 바뀌었다. 대신 인간의 손은 손가락이 점점 더 길어지면서 엄지와 검지를 이용해 아주 작은 열매도 잡거나 집고 뽑을 수도 있게 되었다. 그래서 섬세한 작업이 가능하게 되었고 마침내 도구를 제작할 수 있게 되었다.

고대 인류들, 즉 구석기인들은 하루 1시간 반(여자)에서 2시간 거리(남자)를 이동하면서 먹을 것을 구했다고 한다. 인간은 걷기에 특화되었다. 체구가 작고(약 130~150센티미터) 날카로운 발톱도 강한 이빨도 없는 인류의 조상들은 사냥감을 발견하면, 그 사냥감이 지쳐서 더 이상 도망가지 못하는 장소까지 쫓아갔다고 한다. 그리고는 사냥감이 지쳐서 도망가지 못할 정도가 되면 잡았다. 가히 걷기와 달리기의 달인들이었다.

우리가 두 발로 완벽히 균형을 잡고 서 있으면 안전하지만(넘어지지 않는다는 말) 결코 이동해 갈 수 없다. 그래서 두 발인 짝수는 안정적이지만 변화가 없고, 홀로 선 외발(걷거나 뛰면 외발로 서는 것이다)은 불안정하지만 이동해 갈 수 있다. 외발로 서기, 즉 달리기는 여러 가지 삶의 변화를 이끌어낸다. 우리는 짝수의 안정감과 홀수의 변화를 추구하면서 산다. 짝수와 홀수 이야기를 하면 재미있는 것이 경조사에 돈을 내는 일이다. 축의금과 부의금의 액수는 나라마다 다르다. 금액의 크고 작음이 아니라 짝수로 주느냐 홀수로 주느냐 하는 문제인데, 대개의 나라에서는 짝을 이루었으니 결혼식 축의금을 짝수로 주고, 장례식에서는 짝을 잃었으니 부의금을 홀수로 주고받는다. 모두가 살아가면서 균형을 잡고 또 균형을 잃는 일에 대해 축하하거나 애석해하면서 그것을 기념하는 일들이다.

이렇게 인생을 살아가는 일에는 균형잡기가 중요하다. 이 균형, 즉 신체의 호메오시타시스(homeostasis, 항상성, 항상 신체 내부 상태의 균형을 이루려는 성질)를 잃으면 문제가 생기고 그 균형이 심하게 깨지면 죽기도 한다. 그러나 또 인간 사회는 일부러 그 균형(완벽한 상태)을 염원하는 의미로서, 혹은 신에 대한 경외감의 표시로 불균형을 택하기도 하고 (페르시안 카펫에는 일부러 한 군데를 엇갈리게 실을 짜서 인간의 겸허함을 표시하기도 한다) 짝수로 결혼 축의금을 주어서 균형 잡힌 결혼 생활을 염원하고 축하하기도 한다. 결국 육체와 마음의 균형감각을 잘 유지하면서 넘어지지 않는 것이 건강하고 행복한 삶의 조건이고 목표이다.

호모사피엔스의 다리뼈는 다른 동물들과는 달리 한 발로도 몸 전체의 균형을 잡을 수 있도록 진화하였다. 그래서 우리는 몸통 안쪽으로 조금 기울어진 다리뼈 덕에 잘 걷거나 달릴 수 있게 되었다. 우리가 걷거나 달릴 때 우리가 의식하지 못하는 짧은 순간에도 우리는 순간적으로 균형을 잃다가 재빨리 다시 균형을 잡는 행동을 반복한다. 그런 과정을 통해 우리는 앞으로 나아갈 수 있다. 이렇게 사피엔스가 걷고 달리는 모습만 보아도 우리들은 균형 잡기의 달인들의 후예들임을 알 수 있다. 그러니 잠시 균형이 깨졌다고 걱정할 이유가 없다. 무엇인가 균형이 깨져 걱정이 되는 일이 있다면 무작정 걸어 보거나 무작정 뛰어보는 것도 좋겠다. 수백만 년 동안 진화를 거듭해온 사피엔스의 다리뼈가 당신에게 결코 넘어지지 않는 균형감각을 일깨워 줄 것이다.

23

여행은 악의적 열정과
우울을 진정시키는 좋은 방법이다

세계 최초의 여행사인 토마스 쿡 그룹의 설립자이고 최초로 유럽 여행의 안내자 역할을 수행했던 토마스 쿡(1808-1892)은 여행에 대해서 이렇게 말했다. 여행을 통해서 자신은 자신이 가진 편견의 장벽을 허물게 되고, 또한 '악의적인 열정'과 '우울한 기질'을 진정시키고, 지성이 확대되는 즐거움을 알게 된다고. 그런데 그가 말했던 악의적 열정은 무엇을 말하는 것일까? 침례교 선교사였던 그는 자신의 직업을 찾아서 영국과 유럽의 이곳저곳을 여행하였고 자신의 악의적 열정과 우울한 기질을 다스렸다고 했다. 그때는 목사들도 자신들의 직업을 가지고 있었다. 그는 여행안내 일을 하다가 마침내 세계적 조직망을 가진 거대한 여행 관련 기업을 일으켜 세웠다. 자신이 사는 곳을 한 번도 떠나본 적이 없었던 영국인들과 유럽인들은 토마스 쿡이 제공하는 최초의 여행안내 서비스에 열광하였다. 그는 사람들의 이런 폭발적인 호응에 힘입어 나중에는 호텔, 리조트, 항공사, 유람선도 운영했다. (안타깝게도 토마스 쿡 그룹은

2019년 파산했다.) 요즈음 우리가 즐기는 패키지여행은 대략 120년 전에 그가 만든 것이다.

누구를 좋아하거나, 자신이 좋아하는 것에 끝없이 빠져들도록 하는 것이 열정이고, 이런 열정은 에너지가 충만된 상태로서 흔히 긍정적인 것으로 평가된다. 열정은 좋은 느낌과 감정을 갖게 하고 힘이 넘치며 긍정적인 에너지를 다른 사람에게도 전파하기 때문이다. 그리고 이 열정은 세상과 다른 사람들에 대한 호기심을 갖게 할 뿐만 아니라 사람들에 대해 지속적인 관심을 갖게 하고 공감대를 유지하게 한다. 이렇게 좋아하는 것에 대한 집중과 몰입은 생활에 활력을 불어넣는다. 그런데 배고픈 맹수가 먹이를 향해 달려드는 것처럼 재갈이 물리지 않은 열정은 때로는 우리를 곤경에 빠뜨리기도 한다. 그리고 토마스 쿡이 말하는 것처럼 우리는 나쁜 일에도 열정을 갖게 되는 경우가 있다.

우리는 오히려 나쁜 일에 더 열정적일 수 있다. 회사에서 감사 업무를 했던 한 지인이 내게 해준 말이 오래 기억에 남는다. "나쁜 놈들이 더 열심히 한다." 생각해 보니 우습기도 했고, 촌철살인 같은 그 비유에 감탄하기도 했다. 하긴 선한 사람들보다 악인들이 더 열성적인 게 사실이다. 자신이 하는 일과 남을 속이는 일 혹은 남의 이익을 빼앗는 일. 이 두세 가지 일을 한꺼번에 성공시켜야 하니 웬만한 열정 가지고는 성공하기 불가능하다. 그래서 그 말이 아직까지 나에게 명언으로 남아 있다. 그런데 악의적인 열정과 비슷한 것을 소크라테스도 느꼈던 모양이다. 하루에도 수백 번 그런 생각이 들었다고 고백했으니까. 그러나 정작 중요한 것은 그는 한 번도 그런 나쁜 열정을 실행하지 않았다는 사실이다. 악의적인 열성은 실행하지 않으면 그만이다. 토마스 쿡처럼 타고난 우울한 기질을 여행으로 극복하는 것도 바람직하고 권장할 만한 일이다. 토마스 쿡은 침례교 선교사였다. 그래서 그런지 그는 나쁜 열정을 다루는 방법을 잘 알고 있었던 듯하다. 그러나 이렇게 열정을 잘 다스리지 못하고 부정적인 것에 대해 과도하게 빠져드는 경우에는 필연적으로 희생자를 만들어 낸다. 첫 번째 희생자는 자기 자신이다. 두 번째 희생자들의 대부분은 대개가 가까운 사람들이다. 열정의 주변에 희생자가 생길 때 '악의적'이라고 할 수 있다. 그리고 우리는 토마스 쿡의 우울한 기질처럼 그것을 유전적으로 가지고 태어나기도 한다. 열정적인 삶은 생활에 활력을 주기도 하지만, 그 열정으로 인해 괴로운 경우도 많이 있다. 스스로 키워온 열정이 불편하게 느껴지거나, 자신의 열정이 현실의 벽과 부딪쳐 자신과 다른 사람들의 마음에 생채기를 낼 때, 더욱이 그 열정으로 가까운 사람들이 고통을 느낄 때, 우리는 이것을 '악의적인 열정'이라고 부를 수 있다. 그것이 악의적인지 아닌지 알 수 있는 첫 번째 신호 (signal)는 주변 사람들이 하는 '그만하라'는 경고의 말이다. 이 첫 번째 신호는 자신이 먼저 알아챌 수도 있다.

토마스 쿡이 불을 지핀 현대적 여행은 이런 불편해진 열정을 다스리고 생채기 난 마음을 치료할 수 있는 좋은 계기가 될 수 있다. 여행은 우리를 새로운 장소와 새로운 사람들에세로 데려간다. 우리는 이런 여행을 통해 고통스러운 기억을 잠시나마 잊게 되기도 하고, 상처를 치유할 수 있는 기회를 갖게 되기도 한다. 이것이 세상에 수많은 순례자들이 있는 이유이다. 종교적인 목적을 가진 순례가 아닌 마음의 순례자들 말이다. 나는 사람들이 산티아고 순례길(프랑스의 서남부 생장피드포르에서 출발하여 피레네산맥을 넘어 성 야고보의 무덤이 있는 스페인 산티아고까지 걸어가는 길. 프랑스길 이외에 여러 길이 있다)을 다녀왔다는 이야기를 종종 듣는다. 그리고 그들을 순례자라고 부른다. 내가 잘 아는 한 지인은 젊었을 때 교통사고를 당해서 죽음을 오가는 여러 번의 대수술을 거치고도 살아남았으나 결국 한쪽 다리와 한쪽 손을 자유롭게 움직이지 못하게 되었다. 그의 한쪽 다리의 무릎은 굽혀지지 않았고 한쪽 손은 손가락을 움직일 수 없게 되었다. 한쪽 다리와 한쪽 손을 자유롭게 움직일 수 없다는 절망에 빠졌으나 그는 이 절망을 극복해내고 해외에서 사업체를 운영하고 골프까지 즐겼다. 그가 산티아고 순례길을 다녀왔다고 했다. 두 달을 걸어서 프랑스에서 스페인까지 절뚝거리는 걸음과 잘 움직이지 않는 손으로 무거운 배낭을 메고 먼 길을 걸어간 것이다. 그는 여행객이 아니었다. 그를 영혼의 순례자라고 부르지 않고서는 달리 부를 적절한 말을 찾지 못하겠다. 그는 수없이 찾아오는 부정적인 생각들을 다스리기 위해 그의 몸과 영혼을 다스리는 멀고 먼 순례길을 걸어간 것이다.

　우리에게 의도치 않은 (혹은 의도적으로) 상처를 갖게 한 타인의 악의적 열정과 또 다른 이유의 상처들과 그 기억들은 우리를 당황하게 하고 마음을 불편하게 한다. 이렇게 남에게서 받은 삶의 매운 경험과 기억은 때로는 우리를 나무처럼 멍하게 서 있게 하기도 하고, 제자리에 돌처럼 주저앉게 만들기도 하지만, 우리는 단지 그 상처와 열정(감정)과 기억만의 존재는 아니다. 그 기억과 열정이 악의적이었든 선의적이었든 우리를 힘들게 한다면, 우리는 그것들로부터 벗어날 수 있는 강한 정신과 영혼을 가진 사람들이기 때문이다. '영리한(현명한) 사람'이라는 뜻의 호모사피엔스는 열정(감정)을 이길 수 있는 지적인 힘을 가진 존재라는 뜻이다. 뇌진화의 역사를 보면 최초에 느낌을 가진 생명체가 생기고, 그 후에 느낌이 진화하여 감정을 가진 포유류의 뇌가 생겨났다. 그리고 거기에 생각하는 높은 수준의 지능이 더해진 뇌, 즉 호모사피엔스의 뇌가 생겨났다. '사피엔스'의 '영리하다'라는 뜻은 감정으로부터 진화된 더 발전된 버전으로서 감정과 기억을 통제할 수 있는 지능이라는 의미를 포함하고 있다. 마음의 평화와 영혼의 고양을 위해서 필요하다면 우리는 그 열정과 기억을 다스리고 그 악의적 불편함으로부터 자유로워져야 한다.

　그런데 예상치 못했던 문제가 있을 수도 있다. 우리가 그 무엇에 대한 열정이 사라지면 마치 바람 빠진 풍선처럼 팽팽했던 긴장감이 사라지고, 열정이 있었던 빈 자리가 주는 공허감을 느끼게 될 수도 있다는 것이다. 이른바 금단증상이다. 물론 그럴 수도 있겠지만 우리가 그것을 그렇게 무기력하게만 생각할 일은 아니다. 우리가 평상시에 항상 열정을 가지고 사는 것은 아니다. 열정은 들뜬 감정이며 일시적이다. 항상 우리 몸이 열정적인 흥분상태에 있다면 우리 몸은 오래 버티지 못할 것이다. 우리의 뇌도 그 열로 익어서 결국은 파괴될 것이고, 열정에 지친 우리 몸도 죽고 말 것이다. 사랑의 들뜬 감정이 식는 것처럼 열정도 식을 수밖에 없다. 당연한 일이다. 열정과 감정은 본디 그런 것이다. 그러니 잠시 찾아오는 공허감을 그렇게 두려워할 필요는 없다. 토마스 쿡이 말하는 '악의적인 열정'과 어렴풋이 '내재된 우울감'은 끝없는 경쟁에 내몰리는 요즘 우리 누구에게나 있을 수 있다.

아! 그래서 여행이 필요하다. 다행스럽게도 악의적으로 극성을 부리던 코로나 팬데믹도 진정되고 사람들은 다시 활력을 되찾은 듯하다. 나도 오랫동안 움츠려 있던 몸에 활력을 넣어줄 좋은 방법을 찾아봐야겠다. 나도 문득 순례길을 떠나고 싶다. 나의 몸과 마음에 흙먼지처럼 묻어있는 모든 악의적 열정과 불안을 털어버리고 오직 마음속 평화만을 구할 수 있는 그런 순례길을 걷고 싶다. 그 길이 프랑스의 산티아고 길이든 한라산의 둘레길이든 변산의 서해랑 길이든 아무 상관은 없다. 내 마음속 평화는 지리적 위치가 아니라, 내가 걷는 그 길 위에 있을 것이니까.

24

마음의 정원을
아름답게 가꿔가라

우리의 마음은 야생이 아니다. 호모사피엔스인 우리는 태어날 때도 야생에서 다른 사람들의 도움 없이 홀로 태어나지 않았다. 우리는 다른 동물들처럼 야생에서 태어나지 않고 다른 사람들의 도움을 받아 태어난다. 인간 아이의 출산을 돕는 사람을 산파(産婆)라고 하고 동서고금을 막론하고 이런 산파가 있었다. 이런 산파역은 주로 나이가 많고 출산 경험이 있는 여자가 맡았다. 우리는 처음부터 인간의 문화 속에서 태어나는 것이다. 이런 인간의 출산에 문화가 필요한 생물학적인 이유가 있다. 모든 인간의 아기는 뇌가 다 성장하지 않은 채로 태어나고, 태어난 이후에도 아기의 뇌는 성장을 계속한다. 인간의 아기는 다른 동물들에 비해 큰 뇌(머리)를 가지고 있다. 그래서 이 아기의 큰 머리가 엄마의 좁은 산도를 통과해 나오는 일은 쉽지 않다. 지금은 대부분 병원에서 전문 지식을 가진 의사와 간호사의 도움으로 아기가 태어나지만, 예전에는 출산하다가 엄마나 아기가 죽는 일이 많았던 것도 이런 이유 때문이었다. 아직도 출산은 위험한 일이다. 출산이 임박하면 아기는 엄마의 산도를 통과하기 위해 머리를 아래로 180도 회전을 하는데 이때 엄마의 등 쪽을 보고 있는 자세로 태어난다. 아기가 세상 밖으로 나오면 엄마가 즉시 안을 수 없는 자세라고 한다. 만약 엄마가 태어나는 아이를 직접 안게 되면 아이의 허리가 꺾이게 된다. 그래서 반드시 다른 누군가가 받아 주어야 한다. 동서양을 막론하고 산파가 있었던 이유이다. 소크라테스의 엄마가 산파였다. 소크라테스는 자기 엄마를 닮아서 지성의 산파역을 잘 해내었는가 싶다.

　태어난 아기는 주로 엄마가 젖을 먹이며 돌보게 되지만 아기를 건강하게 잘 키우려면 여러 가지 건강하고 다양한 자극이 아기의 뇌에 전달되어야 한다. 아기의 뇌는 빛과 엄마의 얼굴과 엄마의 소리와 엄마의 냄새 그리고 자신을 만지는 엄마 손의 촉감을 통해서 자신의 뇌에 여러 가지 자극(시각, 청각, 미각, 후각, 촉각)에 대한 회로를 구성해 간다. 만약 아기가 빛이 없는 어두운 곳이나 아무 소리도 들리지 않는 방에 방치된다면 그리고 아무도 아기를 만져주거나 안아주지 않는다면 아기의 뇌에 시각과 청각 그리고 촉각 회로가 생기지 않을 것이다. 그렇게 되면 시각과 청각, 촉각을 담당하는 뇌의 특정 부분이 없게 된다는 이야기다. 그렇게 된다면 나중에 아이가 말소리를 듣게 되었다고 해도 그 소리가 무엇을 의미하는지 전혀 깨닫지 못하게 된다. 그냥 음향이고 시끄러운 잡음이다. 그리고 누군가 아이를 만진다면 화들짝 놀라며 경계할 것이다. 그래서 아기에게는 적절하고 다양한 자극이 필요하다. 아이 한 명을 키우기 위해 온 마을 사람들이 필요하다고 이야기하는 이유이다.

아기는 시각 청각 미각 후각 촉각과 같은 자극을 통해 자신의 뇌를 구성해 갈 뿐만 아니라, 여러 가지 자극 중에서 위험한 것과 그렇지 않은 것을 엄마의 표정을 보고 알아챈다. 엄마가 불안해하면 아기도 덩달아 불안해한다. 엄마가 놀라면 아기도 놀란다. 뇌속의 거울 뉴런(거울 신경)의 작용이다. 이 거울 뉴런은 무엇이든지 그대로 복사(copy)한다. 그래서 아기 엄마의 안정감 있고 온화한 미소와 평온한 마음가짐이 중요하다. 우리가 아기 엄마를 특별하게 대해야 하는 이유이다. 이렇게 아기는 문화, 즉 문명의 정원에서 자라면서 인간성을 확보하게 되고 성인이 되어 간다. 물론 아기가 자신의 유전자 속에 담아서 가지고 온 것들도 있다. 여러 가지 유전적인 특질들이다. 이런 유전적인 특질들도 태어난 이후에 아기가 겪게 되는 환경의 영향을 크게 받는다. 환경에 따라서 아기의 어떤 특질은 감추어지거나 어떤 특질은 발달하여 겉으로 드러난다. 환경이 중요한 이유이다.

그런데, 세상은 점점 더 의식주 같은 인간의 기본적인 욕구를 시장(마켓)에 의존해 충족시키고 있으며, 그럴수록 더 힘이 강해지고 있는 시장(마켓)의 힘은 최신 지식과 뛰어난 논리로 우리의 감각을 자극하고 욕망을 부추긴다. 소비가 미덕이고 욕망을 충족시키는 것이 성공과 능력의 기준이 되는 사회를 만들어 가고 있는 것 같다. 이렇게 세상은 우리의 욕망을 부추기고 감정을 소비하게 한다. 그리고 인간 본능은 우리기 결국 통제하기 힘든 원초적 힘을 가지고 있는 것처럼 과장되어 이야기되기도 한다. 이런 것들은 다 시장의 논리이다. 우리는 돈을 잘 버는 사람을 일컬어 동물적 감각을 가지고 있다고 표현한다. 갈수록 감각과 원초적 본능을 이야기하는 사람들이 많아지고 있다. 굳이 우리의 감정과 욕망을 부정할 필요는 없겠지만 본능과 감정이 이끄는 대로 사는 것은 동물이 사는 방식이다. 우리는 야생에서 태어나지 않았고 우리의 마음도 야생이 아니다. 우리의 감정의 근원인 욕망과 본능을 이해하는 것은 필요한 일이지만 그것에 무작정 끌려가는 것은 인간성을 잃는 것이 될 수도 있다. 우리의 인간성은 동물성과 다르다. 우리는 동물적 욕망을 가지고 있지만 무조건 그 욕망이 이끄는 대로 살지 않으며 그렇게 사는 것이 바람직하지도 않다.

욕망은 우리가 이루고 조직한 문화의 강력한 힘의 적용을 받는다. 강력한 욕망의 가이드라인이 쳐지는 것이다. 그 가이드라인을 넘어설 수도 있겠지만 대부분은 그 결말이 밝지 못하다. 우리의 심금(心琴)을 울리는 톨스토이의 명작 〈안나 카레니나〉와 〈로미오와 줄리엣〉의 이야기가 대표적이다. 문화의 가이드라인을 넘어서려는 것은 위험을 직접 맞닥뜨리려고 하는 데서 생기는 스릴과 긴장감을 맛보게 하기도 한다. 걸출한 문학 작품은 그런 장면을 잘 묘사한다. 현실에서 우리는 본능의 가이드라인을 넘어서려는 시도를 하기도 하지만 때로는 우리의 본능과 느낌과는 반대로 고귀한 무엇에 헌신하기도 하며 또 다른 무엇을 위해 자신을 희생하기도 한다. 이렇게 인간성은 우리 안의 동물성을 초월하는 일일 것이다.

본능을 강조하는 것은 이성을 강조하는 것처럼 자연스럽지 않은 일이다. 그리고 감정과 욕망을 강조하는 것도 균형 잡힌 태도는 아니다. 본능과 감정 그리고 욕망을 강조하는 것은 우리 마음을 야생에 그대로 내버려 두자는 말과 같다. 우리는 이미 아주 오래전에 우리의 마음을 야생에서 문명과 문화의 공간으로 옮겨다 놓았다. 이 말은 우리의 마음이 야생에서 태어나지 않았고 우리는 많은 사람들의 보살핌으로 태어나고 자랐다는 이야기이다. 우리는 동물이지만 다른 동물들과는 다른 영적(인간성의) 존재이다. 감정에 이끌리는 대로 욕망이 이끄는 대로 사는 것은 마음을 야생에 두고 사는 것이다. 우리는 쉼 없이 우리의 감정과 감성, 그리고 본능의 정원을 가꾸어야 한다. 본능의 정원에서 잡풀처럼 자라나는 감정을 다듬고 솎아내고 또 거친 본능의 가지치기를 하고 우리의 마음을 조금씩 더 넓은 장소로 옮겨심기를 하여야 한다. 인간성의 거름을 주어서 감정과 감성 그리고 지성과 인격(품격 있는 인간성)이 자라나는 정원으로 만들어야 한다.

마음이 방향성을 가지면 그것을 우리는 정신이라고 부른다. 정신은 방향성(지향성)이 있다. 그래서 정신이 방향성을 잃으면 우리는 "정신차려!"라고 말한다. 그러나 마음은 원래 방향성이 없다. 태초에 마음이 그렇게 탄생했다. 그러기에 아직 정신으로 진화하지 못한 마음은 믿을 수 없다. 사람의 마음은 수시로 변하기 때문이다. 마음은 혼자 가만히 있어도 변한다. 뇌과학은 우리가 아무것도 하지 않고 가만히 있을 때 우리는 자연스럽게 부정적인 감정을 갖게 된다고 말한다. 그 확률이 무려 70퍼센트다. 가만히 있으면 부정적인 감정으로 변한다고 보면 된다. 그래서 가만히 있는 것은 그리 바람직하지 않다. 마음과 뇌를 다스리기 위해서는 몸을 움직이고 사람들과 어울려야 한다. 걷거나 뛰고 다른 사람들과 감정을 주고받아야 한다. 우리의 뇌와 마음은 애초에 그렇게 형성되었기 때문이다. 그런데 사람을 만나는 것은 많은 에너지를 쓰는 일이며, 기쁜 일이기도 하지만 피곤하기도 하다. 그렇지만 우리는 사람을 만나면서 다듬어진다. 사람을 만나면서 인격이 형성되고 인간성이 만들어진다. 우리 뇌(마음)는 다른 사람의 뇌(마음)와 끊임없이 자극과 반응을 주고받기 때문이다. 많은 사람을 만나봐야 사람 만나는 법을 알게 된다. 사람을 만나는 법은 에티켓과 존중과 겸손을 배운다는 이야기이다. 그리고 우리는 다른 사람으로부터 위로를 받기도 하고 성장하는 법을 배우기도 한다. 우리의 뇌는 서로를 가르치고 있다.

위와 같은 이유로 어린아이를 컴컴한 방에 혼자 내버려두면 안

되듯이, 우리의 마음도 야생에 홀로 내버려두면 안 된다. 만약 우리가 우리 마음을 야생에 내버려두면 우리의 마음은 나무를 타는 원숭이가 되고(마음이 쉼 없이 변하고 움직인다는 말, 아함경) 우리의 모습은 타잔처럼 될 것이다. 동물처럼 변하고 동물과 같이 살게 된다. (스스로 선택해서 홀로 있는 깃은 조금 다른 이야기이다.) 마음은 감성에 가깝다. 우리는 자주 변하는 마음 때문에 때로 가슴을 쓸어내리기도 하고 가슴을 치기도 한다. 그래서 우리의 마음은 가슴에 산다고 한다. 김수환 추기경은 머리에서 가슴으로 가는 여정이 가장 긴 평생이 걸리는 여정이라고 했다. 이성에서 감성으로의 여행을 말하는 것이다. 각박해진 세상을 살아가면서 사랑하는 마음을 잃지 말라는 말씀으로 들린다. 그런데 사실 우리는 감성에서 출발하여 지성을 거치고 인간성에 도달하는 인간 진화의 더 긴 여정을 살아가고 있는지 모른다. 우리는 감성과 이성의 콘체르토를 조화롭게 연주하려고 끝없이 노력하는 아마추어 연주자들이다. 그리고 우리는 언젠가는 인간성이라는 목적지에 도달하는 긴 여정으로 순례를 떠나 온 영적 순례자들이기도 하다.

25

네가 하는 일은 너(이상)와
세상(현실)을 이어주는 다리다

통합기준점이라는 것이 있다. 국토교통부 국토지리정보원에서 제작한다. 경도와 위도 그리고 표고 등을 표시하는데, 예를 든다면 "측점번호 U아산46, 지리좌표 위도(N) 36도 46분 33.69초 경도(E) 126도 58분 35.66초 표고(H) 36m"라고 표시한다. 여기에서 표고는 인천 앞바다의 밀물과 썰물의 평균 해수면 높이로부터 잰 해발고도이다. 예시를 든 이 통합기준점은 충남 아산시 신정호수 제방(뚝) 위에 있다. 이 통합기준점을 이용하면 알고자 하는 인근에 있는 특정한 장소의 지리적 위치 즉, 그 장소의 정확한 경도와 위도, 표고를 이 통합기준점과 비교하여 정확한 위치를 계산해 알 수 있다.

그러니까 "지도 위의 위도(N) 36도 46분 33.69초 경도(E) 126도 58분 35.66초 표고(H) 36m로 표시되어 있는 곳이 바로 여기다."라고 말하고 있는 셈이다. 이 표시 인근의 지도상 위치와 실제 지리

그림 1. 통합기준점 표지석

적 위치는 이 기준을 중심으로 다시 측정하여 정확하게 알 수 있게 된다. 우리 국토 위의 모든 장소에 이러한 표시 말뚝을 박아 놓을 수 없으니까, 2~3 킬로미터 간격으로 표시해 둔다고 한다.

그 가운데 하나를 내가 신정호수 산책길에서 본 것이다. 사실 우리는 이런 것들이 있는지도 모르고 일상생활을 하고 있지만, 만약에 이것이 없다면 무슨 불편한 일이 있을까 생각해 보았다. 만약우리가 이러한 구체적인 땅 위의 기준점이 적용되지 않은 지도를사용한다면, 지도에 표시된 특정한 위치가 실제로 땅 위에서 지리적으로 어디인지 알 수 없게 된다. 위의 예시로 든 그 위치가 저수지 상류 쪽에 있는지 하류 쪽에 있는지 아니면 둑 위에 있는지 그 정확한 위치를 알 수 없게 되는 것이다. 그래서 결과적으로는 그 지도를 보고 내가 원하는 특정한 장소(지도상의 위치가 아니라 현실의 실재하는 장소)를 정확히 찾아갈 수 없게 된다.

지도는 우리가 상상력을 발휘해서 그려낸 일종의 관념인데, 그 관념이 전혀 현실과 매칭이 안 되는 것이다. 그래서 등산 안내도 같은 간단한 지도(관념)에도 현실과 매칭이 되는 기준점을 안내도 에 표시한다. 그것을 등산 안내도 안에 '당신이 서 있는 곳'이라고 표시한다. 이것은 땅 위의 통합기준점을 거꾸로 지도에 그려 넣은 것이다. 통합기준점과 당신이 서 있는 곳은 상상과 관념의 세계(이 를테면 on-line)를 현실의 실재하는 지리적 세계(이를테면 off-line)와 연결시키는 것이다. 이런 연결점이 없다면 우리는 한없이 관념과 상상 속의 세계만을 떠돌아다닐 것이다. 아니면 지도 없이(물론 내 비게이션도 없이) 먼 길을 여행하는 셈이다. 그러면 전혀 방향과 거리 를 종잡을 수 없게 될 것이다.

이런 지리적인 위치와 관념 속 지도의 매칭 문제는 우리들의 꿈 과 이상 그리고 온라인 속 세상을 현실(reality)과 연결하는 문제와 같아 보인다. 우리는 우리의 소망과 꿈과 욕망을 가상의 세계에서 경험할 수 있는 것에 대해 열광하고 환호한다. 가상의 세계에서나 마 마음껏 즐기면서 위안을 삼고자 하는 것이다. 영화를 보고 감 동을 받는 것도 우리의 욕망과 감정을 이입시킬 수 있는 대상(이미

지)을 눈으로 직접 볼 수 있기 때문이다. 온라인 게임 속에서 내가 갖고 싶은 내 집을 짓고, 가상의 비즈니스를 일구어 부자도 되고, 친구와 연인도 만드는 환상적인 세상에 몰두하는 것도 같은 이유이다. 현실적으로 존재하는 구체적인 기준과 연결점이 하나도 없이 말이다. 그래서 영화가 끝나거나 게임이 끝나면 제정신이 돌아오면서 우리는 곧바로 현실 세계로 복귀한다.

땅 위의 통합기준점과 같이 나의 꿈과 소망을 나의 현실 세계와 정확하게 이어주는 현실적인 연결점이 있다면 그것이 무엇일까? 그 연결점을 기준으로 나의 꿈과 소망이 기준점으로부터 얼마나 멀고 또 얼마나 가까운지 쉽게 알 수 있게 해주는 기준. 그것이 무엇일까? 내 인생을 가상이 아닌 현실에 붙들어 매주고, 내 꿈의 실현 여부를 가늠해가며 그 꿈을 향해 매진할 수 있게 하는 기준이 뭘까? 그건 공교롭게도 내가 지금 꼭 해야만 하는 일, 말하자면 생계를 위해서 꼭 해야만 하는 일이거나, 최종적으로 내가 해보기로 한 일이거나(그게 공부하는 것이든지, 기술을 익히는 것이든지, 봉사하는 일이든지, 깨달음을 구하는 일이든지) 아니면 역설적이지만 내가 가장 하기 싫은 일을 하는 것일 수도 있겠다는 생각이 든다. 돌이켜보면 나는 내가 하기 싫은 일을 하면서 가장 많이 성장했던 것 같다. 그 예를 하나만 들자면 영어 공부다. 나는 하기 싫은 영어 공부를 포기하지 않고 스스로 했고, 혼자서 가망 없어 보이는 '영어로 일기 쓰기'를 한동안 계속했다. 그런데 이 영어 공부 덕분에 나는 결국

35개국을 여행하고 해외 5개국(인도, 베트남, 말레이시아, 가나, 불가리아)에 파견되었다. 31년의 직장 생활 중에서 15년 동안 국내에서, 16년 동안 해외에 파견되어 근무했다. 우리는 우리가 하는 일을 통해 이렇게 세상과 연결된다. 우리가 처해 있는 환경이 어떻든 우리는 현실을 살아내야 하고, 우리의 꿈과 이상도 여기 내가 살고 있는 땅 위에서, 내가 하는 일을 통해서 이루어진다.

　내가 원하는 꿈 같은 목표를 이루기 위해서는 (상상의) 지도 위에서 나의 현재 위치를 확인하고, 상상 속의 위치와 현실의 내 지리적 위치를 다시 확인해 보는 것이 중요하다. 끝까지 목표에서 눈을 떼지 않고, 현재 위치를 점검하고 개선된 노력을 하는 것. 그것만이 유일하게 내 꿈을 이루는 방법이다. 등산가들이 에베레스트나 K2 정상에 오르고, 탐험가들이 남극이나 북극 같은 미지의 땅을 정복하고, 큰 시합을 앞둔 운동선수들이 자신의 작은 목표를 이루어가듯이 우리는 모두 그렇게 하고 있다. 이상을 갖고, 현실을 그 이상에 맞추어 개선해 가는 것. 그것이 우리가 꿈을 이루는 유일한 방법이다. 잘 만들어진 상세한 지도(이상) 없이 가는 여정은 무모하고, 수시로 자신의 정확한 현재 위치를 확인(현실감각)하지 않는 것도 목표로부터 멀어지는 만용일 수 있다. 걷고 또 걷고, 일정을 점검하고 위치를 확인하고, 그리고 또 걷다 보면, 틀림없이 극점에 다다른다.

26

너는 네가 날개를 가지고
있다는 것을 잊지 마라

1861년 독일 남부 바이에른 채석장에서 새와 비슷한 모양의 화석이 발견되었다. 과학자들은 1억 5천만 년 전 쥐라기 말기의 화석으로 추정하였다. 그 화석은 새의 시조로서 날개 형태로 변한 앞다리와 그 날개 끝에 3개의 발가락이 붙어 있었다. 그러나 그 날개의 크기는 하늘을 날기에는 너무 작았다.

과학자들은 이 시조새가 날개가 작아서 하늘을 날지 못하지만, 포식자들을 피해 빨리 도망치는 데 유리했을 것이라고 추정했다. 이 날지 못하는 날개는 자신의 몸을 깃털로 감쌈으로써 체온 유지에도 도움을 주었을 것이다. 이렇게 하늘을 날지 못하는 날개는 점점 진화를 거듭하면서 그 날개가 커지고 마침내는 하늘을 날 수 있는 날개로 변했다. 이렇게 시조새는 하늘을 나는 새가 되었다. 다시 말하지만 시조새는 날기 전부터 날개를 가지고 있었다.

나는 "시조새가 하늘을 날기 전부터 날개를 가지고 있었다."는 이 말에 묘하게 끌렸다. 진화론을 연구하는 과학자들은 재미있는 이야기를 한다. 우리 코는 안경다리를 받치기 위해서 진화하였고, 인간의 손톱과 발톱은 매니큐어를 바르기 위해 진화하였다는 식의 농담이다. 그러나 실제로 우리의 여러 신체 부분들이 원래의 목적과 다르게 사용된다고 해도 그것은 전혀 이상한 일이 아니다. 태국의 뱃사공은 노를 저을 때 손을 사용하지 않고 발을 사용한다. 시조새의 앞발도 이와 마찬가지 아니었을까? 어떤 파충류에 가까운 동물이 자신의 앞발을 땅을 걷는 데 사용하지 않고 바람을 일으켜 몸을 허공에 띄우는 용도로 사용했다. 그러다 보니 더 잘 달릴 수 있었고 깃털이 달린 앞발은 몸통을 감싸 안을 수 있어서 체온 유지에도 유리했다. 그래서 다른 개체들보다 포식자를 더 잘 피할 수 있었고 추위에도 강해서 더 잘 살아남았다. 그래서 그 파충류의 앞발인 날개 부분은 점점 더 크게 변해서 날개처럼 되었고 마침내 커진 날개를 이용해 하늘로 날아올라 새가 되었을 것이다. 아! 그는 그렇게 하늘을 나는 조류의 조상이 되었다.

하늘을 잘 날지 못하는 새들도 많다. 닭이 대표적이고 공작새가 그다음이다. 칠면조도 그렇다. 이들은 전혀 날지 못하는 것은 아니지만 청둥오리나 기러기들처럼 수백에서 수천 킬로미터를 날아가는 것은 아니다. 닭이 시골 초가지붕으로 날아오르거나 공작새가 앞산 큰 바위에서 아래로 활강하듯이 뛰어내리는 정도에 그칠 뿐이다. 이들은 발생학적으로 조류에서 출발했으므로 전생에는 하늘을 날았던 적이 있었을 것이다. 그러나 닭은 인간이 주는 먹이를 먹으면서 가축화되는 과정을 거치고 마침내 하늘을 날 필요가 없어졌다. 공작새는 잘 날지 못하는 이유가 좀 색다르다. 암컷들에게 자신이 멋진 모습을 과시하면서 자신이 멋지고 능력 있는 배우자감으로 선택을 받을 수 있도록 화려하고 무거운 날개를 갖게 된 것이다. 그 이유야 어찌 되었든 닭과 공작새는 더 이상 먼 창공을 날지 않는다. 시조새와는 반대로 땅 위의 생활에 적응하거나 화려한 날개를 자랑하게 되면서 하늘을 날았던 날개의 힘을 잃어버리게 된 것이다.

나는 군이 말한다면 날개를 얻게 되는 시조새 종류일까? 아니면 가지고 있던 비행 능력을 잃게 되는 닭이나 공작새의 종류일까? 생각해 보면 나는 꿈속에서도 그렇고, 일상에서도 가끔은 알 수 없는 무엇인가에 쫓기는 느낌을 받는 때가 있다. 가진 것 없고 준비된 것 없는 도시의 청춘 시절이 그랬고, 직장에서도 항상 새로운 스타트라인에 서있는 달리기 선수의 입장으로 서 있었다. 경쟁의 연속이었다. 항상 경쟁자는 내 뒤를 쫓았고 앞을 보면 또 내 앞에서 뛰고 있는 다른 경쟁자도 많았다. 쫓기는 느낌은 내 꿈속까지 따라왔다. 내가 느끼는 이런 유쾌하지 못한 정황을 짐작해 본다면, 나는 화려한 공작새보다는 조류도 아니고 파충류도 아닌 못생긴 시조새가 될 팔자가 아닐까? 하는 상상을 해보곤 한다. 나의 이런 상상은 마법의 주문이기도 한데 '나는 그래도 (아직은 날지 못하지만) '날개'를 가지고 있다'는 생각은 스스로에게 이상한 위안과 격려를 주었다. 나는 언젠가는 하늘로 날아오를 것이라는.

아! 나는 언제쯤 하늘로 날아오를 수 있을까? 땅을 박차고 오른 시조새가 새의 조상이 되었듯이 (주제넘지만) 나도 무슨 조상이 될 수 있지 않을까? 흔한 일상에서 원치 않는 무력감이 스멀스멀 찾아올 때 부적처럼 스스로 하는 이런 상상이 그리 나쁘지는 않다. 내가 날아 보고자 하는 나의 하늘은 어떤 세상이어야 할까? 그리고 나를 하늘로 날아오르게 하는 나의 날개는 또 무엇이고, 그것은 어떤 모습이어야 할까? 퇴직 무렵에 내가 내 자신에게 묻는 질문들을 다른 사람들이 나에게 해주었다.

"퇴직하면 무엇을 하실 생각입니까?"
"퇴직 후에 무슨 계획이 있는지요?"

"생계를 꾸려가려면 무엇을 해야 할까?"
"무엇을 해볼까?"
"살아온 대로, 하던 것(내가 잘 하는 것) 하면서 살아야 할까?"
"이제는 하고 싶은 것, 새로운 것에 도전해 봐야 하지 않을까?"

그러다가 듣게 된 비교적 배려심이 느껴지는 고마운 말을 들었다.

"벼랑 끝에 서면, 날개가 펼쳐집니다."

그러나, 퇴직하고도 나의 날개는 펼쳐지지 않았다. '아직 벼랑이 아닌가 보다' 하는 생각을 하고 있다. 내가 공작새라면 아니 내가 닭의 짧은 날개라도 가지고 있다면 곧장 뛰어내릴 텐데 나는 차마 뛰어내리지 못했다. 나의 날개가 없었다. 아니, 나의 날개는 너무 짧았던 것이다. 그렇지만 나는 나의 하늘을 날고 싶다. 나의 초라한 작은 날개도 점점 그 끝이 자라나고 이윽고 나의 깃털이 충분한 바람을 가둘 정도로 풍성해지면, 나는 나의 벼랑 끝에서 뛰어내려 어느샌가 하늘을 날고 있는 나를 발견하게 되리라. 나는 내 하늘을 나는 최초의 조류 그 시조새가 되리라.

5장

돈(Money)과 일 그리고 인생

27

돈은 최선의 일꾼이거나
최악의 주인이다

2012년 1월 18일은 아프리카 가나의 아크라 무역관(Kotra Accra) 사무실 (일반 가정집을 임차했다. 앞뒤에 마당도 있고 뒷마당에는 높게 급수 탱크도 있었다. 그리고 정전을 대비한 커다란 발전기가 있었다)에서 마케팅 담당자를 채용하기 위한 면접시험을 시행하는 날이었다. 지난 2주 동안 신문 광고와 온라인 리쿠르팅 사이트 등을 통해서 마케팅 업무를 담당할 직원을 채용한다는 모집 광고를 냈었다. 모집된 인원 중에서 서류 심사를 거쳐 마지막 5명을 선발했다. 나는 이 5명 중에서 마케팅 담당자를 뽑기 위해 집단토론 방식으로 세일즈 능력과 아울러 종합적인 업무 수행능력을 테스트하는 방법을 구상해 냈다. 아프리카 가나에서 대학을 졸업하고 영어로 업무 수행이 가능한 사람을 찾아내는 일은 무척 어려운 일이었다. 서류 전형과 간단한 면접만으로 마케팅 업무를 잘 해낼 사람을 가려낸다는 것은 거의 불가능한 일이었다. 나는 구체적인 사례를 통한 세일즈 능력 테스트와 함께 집단토론 방식으로 종합적인 능력을 확인해 보기로 했다.

먼저 실제 마케팅과 세일즈 감각이 있는지를 가려내기 위해 5명에게 각기 다른 한국기업 수출 상품 카탈로그를 나누어 주고 20분 동안 공부하게 하였다. 주어진 시간이 지난 뒤에, 발표자는 다른 경쟁자들 앞에서 자신이 공부한 상품을 설명하고 그 상품의 장점과 강점을 강조하면서 다른 응시자들에게 모의 판매해 보도록 했다. 다른 응시자들은 소개된 상품에 대한 이런저런 궁금한 점과 상품의 취약한 점을 지적해 보라고 했다. 서류 전형을 통과한 5명 중에는 영국에서 마케팅 석사를 한 친구도 있었고, 대학을 졸업한 현직 목사(가나에서는 목사도 직업이 있다)도 있었으며, 다국적 석유 기업인 쉘의 마케팅 매니저도 있었다. 상품의 강점에 대한 빠른 이해와 자신 있게 고객을 설득하는 능력에 있어서는 다국적 석유 기업인 쉘의 마케팅 매니저의 능력이 탁월했다. 20분 동안 카탈로그를 보고 공부했을 뿐인데 마치 한국의 수출기업 본사에서 출장 온 사람 같았다. 나는 이 젊은 여성을 통해서 가나인을 다시 보게 되었다.

곧이어 그룹 토론을 시작했다. 나는 두 가지 의견을 제시하고 그 가운데 하나를 선택해서 자기주장을 펼치도록 했다. 정답은 없으며 논리적 설득력을 보겠다고 설명했다. (의견 1) 돈은 힘이다. 그래서 우리 인생에 돈이 제일 중요하다. (의견 2) 나는 그렇게 생각하지

마음속 나침반이 되어줄 42개 이야기

않는다(의견 1에 반대한다). 이 두 가지 의견 중에서 아무거나 하나를 선택하고 반대편 의견을 가진 상대방을 설득시키세요. 이것이 출제자의 주문 사항이었다. 말한 바와 같이 정답은 없었지만, 나의 체크 항목은 토론을 통해서 드러나는 논리성, 설득력, 표현력, 지식, 상대방에 대한 존중의 태도, 인성 등을 종합적으로 살펴보기 위함이었다. 공교롭게도 토론자들 중에 네 명이 (의견 1) 돈은 힘이다. 그래서 인생에서 가장 중요한 것은 돈이다의 입장을 선택했고, 나머지 한 명만이 (의견 2) 나는 그렇게 생각하지 않는다. 1안에 반대한다를 선택했다. 네 명의 응시자들은 왜 (의견 1)을 선택했는지에 대한 이유와 함께 자신의 의견을 피력했다. 그리고 본격적으로 그룹 토론에 들어갔다. (의견 1)을 선택한 네 명은 나머지 한 명에게 무척 논리적으로 공격을 퍼부었다. 주된 내용은 돈의 필요성과 돈의 힘에 집중되었다. 아프리카인들의 힘들고 어려운 경제 상황을 직접 눈으로 확인하는 듯했다. 다른 한 명은 전장에 임하는 올곧은 장수의 의연함과 분명한 명분으로 무장했지만, 다른 네 명이 소낙비처럼 쏟아붓는 공세에 속수무책이었다. 네 명의 집중포화는 아주 현실적인 비유와 논리를 가지고 있었을 뿐만 아니라 화력도 막강해서 외로운 장수가 의로운 명분으로 쌓아 올린 견고했던 성을 무너뜨리고 마침내 초토화시켰다.

"돈이 없으면 엄마와 동생이 굶고 가족이 아파도 치료할 수조차 없는데 무슨 소리를 하는 거냐?, 너는 언제까지 그렇게 혼자 고독하게 의로울 수 있냐?" 뭐 그런 식이었다. 나는 외로운 장수가 좀 더 선전하여 줄 것을 희망했지만, 결국 이 외롭고 의로운 장수는 놀랍게도 항복을 선언하고 말았다. 아! 나는 탄식을 속으로 삼켰다. 나는 이 토론 배틀이 좀 더 진지하게 오래갔으면 하는 바람을 가지고 있었지만 기대와는 달리 싱겁게 끝나버렸다. 마치 세상살이의 축소판을 보는 듯했다. 나는 처음부터 정답은 없다고 선언했었고, 모두 소신 있게 잘했다고 평가했다. 공격자 네 명 가운데 역시 쉘의 매니저인 젊은 여자 지원자는 매우 논리적이고 순발력도 대단해 보였다. 인상도 웃는 얼굴로 친근함을 보여주었고 부드럽지만 때로는 단호한 구석이 엿보였다. 역시 다국적 석유 기업인 쉘의 현직 마케팅 매니저로서의 노련함도 엿보였다. 합격 1순위 후보자로 꼽았다.

나는 토론을 좀 더 진행해 보기로 했다. 정답은 없으니 좀 더 이야기해보자고 권하고 모두에게 이렇게 물었다. 여러분이 동의하듯이 돈은 힘이다. 그런데 (문제 1) 부유한 미국은 왜 가난한 베트남을 이기지 못하였는가? (문제 2) 가난한 넬슨 만델라는 부유하고 강했던 백인들을 물리치고 대통령직에 올랐는데, 이것은 왜 그런가? 이 둘 중에 아무거나 선택해서 논리적으로 설명하라고 했다. 토론자 모두는 이미 "돈이 힘이고, 인생에서 돈이 가장 중요하다."라는 의견에 집단으로 동의하고 난 후였으므로 돌발적인 이 두 질문에 무척 당황스러워하는 표정이 역력했다. 의외로 첫 번째 문제인 베트남이 미국을 전쟁에서 이긴 사실을 모르고 있었던 지원자도 있었다. 두 번째 문제인 넬슨 만델라는 아주 유명한 아프리카인이었으므로 그가 남아공의 대통령이 되었다는 사실은 모두가 알고 있었음에도 아무도 제시된 문제에 대한 자신의 의견을 내놓지 않았다. 나의 기대와는 달리 토론은 맹물처럼 싱거워져 버렸다. 아무도 이 질문에 답변을 안 한 것이다.

짐작하건데, 궁극적으로는 돈을 버는 일인 무역과 투자 진흥을 업으로 하는 Kotra Accra의 마케팅 매니저직에 응시했는데, 잘못했다가는 자신에게 불리할 수도 있겠다는 염려 때문이었을 거라고 생각되었다. 아무튼 토론은 더 진행되지 않았다. 최종 합격자 후보들 가운데 1등을 한 그 여직원은 쉘에서 마케팅 업무를 담당하면서 혼자서 다섯 개의 주유소를 담당하고 있으며 쉘의 제품에 대한 마케팅 활동과 주유소 관리 지원 업무를 하고 있다고 했다. 고객을 섬세하고 친절한 태도로 대할 줄 아는 영업의 베테랑이었다. 그런데 아쉽게도 보수 조건이 맞지 않아 채용할 수 없었다. 아크라 무역관의 보수가 쉘보다 조금 더 적더라도 Kotra와 같은 국제적인 무역투자진흥기관에서 일하고 싶다고 말했으나 무역관이 줄 수 있는 보수와 다국적 석유 기업 쉘과의 보수의 갭이 너무 컸던 것이다. 그런데 영국 대학의 마케팅 석사학위를 가지고 있던 다른 응시자는 가나의 현재 실정을 너무 몰랐고 가나에서 현지 인맥이 거의 없었다. 그리고 결정적으로 순발력이 부족했다. 그는 결국 탈락했다. 재미있는 것은 그룹 토론 때 다수의 공격을 받고서 항복할 수밖에 없었던 그 외로운 장수가 최종적으로 뽑혔다. 그는 지금도 아크라 무역관에서 잘 근무하고 있고, 몇 년 전 본사 감사실로부터 청렴상을 받았다는 소식을 들었다. 나는 그가 채용될 때부터 그럴 줄 알고 있었다. 그는 현직 목사님이었다.

나는 아크라 무역관의 마케팅 매니저를 뽑기 위해 그룹 토론을 구상하면서, 만약 나라면? 어떤 대답을 할 수 있을까?를 생각해 봤다. 내가 다시 테스트를 받는다면 나는 과연 이 테스트를 통과할 수 있을까? 세상사에 정답은 없듯이 이 질문에도 정답은 없었지만, 출제자인 나는 어떤 형태로든 나의 답안은 가지고 있어야 한다고 생각했다. "돈은 힘이다. 그래서 인생에서 제일 중요한 것은 돈이다."라는 이 말에 대해 나는 이렇게 생각한다.

과학이 가치 중립적인 것처럼 돈도 가치 중립적이다. 1909년 프리츠 하버라는 사람이 실험실에서 암모니아를 합성하는 데 성공했다. 이듬해 독일기업인 BASF의 칼 보슈라는 사람이 이 기술을 산업화하고 공장에서 대량 생산하는 데 성공하였다. 이 두 사람의 이름을 딴 하버-보슈 공법으로 공장에서 합성비료를 생산할 수 있게 되었고 이 암모니아 합성비료는 식량 공급을 크게 늘렸다. 공장에서 대량으로 생산할 수 있는 합성비료는 드디어 우리 인류의 먹는 문제를 해결하는 데 매우 큰 역할을 해내었다. 그런데 이 합성비료 생산 기술은 폭탄의 산업 생산이 가능하게 했고, 독일은 이 기술로 1914년 제1차 세계대전을 일으킬 수 있는 결정적 선결조건 가운데 하나를 해결한 셈이었고, 결국 독일이 전쟁을 일으킨 원인 중 하나가 되었다.

이처럼 과학이 선하다거나 악하다거나 말할 수 없듯이, 돈도 과학과 마찬가지로 가치 중립적이다. 돈이 그 자체가 선하고 악한 것은 아니다. 돈은 좋은 목적으로도 사용될 수도 있고, 악하게 사용될 수도 있다. 돈의 사용 목적이 선하다면, 우리는 돈이 없다면 결코 해내지 못할 정말 많은 가치 있는 일들을 해낼 수 있다. 이런 점에서 돈은 선한 목적을 이루는 강력한 도구이고 힘이 된다. 돈은 가치 있게 벌어야 하고, 선한 목적으로 사용되어야 한다. 미국이 베트남을 이기지 못한 것도 베트남 전쟁이 명분을 잃었고 그래서 미국 국민들로부터 굳건한 지지를 얻지 못했기 때문이었다. 거대한 미국을 상대로 한 베트남 전쟁을 승리로 이끈 호치민은 이렇게 말했다. "한 번도 우리가 미국을 이길 수 있다고 생각하지 않았습니다. 그러나 나는 항상 명분의 싸움인 정치 전쟁에서 이기려고 노력했습니다." 넬슨 만델라 역시 마찬가지였다. 백인들은 부유하고 강력한 힘을 가졌지만 인종차별과 같은 옳지 못한 목적으로 그 힘을 사용했던 반면에 가난한 만델라는 인종차별에 반대하는 선한 의지로 아프리카 공화국의 가난한 국민들의 지지를 얻어 냈기 때문에 대통령직에 오를 수 있었다. 돈은 과학과 기술과 같이 가치

중립적이다. 돈은 선한 일에 쓰일 때 가치가 있고 더 강력한 힘을
발휘한다. 내가 2011년부터 석유가 나오고 있는 그곳, 아프리카 가
나에서 kotra 아크라 무역관을 설립하고 우리나라의 국부(国富)를
위해 일했던 이유이기도 했다.

28

돈 때문에 중요한 것들을
잃어버리지 마라

해외에서 살고 있거나 해외 근무를 했던 사람들이 서로 만나면 흔히 묻는 질문이 있다. "어디 어디 가보셨나요? 어디가 좋았어요? 어디가 제일 살기 좋아요?" 이런 질문에 대해 사람들은 스위스의 풍광이 좋다. 그런데 물가가 장난이 아니다. 혹은 유럽이 고풍스럽기도 하고 문화가 다양해서 좋다. 그런데 다니다 보면 거기가 거기다. 유럽은 결국 다 비슷비슷하다. 동남아가 좋다. 열대과일 등 먹을 것 많고 물가도 싸다. 그런데 그 나라 말을 못하면 불편하다. 의료시설이 충분하지 못해서 좀 심하게 아프면 한국에 가야 한다. 공무원 특히 경찰이 부패해서 돈을 자주 뜯긴다. 도둑이 들지 않은 집이 없다. 누구누구가 강도를 당했다 등등 쉴 새 없이 자신들이 겪은 이야기를 하느라 끝이 없다. 그러다가 마침내 결론에 다다른다. 이 결론에는 아직까지 아무도 이의를 제기하는 사람을 만나보지 못했다. 희한하게도 그 많은 199개의 나라가 모두 이 한 나라 앞에 무릎을 꿇는다. 한국이다. 그런데 단서가 붙는다. 아주 절대적인. 하지만 모든 나라에 이와 똑같은 조건과 단서를 붙여도 결국 이 나라, 한국에 굴복하고 만다. "돈만 있으면, 한국이 제일 살기 좋아!" 그러면 또 여기저기서 이야기가 봇물처럼 쉴 새 없이 쏟아진다. 타국살이의 서러움을 한꺼번에 보상받으려는 듯이 한국에는 사계절이 있고, 한국말이 잘 통하고(한국말이 통한다는 것이 얼마나 중요한지 다른 사람은 잘 모른다는 것이 현지에서 사는 교민들의 공통된 의견이다), 의료시스템이 좋고(이것은 코로나19 바이러스의 질병관리 능력으로 세계적으로 입증된 바 있다), 그리고는 전에는 몰랐던 새로 생긴 환상적인 그곳들을 이야기한다. 갑자기 모두가 한국에 있는 그곳에 가고 싶어 한다. 찜질방, 맛집, 온갖 수입품이 이미 다 있는 백화점, 병원(특히 피부과), 리조트 등등 그런데 특이한 것은 이 모든 것들은 특히 여성분들이 열광하는 장소들이고, 모두 돈을 쓰는 곳들이다. 아! 아빠들이 웃거나 탄식을 내뱉는다.

그래서 '돈만 있으면' 제일 살기 좋은 나라가 한국이다. 다른 나라들은 아니 그 어느 나라도 우리가 돈이 있다고 하더라도 그 나라는 결코 한국보다 살기 좋은 나라가 되지 못한다. 말이 잘 통하지 않는 외국에서 살면서 언어적 불편함과 외국인 차별을 한두 번 경험하게 되면 타국 생활은 진지한 고민거리가 된다. 한국으로 돌아갈까? 생각이 복잡해진다. 특히 비자의 거주기간을 갱신할 때가 특히 신경이 쓰인다. 거주비자 (work permit) 조건에 조금이라도 하자 비슷한 것이 있다면 (주재국 정부는 이런 하자를 눈에 불을 켜고 찾는다) 이런저런 이유로 퇴짜를 놓는다. 결국 상당한 시간과 돈이 들어간다. 일반적으로는 투자자 형식의 비자를 받거나, 다른 나라로 나갔다가 다시 들어오는 방법으로 거주기간을 갱신하는데 상당히 짜증 나는 일이다. 일상적으로 혹은 갑자기 경찰에게 돈을 뜯기기도 한다. 물가가 비싸지 않은 개도국일수록 그렇다. 예를 들면 외국인 신분으로 차를 몰고 가면, 경찰이 갑자기 차를 세운다. 달리 교통법규를 어긴 것도 아닌데, 외국인이 차를 몰면 차를 세우는 것이다. 현지 경험이 없거나 부족한 경우에는 대부분 당한다. 현지 경찰은 저 외국인이 오래 체류했는지 방금 온 신출내기인지 척 보면 안다. 특히 시골길이나 한적한 지방도로에서 자주 그런 일이 발생하는데, 차를 세운 이유를 물어보면 가관이다. "차의 뒷타이어가 많이 닳았다." 혹은 "타이어에 흙이 너무 많이 묻어있어 사고가 날 수 있다."고 차를 멈추게 했던 이유를 설명하면서 위압적인 태도를 보인다. 이런 경우 외국인 운전자와 경찰이 왈가왈부하게 되는데 운전자가 지혜로우면(경험이 있으면) 적은 돈을 조금 쥐어 주고 경험을 쌓고 오지만, 진짜 온 지 얼마 안 된 경우에는 경찰과 시비가 세게 붙게 되기도 한다. 그리고 운이 나쁜 경우에는 그 외국인 운전자는 철창에 갇히게 되고 결국 일이 점점 복잡해지면서 죄명도 불분명해진다. 교통방해? 공무집행방해? 경찰관 모욕? 등으로 짐작될 뿐이다. 각 나라 (한국인의 경우 한국) 대사관 도움이 필요해진다.

한국에서 돈 쓰는 일은 점점 더 환상적인 일이 되고, 돈을 버는 일은 지옥의 뜨거운 맛을 보는 것과 비슷해진다. 그런데 외국에서 그 나라 사람들이 사는 일상의 모습을 보면 한국에서처럼 크게 돈과 관련이 없어 보이는 즐거운 일들이 많다. 그들은 이 즐거운 일들을 가족과 이웃들과 즐긴다. 예를 들면 친구와 우정을 쌓는 일이 그렇다. 친구나 지인들과 즐거운 시간을 보내는 데 그렇게 많은 돈이 들지 않는다. 친구집에 와인을 한 병 가져가서 함께 즐기거나 집에 있는 음식으로 이웃과 즐거운 시간을 보낸다. 친구와 이웃 혹은 지인들과 함께 살아가는 즐거움은 정말로 크다.

인도에서 근무할 때 내 인도인 친구인 샴 루와니를 만났다. 그는 도쿄은행의 외국기관 담당 매니저였는데 뉴델리에 있는 대부분의 외국 대사관과 대사관 직원들의 구좌 관리를 담당했다. 그래서 항상 그는 바빴고 내가 은행을 방문할 때마다 그는 언제나 세 가지 일을 동시에 하고 있었다. 문을 열고 들어오는 나에게 "하이! 정!" 하고 부르면서 반갑게 인사를 하고, 머리와 어깨 사이에 걸쳐진 전화기로 고객과 통화를 하면서 오른손으로는 은행 수표에 사인을 하고, 왼손으로는 다른 직원에게 지시(미스터 정에게 차를 가져다 줘라)를 했다. 어떻게 저렇게 여러 가지 일을 한꺼번에 할 수 있는지 존경스러웠다. 한 번은 그의 집에 초대를 받아 저녁 식사를 함께 한 적이 있었는데, 샴은 나에게 귀여운 코끼리신인 가네쉬에 대한 재미있는 이야기를 해주었다. 인도에서는 병원 개업식이나 비즈니스를 하는 사람들은 모두 가네쉬 상(像) 앞에 기도한다고 설명해 주었다. 인도인에게 의미 있는 선물을 한다면 가네쉬 조각상이나 그림을 하면 깜짝 놀랄 정도로 좋은 반응을 얻을 것이라고 조언해 주었다. 가네쉬는 지혜와 의술 그리고 상업의 신이라고 했다. 그는 항상 친절했고 온화한 미소를 잃지 않았다. 한번은 동양적인 감성인지 타향살이의 외로움인지 아니면 힘든 업무에 지친 나머지 그랬는지 모르지만 나도 모르게 '내가 좀 외롭다.' (나는 흔히 밤 11시까지 사무실에 홀로 남아서 일하곤 했었다)는 말을 했었다. 그런데 그 말에 그는 깜짝 놀라면서 "미스터 정! 그런 말은 하면 안 된다"라고 정색을 했다. 너에게는 네 아내가 있고 너의 친구인 나, 샴 루와니가 있는데 그런 말을 하면 안 된다고 강변해서 오히려 내가 놀랐다. '외롭다는 말 좀 하면 안 되나?' 어쨌거나 그 일 이후로 나는 외롭다는 말은 하지 않는다. 내 친구 샴이 가르쳐 준 고마운 조언의 덕을 지금까지 보고 있는 것이다. 내 인도인 친구 샴과 나는 서로에게 필요한 소소한 도움을 주고받았지만, 참으로 든든한 믿음과 즐거움을 교환하는 사이였다. 나는 그가 내 전생에 누구였을까?에 대해 한참을 생각하곤 했다. 그를 그리고 그의 가족을 만나 교제하는 것은 정말 즐거운 일이었지만 많은 돈이 필요하지 않았다. 샴은 나와 같은 다른 정다운 친구들을 많이 가지고 있었다. 내가 제일 부러워한 점이다.

　돈은 돈이 없으면 할 수 없는 많은 좋은 것들을 할 수 있게 한다. 새로운 일에 도전할 수 있고, 어려운 사람도 도울 수 있고, 여러 가지 즐거운 것들을 경험할 수 있게 하기도 한다. 살면서 겪을 수 있는 어려운 일들도 조금 더 수월하게 극복할 수 있게 한다. 그렇지만 돈으로 살 수 없는 것들도 있고, 그런 것들은 대개 한 번 잃으면 복구하거나 회복할 수 없는 것들이다. 깨질 수 있는 유리구슬 같은 거다. 건강과 우정과 사랑, 인간관계가 그렇다. 그리고 내 아이들이 어렸을 때 나와 아이들이 함께 했던 시간, 내 친구가 나에게 해준 재미있는 이야기와 배려심 등도 돈으로 살 수 없다. 이렇게 소중한 것들 중에는 우리가 잃고 있는 것들도 있고, 이미 잃어버렸으나 아직 잃어버린지도 모르는 것들도 있다. 돈만 있으면 제일 살기 좋은 한국에서 더 늦기 전에 다시 한번 소중한 것들을 챙겨 봐야겠다는 생각이 든다. 그리고 가능하다면 돈을 좀 벌어야겠다. 최고로 살기 좋은 한국에는 강력한 단서가 붙어 있기 때문이다.

29

힘들면,
니쿠나 마타타!를 외쳐라

2010년 11월부터 쥬빌레 유전에서 석유가 나오기 시작한 서부 아프리카 가나에 아크라 무역관을 설립하면서 관옥을 구하고 직원들을 채용해서 훈련을 시키고 현지 지역특화사업을 개발하느라 고군분투하는 중에 케냐 나이로비에서 중동 아프리카 지역 무역관장 회의가 개최된다는 소식이 들렸다. 진짜로 가뭄에 단비 같은 소식이었고, 나처럼 아프리카 다른 지역에서 고군분투 중에 있을 동료 선후배들을 만날 생각하니 마치 소풍을 앞둔 어린아이가 된 것처럼 기뻤다. 나는 쥬빌레 유전의 석유자원을 가지고 가나 정부가 앞으로 전개할 여러 가지 SOC(Social Overhead Capital, 사회간접시설) 개발사업을 예상하고 가스화력발전소, 송전선 건설 등 여러 건설프로젝트와 우리 기업들의 ODA(Official Development Assistance, 공적개발원조) 참여를 통한 프로젝트 수주 방안 등을 발표하였다. 반응은 무척 좋았고, 시장이 협소한 아프리카에서 현지 특화사업으로 시도해볼 만한 것으로 평가되었다.

그런데 회의 도중에 한 아프리카 서부국가의 ㅇㅇㅇ무역관장이 발표한 사진은 놀라웠다. '허허 벌판에 천막을 친 수출상담회 사진'이었는데, 이 커다란 사진 한 장은 모두가 할 말을 잃게 만들었다. 처음 시도했던 지방 도시에서의 카탈로그 수출전시상담회라지만 허허벌판에 하얗게 구름처럼 떠 있는 몇 개의 천막 사진들뿐이었다. 주위에는 아무것도 없었고, 그냥 텅 빈 사막 같은 돌밭뿐이었다. 모두는 그 사진과 발표자인 ㅇㅇㅇ 관장의 얼굴만 번갈아 가며 처다보고 있었다. 추가되는 설명이 없었다면, 충분히 오해할 만한 사진이었다. "아니, 아무도 없잖아?", "어떻게 수출상담회를 했지?" 아프리카 로컬 시장은 흔히 허허벌판이나 노지에서 열리곤 한다. 그 허허벌판에서도 좋은 자리를 잡으려면 아침 일찍 가야 하는데 문제는 너무 일찍 간 것이었다. 사진도 하필 그때 찍었다. 그래서 아무도 없는 허허벌판에 흰색의 한국관 텐트만 몇 개 있었다. "Korea Pavillion"이라고 써붙인. ㅇㅇㅇ 관장의 현지특화사업의 정당한 평가는 제쳐 두고서 누군가 소리쳤다. "고생한다!", "ㅇㅇㅇ 관장 파이팅!" 소리가 여기저기에서 울려 나왔다. 나도 서부 아프리카 깊숙한 오지에서 고독한 사투를 벌이고 있는 ㅇㅇㅇ 관장의 건투를 빌었다.

쉬는 시간에 동료들과 사적인 이야기를 나누던 중에 내가 운동 삼아 매일 15센티미터의 보폭으로 양손은 앞뒤로 크게 흔들면서 방안을 뱅뱅 돈다(해가 지면 안전 문제로 밖으로 나가지 못했다)는 이야기를 하자, 듣고 있던 당시 수단 카르툼 무역관장이 이렇게 이야기했다.

"나는 트렁크 두 개를 들고 가족 없이 홀로 수단에 갔는데, 아직 한 개는 풀지도 못하고 있어요."

"아니, 왜요?" 내가 묻자, 그는 대답했다.

"아직 마땅한 집을 구하지 못해서 모텔 같은 데에 투숙하고 있는데, 계속 거기에서 살아야 할 것 같기도 하고, 아직도 잘 적응이 안 돼요. 그래서 언제든지 돌아갈 때 빨리 가려고 트렁크 하나는 그냥 열지도 않고 있어요."

"그리고, 나도 저녁에 밖에 나가기가 좀 그래서(사람들이 총을 가지고 있기 때문에 신변이 위험하다) 저녁을 먹고 난 뒤에 운동화 신고, 그리고 그 위에 양말을 신고 모텔 복도를 왔다 갔다 합니다."

"운동화 위에 양말을 신어요?"
내가 또 묻자, 그는 이렇게 대답했다.

"처음에는 양말을 신고, 운동화를 신고, (밖에는 못 나가니까) 복도를 왔다 갔다 했었는데, 바닥에서 자꾸 "삑~ 삑~" 소리가 나서, 참 신경이 쓰이더라고. 옆 방에 있는 다른 사람들이 뭐라고 할까 봐. 고민 끝에 양말을 운동화 위에 또 신었어. 그랬더니 소리가 안 나더라고. 그래서 지금은 항상 운동화 위에 양말을 신지. 하하하."

"정관장이랑 비슷하지 뭐."

아! 동병상련이란 이런 것이구나!

내가 다시 물었다.
"그 사람들 왜 전쟁합니까? 종교 때문에 그래요? 아니면 석유 때
문에 그래요?"
"아닙니다. 종교도 아니고 석유도 아닙니다. 내가 볼 때는 물 때
문에 그래요."
"예? 아니 물 때문에 전쟁을 해요?"
"예. 수단 사람들은 주로 소를 키우는 목축업을 하는데, 북쪽 즉
북수단의 소들이 북쪽에 물과 풀이 없어지니까 자꾸 남쪽으로 물
과 풀을 찾아 내려갑니다. 그러면 사람들이 소를 따라 남쪽으로
내려가고. 남쪽 사람들은 북쪽에서 소가 넘어오는 것을 반기지 않
지요. 자기네 소들 먹일 풀과 물도 부족하니까. 그래서 자꾸 싸움
이 촉발되는 거지. 그 사람들도 물과 소 없이 살 수 없으니까. 문제
는 유목민들은 자기들의 소를 지키려고 모두가 소총을 가지고 있
는데, 총싸움이 일어나는 거지요."

전쟁하는 이유가 종교도 아니고 석유도 아니고 부족한 물이 되
어가고 있다. 수단은 북쪽의 아랍계 주민과 남쪽의 비아랍계 주민
들의 인종과 문화의 차이로 오랜 기간 갈등을 빚어 왔으며, 주민

간 대립으로 내전을 겪었다. 그 후 주민 투표를 거쳐 2011년 남수단이 독립국가가 되었고, 남쪽에서 유전이 발견됐다. 어쨌든 석유의 발견은 그들에게는 구매력이 생긴 것이고, 우리에게는 또 하나의 해외시장이 생긴 것이다. (그런데 2023년 4월 수단에서 또 군부 간의 내전이 발발했고, 우리 교민들은 안전하게 귀국하였다.)

회의는 전체적으로 잘 진행되었고 회의를 주재한 사장님은 만족하면서도 안쓰러운 표정으로 "이곳 아프리카에서 고생하시는 모습들이 훤히 보입니다. 고맙고, …, 책임감을 가지고 일하는 것도 중요하지만, 아프지 말고 건강을 잘 챙기시기 바랍니다"라는 말씀으로 총평을 대신했다. 잘하고 있다는 최고의 칭찬이었다.

저녁에는 화목한 가족 같은 분위기 속에서 돌아가면서 각자 자기 나라 (주재국)에서 고생한 이야기를 건배사에 담았다. 그중에 아직도 기억에 생생한 것이 두 개가 있다. 나이지리아 라고스 무역관장은 공문과 조사보고서를 작성하면서 '나이지리아'라는 국명을 자주 타이핑하는데, 자기는 문서를 작성하다 보면 꼭 자기도 모르게 '나아지리라'라고 친다고 했다. 그는 건배 제의를 이렇게 했다. "제가 "우리는!" 하고 선창을 하면, 여러분은 저와 여러분 모두가 힘을 얻을 수 있게 아주 아주 큰 소리로 나아지리라! 하고 외쳐주십시오." 모두가 목청이 터져라고 소리쳤다.

"우리는!"

"나아지리라!"

내 차례가 되었다. 나이지리아 라고스 무역관장처럼 나에게도 빅 매직(Big Magic)을 가져올 마법의 주문(Magic Word)이 필요했다. 영화 라이온 킹에 나오는 귀여운 멧돼지가 부르는 노래 중에 유명한 "하쿠나 마타타"라는 노래가 있다. 그 뜻은 "그는(하쿠나) 문제가 없다(마타타)"이다. 그러니 '그를 너무 걱정하지 마라'는 뜻이다. 그런데 "나는 문제가 없다."라는 말은 "니쿠나 마타타"라고 한다. 사장님과 동료 선후배님들에게 부탁했다. 나에게도 마법의 주문이 필요하니 이렇게 외쳐주시라고. "제가, 니쿠나 마타타(나는 문제가 없다)라고 외치면, 여러분은 하쿠나 마타타(그는 즉, 정관장은 문제가 없다)를 외쳐주십시오."

"니쿠나 마타타!" 내가 목청이 터져라고 소리 높여 외치자,

"하쿠나 마타타!"라고 동료 선후배님들이 화답해 주었다.

함께 외치는 소리가 식당의 천장을 천둥소리처럼 울렸다. 결국 나는 모두의 바람대로 아프리카 근무를 아무런 문제 없이 성공적으로 마치고 가족과 함께 무사히 귀국할 수 있었다. 이 모든 것은 그때 동료 선후배가 함께 큰 소리로 외친 건배사(우리는 나아지리라!)와 내 마법의 주문이었던 "니쿠나 마타타!"가 빅매직을 일으켰다고 지금도 믿고 있다.

30

머리로 혹은 느낌으로 혹은
둘 다 사용해야 하는 결정이 있다

찰스 다윈의 적자생존(Survival of the fittest) 개념은 흔히 종(Species)이 아닌 개체 간의 무한 경쟁을 의미하는 말로 오해되곤 한다. 적자생존은 환경에 적응한 종(Species)은 살아남고 적응하지 못한 종은 도태되어 멸종에 이른다는 것인데, 근래에는 이 적자생존보다 더 넓고 긍정적인 의미를 가진 자연선택(natural selection)이라는 말을 사용하는 사람들이 많다. 주어진 환경 속에서 적응에 유리한 유전 인자를 가진 개체가 그렇지 못한 개체보다 환경에 더 잘 적응하게 되어서 그들이 더 잘 살아남고 자손을 더 남기게 된다는 진화 이론이다. 결국 적자생존과 같은 의미이다. 어쨌거나 원래의 종의 진화 개념과는 다르게, 이 적자생존 개념은 경쟁을 부추기는 용어로 오해된 채 아직까지도 우리에게 심리적 부담을 주는 용어로 사용되고 있다. 직업의 세계에서는 세상을 약육강식이 일어나는 정글에 비유하기도 한다. 어떻게 이렇게 거대하고 복잡한 정글 같은 세상에서 내가 잘 적응해 나갈 수 있을까? 하는 문제는 나의 생존뿐만 아니라 인생의 성패를 가르는 중대한 문제가 되었다. 이렇게 크고 복잡해 보이는 세상을 이해하기 위해 간단하게 세상을 둘로 나누어 보는 방법이 있다.

　내가 그들을 어떻게 대할 것인가를 중심으로 세상을 간단하게 둘로 나누면 '사회적 대상'(즉 사람)과 비사회적 대상'(사람 아닌 것)으로 나눌 수 있다. '사회적 대상'(사람)은 다시 '혈연'과 '비혈연'으로 나누고, 비혈연'은 다시 나에게 '협력자'인지 '경쟁자'인지로 나눈다. '비사회적·대상'(사람이 아닌 것)은 '먹는 것'과 '못 먹는 것'으로 나누고, 다시 '먹는 것'은 '동물성(도망간다)'과 '식물성(도망가지 못한다)'으로 나눈다. '못 먹는 것'은 다시 '위험한 것'과 '중립적인 것'(위험하지 않은 것)으로 나눈다. 이렇게 복잡해 보이는 세상을 간단하게 나의 생존이나 적응방식을 중심으로 나누어 보면, 복잡해 보이던 세상이 무척 간결하게 정리되어 보인다. 즉 내가 살아남는 것에 도움이 되는 것과 도움이 안 되는 것으로 나누는 방식이다. 이렇게 세상을 둘로 나누면 내가 내 앞의 대상에 '어떻게 반응해야 하는지'가 분명해진다. 다시 말하자면 내가 친밀감을 보이면서 가까이 대해야 하는 것(혈연과 비혈연 중 협력자, 그리고 먹는 것)과 싸우거나 경계심을 가지고 대해야 하는 것(비혈연 중 경쟁자, 그리고 위험한 것)으로 쉽게 구분이 되는 것이다. 이것은 플라톤의 둘로 나누기 방법을 이용하여, 동물의 뇌가 본능적으로 반응하는 행동에 따라 세상의 모든 사물을 나누는 방법이다. 김대수 교수가 쓴 〈뇌 과학이 인생에 필요한 순간>에 소개되어 있는 내용이다.

　위와 같은 방식으로 세상을 나누어 보면 세상에 존재하는 모든 대상에 대해 내가 어떻게 반응해야 하는지가 아주 간단하고 쉽게 해결된다. 동물(사람도 동물이다)의 뇌가 세상을 보는 시각이다. 모두가 그렇지는 않지만, 보통의 경우에 많은 사람들이 이렇게 나에게 도움이 되는지, 아닌지에 따라 자기 자신과 다른 사람들 그리고 사물들을 구분하면서 살아간다. 겉으로 노골적으로 드러내지는 않지만, 속으로는 내가 가까이 두어야 할 사람인지 아니면 내가 피해야 하는 사람인지를 구분하고 있는 것이다. 내가 세상에 대응하기가 쉬운 간편한 구분 방식이다. 그러나 이것은 동물의 뇌가 세상을 구분하는 방식이 그렇다는 것이지, 이 방법이 바람직하고 좋다는 이야기를 하고 있는 것은 아니다. 우리의 뇌 작동 방식이 그런 성향을 가지고 있다는 말을 하고 싶은 것이다. 세상은 생각만큼 이분법으로 잘 나누어지지도 않을 뿐만 아니라 우리가 혈연에만 의지하며 살 수도 없다. 우리가 사는 세상은 경쟁자가 나를 더 발전시키고 때로는 그 경쟁자와 협력하기도 한다. 그리고 오늘의 적이 내일의 친구가 되기도 하는 것이 세상살이다. 어떻든 본능에 따라 나누는 이러한 방식은 인간의 모든 행동과 세상을 전부 설명할 수는 없지만, 뇌의 작동은 이렇게 생존과 번식을 목적으로 한 본능적인 방식으로 움직인다는 것은 분명하다.

우리가 다른 사람을 분류하는 방식도 이와 비슷하다. 그런데 우리는 다른 사람들을 아주 적은 정보로 아주 쉽게 분류한다. 뇌가 사용하는 에너지를 절약하기 위해 그렇다. 그러나 문제는 우리는 너무나 터무니없을 정도로 간단한 정보만으로 그 사람들을 판단하고 분류한다는 사실이다. 예를 들면 내가 "저 사람 어때?"라고 물었을 때, "응, 사람 괜찮아. 운동도 잘해." 이 한 마디면 이미 그 사람에 대한 충분한 심사와 평가가 끝난다. 운동을 좋아하는 나는 그를 나의 괜찮은 사람 그룹에 넣는 것이다. 이와 같은 간단한 분류 기준으로 사용되는 것들은 대개 그 사람의 직업, 혹은 졸업한 학교, 혹은 피부색, 혹은 고향이 어디인지 등 아주 최소한의 정보에 그친다. 우리의 뇌는 그 사람을 분류하는 데 많은 에너지를 사용하고 싶어 하지 않는다. 그러니 첫인상은 매우 중요하다. 남에게 좋은 인상을 주는 것은 우리의 생존에 절대적인 영향을 끼친다. 우리의 옷차림새와 말투는 우리의 거의 전부를 대표한다. 세상은 언제나 나를 자세히 알아볼 시간이 부족하기 때문이다.

이렇듯 어림짐작으로 판단하는 것을 휴리스틱이라고 한다. 따라서 어림짐작으로 판단하는 휴리스틱에는 오류가 있을 수밖에 없다. 영리한 사람이 어리석은 결정을 내리는 이유가 된다. 예를 들어 위에서 설명한 동물의 뇌가 하는 분류 방식에서 나와 혈연이거나 비혈연 중 협력자로 분류되는 사람은 거의 내 편으로 분류하고 있다. 그리고 내 편은 모두 좋은 사람들이다. 말하자면 나는 애초에 본능적으로 '우리편 편향'을 가지고 있는 것이다. 그래서 '나는 우리 편은 전부 합리적인 사람들이고, 옳은 결정을 내리는 사람들이기 때문에 어떤 행동이나 판단이 틀릴 수 없다고 생각한다'라는 식이나. 우리가 어떤 문제에 대해 판단을 내릴 때 휴리스틱에 의한 여러 가지 편향, 즉 가용성 편향(기억하기 쉬울수록 정답이라고 생각함), 대표성 편향(비행기 사고를 무서워함. 사실 자동차 사고가 더 많음), 감정 편향(사실 여부가 아닌, 경험으로 형성된 감정에 따라 평가함), 확증 편향(사실 여부를 따지지 않고 자신의 신념을 옳다고 믿음) 등 여러 가지 범할 수 있는 오류의 가능성을 염두에 두어야 하며, 편향에 의해 잘못된 결정을 내리지 않도록 주의하여야 한다.

다만 애석하게도 우리가 휴리스틱의 오류 가능성을 알면 그것을 피할 수 있는지는 사실 분명하지 않다. 확증 편향처럼 신념은 사실 여부를 초월하기 때문이다. 영리한 사람이 어리석은 선택을 하는 가장 대표적인 이유이다. 노벨경제학상을 받은 대니얼 카너만도 사람들이 확증 편향을 알고 있다고 해서 그것을 피할 수는 없는 것 같다고 이야기했다. 그런데, 어림짐작의 간편한 방법이 모두 어리석고 잘못된 결정을 내린다는 말은 아니다. 그렇게 중요도가 높지 않은 결정을 할 필요가 있을 때는 어림짐작법이 쉽고 간편한 것이 사실이다. 문제는 우리가 살아가면서 해결해야 할 여러 가지 문제 중에는 아주 복잡하면서도 여러 가지 변수가 얽혀 있는 아주 중요한 결정을 내려야 하는 경우가 있다는 것이다. 이럴 때 우리는 어떻게 해야 할까? 잘못될 경우 치명적일 수 있는 판단 실수를 피할 수 있는 방법은 무엇일까?

  사실 우리는 그 중요성을 크게 인식하지 않고 있지만, 우리의 감정과 느낌은 우리에게 정말 많은 것들을 알려주고 있으며 중요한 판단 준거 중의 하나가 된다. 실제로 우리는 중요한 결정을 내릴 때 의식적인 합리적 결정을 하기보다는 우리의 감정과 느낌에 따라 결정하는 경우가 많다. 많은 사람들이 이 말을 부정할 수도 있겠지만 사실이 그렇다. 왜냐하면 우리의 감정과 느낌은 우리의 무의식과 연결돼 있으며, 우리의 무의식에는 셀 수 없이 많은 경험 정보와 기억들이 저장되어 있다. 뇌 과학에 따르면 우리가 의식하기도 전에 (즉 의식적으로 결정을 내리기 전에) 우리의 무의식은 의식보다 0.001초 먼저 충동적으로 결정을 내리고 우리의 운동 신경을 움직인다고 한다. 〈플랫폼 제국의 미래〉 속에 소개된 내용(생리학자 벤저민 리벳의 뇌전도 실험)이다. 즉 먼저 움직이고 나중에 의식한다는 말이다. 쉬운 예를 들면 "쾅"하는 큰 소리가 들리면 우리가 무의식적으로 몸을 움츠리거나, 우리가 저절로 맛있는 음식 앞에 서거나, 과일나무 아래에서는 먹을지 말지를 생각하기 전에 손이 먼저 움직인다. "무의식적 사고 이론"의 내용이다. 이 무의식적 사고 이론에 따르면, 우리가 고려해야 할 변수가 많고 상황이 변화할 때 (즉 배우자를 선택하는 일이거나 혹은 투자를 결정하는 일 같은) 그럴 때

'왠지 그 사람이 싫다'거나 '왠지 투자하기 꺼림직하다'는 느낌이 든다면 여기에는 반드시 무의식적인 이유가 있다. 반드시 그 감정의 배경을 잘 살펴봐야 한다. 이런 복잡한 문제를 결정할 때 단순히 목표에만 집중하거나 의식적인 결정만 고집하는 것은 그리 좋지 않은 결과를 가져올 수 있다. 왜냐하면 의식적 사고는 작업 기억을 사용하는데, 작업 기억은 3~7개 정보로 제한되기 때문이다. 그래서 고려해야 할 변수가 3~7개를 넘으면 우리는 갈피를 잡지 못한다. 대신 한 번에 훨씬 더 많은 변수들을 고려할 수 있는 무의식, 즉 감정과 느낌을 이용한 통찰적 접근이 더 나은 결과를 가져올 수 있다.

'베트남으로 공장을 이전할 것인가'를 고민하던 어느 중소기업 사장은 이른 아침 6시부터 호텔 앞을 바쁘게 지나가는 수천 대의 출근하는 오토바이크를 보고 나서야 투자를 결정했다. 물론 이 사장님은 사전에 많은 시장조사 보고서를 검토하고 난 뒤였으며 최종적으로 통찰력 있는 투자 결정을 내린 것이었다. 사실 우리는 이렇게 결정하고 있는 것 같다. 배우자로서 그 사람이 좋은 이유를 분명하게 말할 수는 없지만 '그냥 좋은' 것이 사랑(느낌, 무의식)이고, 사랑의 선택에는 설명할 수 없는 많은 이유가 숨어 있는 것 또한 분명하다. 그리고 회사나 개인이 투자 여부를 결정할 때도 데이터와 정보 조사만으로는 부족하다. 이른바 '감'(feeling)이 와야 한다. 이 말은 결국 우리가 고려해야 할 변수가 많은 결정을 해야 할 경우에는 이성적인 분석뿐만 아니라 우리의 무의식적인 통찰의 힘이 필요하다는 말이다. 그런 통찰은 현장에서 이루어지는 경우가 많다. 베트남 투자에 성공한 사장님처럼. 통찰은 현장에 감(feeling, 느낌)과 함께 있다.

31.

고객을 자신의 유모차에
태우는 씨클로 경영학

21년 전 월드컵 2002가 열리던 때에 나는 베트남 호치민 시에 있었다. 호치민 무역관에서 나는 한국 상품의 시장성 조사와, 베트남의 무역, 투자, 산업 등에 대한 조사 업무를 담당하고 있었는데, 그 가운데 베트남에 공장이나 회사를 설립하는 방법과 관련한 컨설팅도 겸해서 하고 있었다. 이 업무는 사실 업무로 평가되지 않는 과외 업무였는데 당시에는 우리 기업들의 베트남 진출이 본격적으로 이루어지지 않았던 시기여서 투자진출에 관한 문의는 그렇게 많지 않았다. 그러나 시간이 갈수록 무역관을 찾아오는 사람들이 점점 더 많아지고 있었고, 이윽고 투자사절단도 여러 팀이 다녀갈 만큼 베트남에 공장과 법인을 세우려는 한국 기업들이 날로 많아지고 있던 상황이었다.

나는 베트남 노동법과 베트남 외국인투자법 그리고 이와 관련된 행정 법규, 규칙 등을 정리하여 베트남 외국인투자법 해설집과 외국인 투자가이드 자료를 만들어 배포하고 이것을 호치민 무역관 홈페이지에 게재했다. 베트남에 온 여러 중소기업 사장님들은 무역관에 찾아와서 '과연 베트남에 투자해도 되는지'를 나에게 물었다. 대부분 사장님들은 이렇게 물었다. "투자와 관련된 자료는 다 읽어 봤습니다. 그런 것 말고, 한 마디로 투자해도 됩니까?" 이런 단도직입적인 질문에 어떻게 대답해야 할까? 물론 투자에 대한 책임은 최종적으로 투자자에게 있다고 하지만, 국민의 세금으로 해외에 무역관을 세우고 그 무역관에서 일하는 직원으로서 어떤 대답을 드려야 할까? 대개는 베트남에 투자하려는 그 회사 제품의 시장성(잘 팔릴 것인지)을 조사하고 그 제품의 베트남 국내 판매와 제3국으로의 수출 가능성 등을 종합적으로 분석한 것을 기초로 답변을 드렸다.

그런데, 공장과 회사를 베트남에 세우는 그 회사의 사활이 걸린 중대한 투자 여부를 검토하는데 조사보고서만으로 충분할까? 그런 기본적인 통계 데이터상의 숫자 말고, 직관적으로 본질을 꿰뚫는 통찰력을 주는 그런 표시자가 없을까? 나는 거리를 오가면서도 베트남 사람들과 거리, 시장의 상점들과 상품들을 유심히 살펴보았다. 이 나라가 성장 가능성과 잠재력이 충분한지를 찾아야 보아야 했다. 그러다가 거리에 수없이 많이 달리는 자전거인 씨클로를 보았다. 베트남 씨클로는 자전거의 일종인데 마치 아이의 유모차를 두 개의 자전거 앞바퀴에 얹어 놓은 형태이다. 즉 앞은 두 바퀴이고 뒤쪽은 하나의 바퀴를 가진 자전거인데 앞자리에 사람을 태울 수 있는 세발자전거인 셈이다. 나는 인도에서도 짐과 사람을 싣는 자전거인 '릭샤(자전거 뒤에 두 사람을 태울 수 있는 자전거로 뒷바퀴가 두 개다)를 보았고, 태국에서도 이와 비슷한 것을 본 적이 있는데 '툭툭'이라고 했다. 태국의 툭툭은 인도의 오토릭샤(오토바이 뒷좌석에 사람을 태울 수 있도록 개조한 오토바이크. 릭샤에 엔진을 붙인 것)와 같다. 그렇지만 베트남의 씨클로 같은 것은 베트남 이외의 나라에서 본 적이 없다.

베트남의 씨클로는 독창적이고 특이하다. 그리고 발상이 독특하다. 인도나 방글라데시같이 자전거 뒤를 개조하여 거기에 사람이나 짐을 싣지 않고, 앞쪽에 두 개의 바퀴를 달고 의자를 붙인 형태의 구조는 씨클로가 유일하다. 앞에 사람을 태우고 뒷좌석의 운전자는 그냥 자전거를 타듯이 핸들을 좌우로 돌리면서 방향을 잡는다. 그러면 자연스럽게 앞에 앉은 사람의 의자도 좌우로 돌며 방향전환을 한다. 내가 인도에 근무할 때 릭샤를 몇 번 타보았는데 소감은 이렇다. 우선 릭샤의 뒷좌석에 앉으면 앞에서 땀을 흘리며 열심히 온 힘을 다해 페달을 밟고 있는 릭샤 운전사의 뒷등만 보인다. 땀 흘리면서 열심히 페달을 밟는 모습을 보면, 안쓰러운 생각이 들어서 운전사에게 무슨 말을 붙이기도 어렵다. 고생하면서 페달을 밟고 있는데 운전에 방해가 될까 조심스럽기 때문이다. 그래서 탑승객은 운전사의 등짝만 보거나 아니면 얼굴을 돌려 길가의 사람들이나 지나치는 자동차를 보게 된다. 운전사는 그저 앞으로만 갈 뿐이다. 뒤에 앉은 승객의 모습은 볼 수가 없다.

인도의 릭샤를 떠올리면 자연스럽게 생각나는 게 있다. 인도의 수레(리어카)는 특이하게도 바퀴가 네 개였다. 내가 살던 동네에 가끔 망고를 가득 실은 과일 장수가 왔는데 어김없이 자전거 바퀴가 네 개가 달린 수레에 싣고 온다. 수레채(손잡이)는 아주 작아서 잘 보이지 않는다. 이 바퀴 네 개 달린 수레는 안정감은 최고이다. 전혀 수레의 높낮이 변화가 없기 때문에 과일이 쏟아질 염려도 없다. 대신 방향 전환이 어렵다. 방향을 바꾸려면 수레의 앞부분인 두 바퀴를 들다시피 하여 방향 전환을 한다. 이것도 인도의 사회문화적 특성을 반영하는 것이다. 방향을 바꾸기 힘든 인도의 수레처럼 3천 년 이상 지속되는 카스트 제도는 인도 정부의 많은 노력에도 불구하고 좀처럼 그 방향이 바뀌지 않는다. 인도의 수레처럼 안 바뀌는 것은 이것 말고도 너무나 많다.

그런데 베트남의 씨클로를 타면 다르다. 베트남의 발명품인 씨클로를 타면 일단 승객의 시야가 트여서 기분이 좋다. 승객은 자전거의 맨 앞에 앉아서 앞을 보기 때문이다. 손님의 뒤에 앉는 씨클로 운전사는 승객에게 보이지 않는다. 따라서 승객은 편한 마음으로 자연스럽게 주변 경관을 구경할 수 있다. 승객이 대통령 궁을 보면 묻기도 전에 뒷쪽에서 "저건 대통령궁입니다."라는 설명이

들려 온다. 씨클로 운전사에게 승객이 무엇을 보는지가 다 보이기 때문이다. 승객은 참으로 편하고 자연스럽다. 나는 베트남인들이 근면할 뿐만 아니라 수많은 외세의 침략을 받고도 절대 이에 굴하지 않고 굳건하게 자신들의 땅을 지켜온 역사를 알고 있다. 이런 사람들이 성인 고객을 자신의 지전거 앞에 태우고서 두 손으로 직접 좌로 우로 핸들링하는 것은, 마치 자신들의 운명을 자신의 의지로 움직이고 있는 것처럼 느껴졌다. 그러면서도 뒷자리에서 눈에 띄지 않게 손님이 바라보는 것을 자신도 함께 보면서 묻지 않아도 대답하는 그 성실함과 용의주도함은 정말로 많은 것을 생각하게 했다. 고생스럽겠다는 느낌을 주는 인도의 릭샤 운전사를 떠올리면서 동시에 '아! 베트남은 발전하겠구나!'라는 생각이 자연스럽게 들었다.

베트남에서 귀국한 이후로도 나는 계속 베트남을 관심을 가지고 지켜보고 있다. 아, 물론 이 씨클로 이야기는 우리 투자기업들에게 소개해 주었으며, 우리 중소기업 사장님들은 경영에 참고할 만한 좋은 착안 사항이라고 했다. (나는 이 이야기를 고객관리의 베스트 사례로써 '씨클로 경영학'이라는 제목으로 강의를 한 적이 여러 번 있다.) 그 후로 베트남에 투자하고 성공한 한국기업들이 점차 많아졌으며 나의 씨클로 이야기가 예측하는 대로 베트남은 지속적으로 빠른 경제성장을 이루어내고 있다. 참, 지금은 보기 힘들게 되었지만, 우리의 수레 역시 창의적이다. 두 바퀴여서 방향 전환이 쉽고 안정적이며, 사람이 수레채 안으로 들어가 앞에서 끌 수도 있고 수레채 뒤쪽에 서서 수레를 밀 수도 있다. 우리 문화는 우리의 수레처럼 창의적인 방향 전환과 혁신에 능하다. 우리의 경제도 그럴 것이라고 믿고 있다.

32

일과 나머지 일상의 균형이
무너지지 않게 해라

워라밸(Work Life Balance)은 일과 삶의 균형을 잡는다는 말이다. 실제로는 일하는 시간을 줄이고 가족과 친구와 함께하는 시간을 늘리거나, 자기계발, 사회활동 등 삶을 다채롭게 하기 위한 시간을 확보하려는 것이다. 여기서 한 걸음 더 나아가서, 한때는 자유분방한 젊은이들을 중심으로 욜로(You only live once가 축약된 YOLO)라는 말도 유행했던 듯하다. 인생이 한 번뿐이니 오롯이 자신만의 경험을 위해서 해보고 싶은 것을 하겠다는 것이다. 그러나 현실은 그리 호락호락하지 않다. 욕망은 주위에 널려있지만 일하지 않는 사람을 대하는 세상의 시선은 부드럽지 않다. 더구나 막상 직업의 세계에서도 돈을 버는 일은 쉽지 않아서 일하는 시간은 점점 더 많이 우리 삶의 나머지 시간을 밀어내고 주인 행세를 하고 있다. 워라밸의 핵심을 다시 말하면, 밥벌이하는 시간과 그 나머지 시간의 균형을 잡는다는 말이다.

로버트 세폴스키 스탠포드대 교수는 이 워라밸과 관련해서 아프리카 개코원숭이를 연구했다. 그는 원숭이들은 하루에 3~4시간 동안 먹이를 구하고 8시간 동안 사회생활을 하였다고 보고했다. 자연 속에 있는 원숭이들은 일하는 시간보다 나머지 시간이 두 배쯤 많았다. 그들은 먹이를 구하지 않을 때는 짝짓기를 하거나, 잠을 자거나, 서로 털고르기를 해주거나, 돌을 가지고 놀거나, 나무를 타거나, 싸우기도 하면서 시간을 보낸다. 아마도 우리 인류의 조상들이 그런 모습으로 살지 않았을까 하는 생각도 든다. 과학자들의 설명에 의하면 우리 조상들은 먹이를 구하는 데 그렇게 많은 시간을 보내지 않았을 것이라고 이야기한다. 그들은 지금 우리가 말하는 워라밸의 균형잡힌 삶을 살았을 것이다. 어떻게 보면 우리도 이렇게 시간에 쫓기며 사는 각박한 삶을 살 것이 아니라 스스로 존재의 의미를 느끼면서 삶을 조금 여유롭게 살고 싶은 생각이 들기도 한다.

실제 그렇게 살았던 사람도 있었다. 유명한 책 〈월든〉을 쓴 데이비드 소로(1817-1862)다. 그는 하버드대학을 졸업하고서도 취업을 하지 않고 1845년 월든 호숫가로 들어가 2년 2개월 동안 통나무집을 짓고 땅을 일구면서 혼자 살았다. 생존에 필요한 만큼 최소한의 노동, 자연과 함께 깨어있기, 그리고 글쓰기를 하면서 살았다. 각각의 활동에 3분의 1씩 시간을 배정했다고 한다. 그렇게 살 수도 있다. 하지만 그도 계속 그렇게 살지는 않았다. 그는 2년 2개

월 동안 숲속에서 사는 동안 책을 읽고 저술 활동도 했으니 오히
려 더 생산적인 시간이었고, 친환경적이었고, 노동하면서도 사색적
인 삶을 살았다. 인생의 본질적 의미를 찾아볼 수 있는 시간이었
을 것이다.

그런데 이렇게 말하는 사람도 있다.

"소로의 사치품은 나의 필수품이다. 고맙지만, 나는 숲속 오두막
집에 살면서 덫을 놓으며 먹을 것을 구하고 싶지 않다. 살면서 내
리는 선택에 우리는 개인적인 책임을 진다. 그러나 우리가 살아가
는 더 큰 틀 속에는 우리가 내리는 어떤 선택을 더 쉽게 하거나 더
어렵게 만드는 요인이 존재한다. 그러한 요인에 대한 인식 없이 혼
자 개인적으로 더 바람직한 균형상태를 찾아 나서는 것은 처음에
우리를 그렇게 불균형 상태로 만들었던 더 큰 세력을 보지 못하는
것이다. 개인의 선택은 사회의 선택이라는 틀 안에 있다. 따라서
우리 앞에 있는 선택을 완전히 이해하기 위해서는 우리가 함께 직
면하고 있는 선택에 어떤 것이 있는지 알아야 할 것이다."

클린턴 행정부 때 노동부 장관이었던 로버트 라이시 교수가 쓴
〈부유한 노예〉 (원제 The Future of Sucess)에서 그가 쓴 말이다.
노동부 장관답게 거시적인 통찰이 엿보이는 말이다. 세상의 큰 트
렌드를 제대로 읽어 내야 우리의 선택이 제대로 성과를 내고 균형

을 잡게 된다는 말이다. 불균형을 만들어 내는 세상의 큰 물줄기를 보지 못한 채, 개인적 수준에서 진행되는 일상의 균형을 잡기 위한 노력은 결국 거대한 불균형의 격랑 속에서 침몰하게 되거나 점점 그 힘을 잃어 갈 것이라는 의미로 읽힌다.

그는 미국이 신경제정책으로 사상 최대의 호황기를 누렸던 때의 장관이었다. 임기 후의 장래도 매우 촉망되던 소위 잘나가는 장관이었다. 그렇게 잘 나갔던 그가 갑자기 사표를 냈는데, 이 소식은 즉시 해외 매스컴을 탔고 그 뉴스는 한국의 나에게까지 전해졌다. 그가 사표를 쓴 그 이유가 평범하지 않았다. 그는 사표를 쓴 이유로 "가족과 함께하는 시간을 갖기 위해 사표를 썼다."라고 말했다. 라이시 장관의 막내아들은, (아빠가 우리랑 같이 살고 있는지 따로 살고 있는지 잘 모르겠다고 하면서 아빠가 우리랑 함께 살고 있다는 것을 확인하고 싶으니) 아빠가 늦게라도 퇴근해서 오면, 자기가 자고 있더라도 꼭 자기를 깨워 달라고 부탁했다는 것이다. 이 말을 들은 라이시는 문득 사표를 써야겠다는 생각이 들었다고 말했다.

그런데 워라밸은 단기적 균형을 말하는 것은 아니다. 그리고 워라밸을 하기 위해서 우리가 반드시 월든처럼 숲속의 호숫가로 가야 한다거나 혹은 직장을 그만두어야 한다는 말은 더욱 아니다. 물론 개인적으로 많은 시간을 확보하기 위해 파트타임으로 일해야 한다고 말하는 것도 아니다. '워라밸은 장기적으로 삶의 균형을 맞추면 된다'는 것이 내 소견이다. 우리 두뇌의 인지능력과 창의력 순발력 지구력이 최고조에 달하는 젊은 날은 당연히 새로운 경험과 도전이 더 많이 이루어져야 한다. 그리고 가능하면 그 경험에 직접 참여하고 성취감을 느껴보아야 한다.

한 번의 성취감은 우리의 뇌를 승자의 뇌로 만들어 준다. (오해를 피하기 위해 다시 말하지만, <승자의 뇌>는 사실은 승리의 느낌으로 얻게 되는 도파민 중독을 경계하라는 의미로 쓰인 책이다.) 성취감은 또 다른 성취감을 예약한다. 성취는 반드시 경쟁에서 이기는 것만을 말하는 것이 아니다. 그래서 안 되면 도전하고 또 도전해야 한다. 날과 밤을 새워서라도 일하는 의미와 성취의 기쁨을 맛보고 느껴야 한다. 나의 진정한 모습과 나의 의미는 그 과정에서 찾아진다. 아무리 내 속을 들여다봐도 나의 진정한 모습은 내 속에서 찾아지는 것이 아니다. 나의 의미는 세상 속에서 찾아진다. 우리 인류사에서 손꼽히는 천재 가운데 한 사람인 레오나르도 다빈치도 밤을 새워 작업했다고 한다. 그는 자신의 작품을 보고 감탄하는 사람들에게 이렇게 말했다. "당신들은 모른다. 내가 그걸 이루어내기 위해 얼마나 많은 불면의 밤을 지새웠는지." 세기의 천재도 그렇게 밤잠을 안 자고 노력했다고 했다.

우리가 의욕적으로 하는 일이 있으면 일하는 시간은 별로 중요하지 않게 된다. 시간은 장기적으로 자연스럽게 조절이 된다. 나이가 들게 되면 자연스럽게 주위에서 그만하라는 말도 듣게 된다. 그러니 워라밸은 생애 장기 균형을 잡는 개념으로 생각해 보면 어떨까. 필요한 돈을 버는 것을 생업이라고 하고, 특정한 전문분야에서 전문적 지식과 기술을 수련하는 일을 전문직이라고 한다. 그리고 일 자체에 자신의 모든 정열을 쏟아붓는 것을 천직이라고 부른다. 이 가운데 내가 어떤 업(業, 과업)과 직(職, 맡은 직위나 직무)을 선택할지는 개인의 선택과 그것을 이루려는 의지와 노력에 달려있다. 처음부터 워라밸은 없다. 처음에는 균형을 잡고 말고 할 게 별로 없는 것은 당연하다. 그러니 시작부터 워라밸을 염려할 필요는 없다. 톨스토이는 이런 말을 했다고 한다. "당신에게 가장 중요한 때는 지금 이 시간이며, 당신에게 가장 중요한 일은 지금 하고 있는 일이고, 당신에게 가장 중요한 사람은 지금 만나고 있는 사람이다."라고.

'리히비의 최소량의 법칙'이라는 것이 있다. 생물이 살아가는 데는 여러 가지 자원이 필요하기 마련인데 생물은 이 여러 가지 자원 중 상대적으로 가장 결핍된 자원의 영향을 가장 크게 받고 그 결핍 증상을 나타내게 된다는 것이다. 예를 들면 식물이 성장하기 위해서는 여러 가지 영양 요소가 필요한데 대표적인 것으로 질소, 인산, 칼륨이 있다. 질소는 잎을 성장하게 하고, 인산은 광합성과 결실에 영향을 준다. 그리고 칼륨은 녹말이나 당분 형태로 에너지를 저장하며 뿌리에 영향을 준다. 그런데 이 세 가지 영양 요소 가운데 만약 질소가 부족하면 잎이 성장하지 못해서 결국 식물이 제대로 성장하지 못한다. 즉 최소량의 법칙은 식물이 가장 결핍된 영양소의 결핍 증상을 보이면서 결국 성장이 지체된다는 법칙이다. 사람도 이와 같다. 사람도 성장하고 발전을 이루어가기 위해서 반드시 필요한 것들이 있다. 우선 재정적 능력, 건강, 지식, 지능, 재능, 부모형제애, 지위, 사회적인 관계망 등을 손꼽을 수 있겠다. 그런데 우리는 이 가운데 가장 부족한 것의 결핍증상을 필요보다 더 크게 느낀다. 그 결핍증상은 곧, 지나치게 그것의 중요성을 강조하게 된다는 것이다. 만약 건강에 문제가 있다면 그 사람은 그 무엇보다 건강이 가장 중요하다고 할 것이고, 경제적인 어려움을 겪고 있다면 돈의 가치를 지나치게 강조할 것이다. 내가 말하고자 하는 요지는 결국 인생을 잘 살아내기 위해서는 무엇보다도 삶의 균형을 맞추는 것이 중요하다는 이야기를 하고 싶은 것이다.

이 이야기를 잘 요약한 사람이 있다. 노벨 경제학상을 받은 다니엘 카너만이 쓴 〈생각에 관한 생각〉에 이런 말이 있다. "인생의 그 무엇도 그것에 대해 생각할 때 그것이 중요하다고 생각하는 것만큼 중요하지 않다." 지나치게 한쪽으로 치우치는 것을 경계하라는 말이다. 삶을 잘 살아내기 위해서는 균형감각이 중요하다. 그런데 세상은 우리가 일에 점점 더 많이 그리고 더 오래 집중하는 것을 원하고, 동시에 더 빨리 그 결과를 내놓으라고 재촉하는 것 같다. 그러니 당연히 일하는 시간이 점점 더 늘어난다. 그러나 카너만의 말처럼 그 어느 것도 우리 생각만큼은 중요하지 않다. 정작 잊지 말아야 할 것은 장기적으로 인생의 밸런스(Balance) 감각을 유지하는 일이다. 그러니 열심히 하시되, 쉬엄쉬엄 하시라는 말씀을 드리고 싶다. 쉬었다 가는 사람이 더 잘 가고, 더 멀리 간다.

33

우리에게 소중한 것들은
'돈이 안 되는 것들'의 울타리 안에 있다

증권가에서 사장을 했던 친구가 나에게 해준 말이다. "많은 돈을 번다는 것은, 그것 때문에 받는 스트레스의 양에 정확하게 비례한다." 그렇다면 그 많은 스트레스를 견디고 있을 그 친구가 대단하다는 생각이 들기도 했고 참 안쓰럽다는 생각이 들기도 했다. 나에게는 돈이 많은 또 다른 친구가 있는데 그 친구는 한때 세 개의 기업을 운영했었던 무척 바쁘게 사는 열성적인 사업가였다. 그 친구와 제대로 통화를 한 번 하려면, 그전에 반드시 짧은 통화(응, 그래, 나중에 내가 전화할게. 미안.)를 한두 번 해야 할 정도로 바빴다. 그 친구는 워낙 돈 버는 일로 바쁘기 때문에 내가 전화를 할 때마다 회의 중이거나 투자 상담을 받고 있어서 대부분 즉시 통화가 어려웠다. 그러나 워낙 매너가 좋고 (통화를 못하면 나중에 미안하다는 말과 함께 그때 전화를 받을 수 없었던 이유를 자세하게 설명해 준다) 전화 통화를 할 때마다 내가 배우는 것이 많고 무엇보다서로 좋아하기 때문에 오해를 살 일은 없었다. 그 친구와 전화 통화를 하면 나는 자연스럽게 내 이름을 열댓 번쯤 듣게 된다. "아이고, 전화 빨리 주지 못해 미안했다. 영종아", "그래 잘 지냈지? 영종아?", "응, 나야 항상 돈 버는 일로 바쁘지. 너는?", "응, 그랬구나. 영종아.", "응. 그런데, 영종아." 이런 식이다. 내가 통화하면서 듣게 되는 '내 이름 듣기 열다섯 번'은 금방이다. 그리고 항상 그는 목소리 톤(tone)이 솔 톤이다. 큰 목소리가 아닌 높은 톤의 목소리. 도, 레, 미, 파, 솔의 그 솔 톤의 음. 고객으로부터 온 전화를 받는 요령을 수없이 교육받았던 나보다도 더 전화를 잘 받고 상대방을 응대하는 전화매너가 뛰어나다. 그와 통화를 하고 나면 나는 기분이 저절로 좋아지는 것을 느꼈다. 그래서 나는 그 친구와 통화하는 것이 즐겁고, 그 친구가 바빠서 즉시 통화를 못하더라도 그는 그다음 날은 꼭 잊지 않고 전화를 주기 때문에 기다려졌다. 그 친구가 나에게 하는 말이 이랬다. "영종아, 나는 너를 너무 사랑해. 그런데, 나는 돈도 너무너무 사랑해.", "하하, 그런데 나는 돈을 벌수록 더 목마르다. 나는 내가 아는 사람 중에 내가 제일 가난해." 나는 그가 돈을 너무너무 사랑한다는 말을 듣고도 그렇게 거북한 느낌이 들지 않았다. 오히려 가식이 하나도 없는 그의 말이 무척 솔직하게 들렸기 때문이다. 그는 너무도 돈을 사랑하는 사업가다. 그가 돈을 벌기 위해 어떤 노력을 하고 있는지 내가 분명하게 알기 때문이다. 그러나 다행인지 아니면 좀 씁쓸한 것인지는 모르겠지만, 나는 돈 때문에 그렇게 비례적으로 큰 스트레스를 겪거나, 돈에 목이 마르지 않으니, 나는 돈이 많이 없는 것이 분명하다. 이 두 부자 친구들이 그 사실을 분명하게 확인해준 셈이다.

세 개의 비즈니스를 동시에 하고 있었던 그 친구를 만나면 우리는 차로 이동하면서 사동차 안에서 많은 이야기를 나눴다. 나는 그 친구가 하는 말이 솔직하고 전혀 가식이 없는 말들이 너무 웃기고 재미가 있어서 듣고 있으면 그냥 무방비로 즐거워졌다. 반대로 그는 나와 이런저런 이야기를 하고 나면, 자연스럽게 자신이 힐링이 되는 것을 느낀다고 했다. 다행스러운 일이다. 그는 돈 버는 이야기를 했고, 나는 돈이 안 되는 것에 대한 이야기를 했다. 그래서 서로가 서로에게 해주는 말들이 마치 긴 가뭄에 내리는 단비 같았다. 내 친구는 나에게 정말 재미있는 이야기를 많이 해주었는데, 특히 그는 돈을 버는 이야기를 좋아했다. 그래서 오랜만에 나와 만나면 베트남에 투자를 해도 되느냐, 카자흐스탄, 우즈베키스탄은 투자하기에 어떠냐 등등 해외 투자에 궁금한 사항이 있으면 나에게 물었다. 나는 내가 아는 대로 해외투자할 때 반드시 알아야 할 기본적인 사항들과 주의해야 할 것들을 간단하게 설명해 주었다. 예를 들면, 해외의 다른 나라에 투자를 해서 아무리 많은 돈을 벌더라도 그 번 돈을 제대로 회수할 수 없으면 말짱 도루묵이다. 그러니 반드시 그 나라 외환관리법을 살펴라. 법령뿐만 아니라 실제로 투자한 돈이 회수가 가능한지 현지 기업인들을 통해서 직접 확인해야 한다. 한 예로 오래전의 일이었지만 인도는 법으로는 과실 송금이 가능한데, 실제로는 금액이 클 경우에 투자한 돈을 회수하지 못했다. 모 은행도 철수한 뒤 십 년 넘게 투자 자금을 회수하지 못하고 있었다. 뭐랄까 이렇게 해외투자할 때 알아야 할 가장 기본적인 내용들을 설명해 주었다. 그가 해외투자에 대해 물으면 친절하게 핵심 위주로 설명을 해주었지만, 나는 실은 그 친구와 돈이 안 되는 이야기들을 하고 싶었다. 살아가면서 우리가 겪고 느끼는 것들과 그와 나의 인생 스토리 같은 그런 사적인 대화를 많이 나누고 싶었는데 그는 자주 해외투자와 관련된 것들을 나에게 물었다. 나는 내가 하는 업무가 해외 투자와 해외 비즈니스 그런 것들이기 때문에 내 친구에게 도움이 되는 말을 해줄 수 있다는 사실에 기쁘기도 했다. 그는 국내에서 사업하는 데 달인이었지만 해외직접투자에 대해서는 모르는 것이 많았고, 나는 그 반대였다. 사실은 나도 한 번쯤 다른 사람에게 이런 말을 해보고 싶다. "돈도 벌 만큼 벌어봤고." 아! 이 얼마나 간단하고 대단한 말인가! 정말로 그 말을 내가 할 수 있는 때가 온다면, 그때는 정작 내가 하고 싶은 이야기는 따로 있다. 내 친구가 정말로 많은 돈을 벌게 되면, 아니 그 친구 말대로 자신이 알고 있는 사람 중에서 제일 가난하지 않게 되면 그때는 가능하리라 생각했다. "돈도 벌 만큼 벌었으니, 이제 무슨 이야기를 할까?" 그 이야기를 하고 싶은 거다.

돈을 벌기 위한 일과 삶의 나머지 부분의 균형을 잡는 일은 개인적으로도 중요하고 국가적으로도 매우 중요한 일이다. 이 균형이 깨졌을 때 우리가 겪게 되는 재난에 가까운 일들이 너무나 많이 있다. 대표적인 것이 사회의 구성원(군인, 의사, 상인, 과학자, 공무원, 교사, 교수, 가수, 운동선수, 예술가 등등)이 될 '아이를 낳는 일'이다. 우리나라의 2023년 합계출산율은 0.72명으로 OECD 국가 중 최저이며 러시아와 선생을 벌이고 있는 우크라이나와 비슷한 수치이다. 생존(돈 벌기)을 위한 우리나라의 사회환경은 지금 전쟁 중에 있는 우크라이나와 같다. "이런 상황에서는 우리의 아이를 낳아 기를 수 없다."는 절망감의 다른 얼굴이다. 이 말은 우크라이나 사람들이 하는 말이 아니다. 우리나라의 젊은이와 성인 남녀들이 하고 있는 말이다. 이런 문제를 해결하기 위해서는 사회의 여러 분야의 리더들이 그리고 우리 각자가 깊은 관심을 보여야 비로소 가능한 일이다.

돈 버는 일과 나머지 일(결혼, 육아, 교육, 가족관계, 건강, 자기계발, 친교, 사회활동, 사회적 이슈에 대한 참여 등)과의 균형을 잡는 것이 정말 중요한 일이지만, 여러 분야의 각 조직의 리더들이 깊은 관심을 갖지 않는다면, 이것을 현실에서 이루어내는 것은 정말 어려운 일이다. 현실적 여건이 허락하지 않을 경우에는 어쩔 수 없이 각자가 개인의 수준에서 균형을 맞춰 가는 수밖에 없을 것이다. 직장과 일터에서의 성공이 그동안 희생된 여러 가치들을 보상할 수 있다고 생각할 수도 있겠지만, 정작 현실은 그렇지 않다는 것을 우리는 경험으로 안다. 돈을 좇는 경주에 참여하게 되면 나머지 것들을 잘 챙길 수 없게 되기 때문이다. 개인의 수준에서 일상을 점검하는 일상의 균형잡기 노력 외에도 사회 각 분야 리더들의 관심과 지원이 필요한 이유이다.

바이올린이나 첼로 같은 악기를 연주하거나, 오디오 시스템을 통해 음악을 들을 때 우리는 배음(倍音, harmonic overtone, 소리의 기본 진동수의 정수배인 음, 물리학백과)이라는 것에 주목하게 된다. 배음이 있는 소리는 원래의 소리를 훨씬 더 풍부하게 하고 자연스럽게 들리게 한다. 우리가 살아가면서 쉽게 말하는 '돈이 안 되는 것들'은 결국 이런 음악의 배음 같은 거다. 원래의 소리를 풍성하게 하듯이 돈을 왜 벌어야 하는지를 기분 좋게 깨닫게 해준다. 삶을 풍성하게 해주는 삶의 배음이 없으면 아무리 많은 돈이 내 앞에 쌓여 있어도 사람은 좌절할 수 있다. '돈이, 이제 이렇게 많이 있는데,' 건강, 배우자, 친구, 가족을 잃게 되었다면 아무런 소용이 없다. '돈이 안 되는 사람'도 마찬가지이다. 오히려 이런 사람들이 우리의 삶을 더욱 풍성하게 하고 나에게 다양하고 각별한 의미를 만들어 낸다. 나의 주위에 온통 돈만 벌게 하는 사람들만 있다면, 결국은 나의 주위에는 그리고 내가 사는 곳은 모든 것을 황금으로 만들어 버리는 미다스 손을 가진 괴물들만 사는 곳으로 변해 갈 것이다. 그래서 나는 아직 충분한 돈이 없지만 '돈은 벌 만큼 벌어 봤고'라는 말을 하고 난 그다음의 이야기를 미리 준비해 놓아야겠다는 생각을 한다. 그리고 이것을 나름대로 하나씩 실천하고 있다. 세상일

마음속 나침반이 되어줄 42개 이야기

은 한꺼번에 할 수 없기 때문이다. 모든 것은 때가 있다고 하지 않던가. 인생에는 때를 놓치면 결코 회복할 수 없는 것들이 있다. 그것들은 대부분이 돈이 안 되는 것들의 울타리 안에 있다.

"자신이 어리석다고 생각하거나, 누군가에 대한 증오를 느꼈을 때는 피곤하다는 증거다. 그럴 때는 당장에 자신을 쉬게 해야 한다. 피곤할 때는 식사하고 푹 쉬면서 숙면을 취하는 것이 최고다. 평소보다 훨씬 더 많이."

내가 좋아하는 철학자 프리드리히 니체가 한 말이다. 정말 삶의 본질을 꿰뚫는 멋진 말이다. 이 말은 논리적으로 이상한 말처럼 들리지만, 결국은 그 논리적 전개와는 무관하게 현실적(생물학적)으로 도움이 되는 말이라고 생각한다. 니체는 과연 현자임이 분명하다. 결국 불필요한 것들에 에너지를 낭비할 필요가 없다는 말이다. 차라리 잘 쉬는 게 낫다. 그리고 너의 내공(내면적 힘)을 키워라. 내가 초월의 철학자 니체에게서 배운 것은 이것이다. 인생은 논리나 서술이 아니라 (자기가 하는) 선언이라는 것.

어떤 사람이 "돈은 필요하고 건강도 반드시 챙겨야 하며 사람들과의 관계도 좋아야 한다. 그리고 집과 자동차도 좋아야 한다."고 말한다면 아무도 그 말을 귀담아듣는 사람이 없을 것이다. 너무도 당연한 이야기이기 때문이다. 그는 그저 편안한 인생을 서술하고 있는 것이다. 그런데 어떤 사람이 많은 사람들 앞에서 "나는 부자가 될 것이다!"라고 선언한다면, 사람들은 그 사람이 누구인지 알아보려 할 것이다. 인생은 결국 이런 것이다. "나는 행복한 삶을 살겠다!"라고 선언하라는 것. 나는 특히 그가 한 말 "네 운명을 사랑하라!(Amor fati!)"는 이 말을 좋아한다. 자기 인생을 사랑하겠다고 자기 선언을 하라는 말이다. 너의 운명이 어떤 조건과 환경하에 시작되었는지 상관없이, 그냥 그런 내 운명을 사랑한다고 선언하라는 것이다. 이것은 논리가 아니라, 선언이고 자기 결단이다. 그것은 "나는 내 인생을 사랑하겠다!"가 아니고, "나는 내 인생을 사랑한다!"라고 선언하라는 것이다 나는 이런 니체를 좋아한다. 행복하지 못했던 삶을 살았던 그는 현자이고 초인(초월한 사람)임이 분명하다. "나는 성공한 부자가 될 것이다!" 혹은, "나는 올림픽 챔피언이다!" 혹은 "나는 백만 부 베스트셀러의 작가다!" 이렇게 그냥 선언하라는 것이다. 그렇게 될 것이다. 그러나 선언은 아무 선언이나 하면 손해다. 그렇게 될 것이기 때문이다.

연꽃잎은 물속에 살면서도 물방울을 뱉어낸다. 연잎 위에 빗물이라도 떨어지면 마치 하얀 구슬처럼 또르르 굴러서 잎 밖으로 떨어진다. 연꽃잎은 왜 다른 나뭇잎들하고 달리 물방울을 심하게 뱉어낼까? 그것이 궁금했다. 그 정확한 이유는 연꽃이 물속에서 살아가기 때문이다. 연꽃은 너무 많은 물하고 가깝게 지내고 있는데, 빗물까지 고이고 흘러내리지 않으면 그 연잎은 그 많은 물 때문에

마음속 나침반이 되어줄 42개 이야기

녹고 썩어서 곧 죽어 버릴 것이다. 그리고 연못보다 더 많은 물인 바닷물 속에는 미역 줄기와 다시마 같은 해조류가 살고 있다. 이들의 표면은 미끈미끈한 젤라틴 막으로 덮여 있다. 방수복을 입고 있는 것이다. 물속에서 살아가기 위해서 자신의 몸을 보호하고 있는 것이다. 미끈거리는 막으로 자신을 보호하지 않는다면 그들도 물 때문에 흐물흐물 해지다가 결국 죽을 것이다. 연꽃도 미역도 다시마도 너무 많은 물은 위험하다는 것을 안다. 물도 그렇고, 돈도 그렇고, 지식과 명예도 너무 많으면 위험할 수 있다. 돈이 많거나 높은 지위에 오르는 것과 같이 크게 출세를 하는 것은 동시에 위험해지는 것과 같다.

아프리카 가나에 도착해서 들었던 이야기다. 아프리카에 비료를 팔러 온 유럽인들이 있었다. 비료의 효과는 엄청났다. 농작물의 생산량이 두 배로 늘기 때문이다. 유럽인들은 장기간 이 비료를 팔기 위해 처음에 그냥 공짜로 주었다. 아프리카에서도 비료를 뿌린 작물의 수확량이 두 배가 되었다. 사람들이 추장에게 수확량이 두 배로 늘었다고 말하자 추장이 하는 말이 이랬다. "그럼, 내년에는 농사를 반만 지어라." 추수 때가 되자 다시 그 유럽 상인들이 왔다. 농작물의 수확량이 두 배로 늘었는데 왜 비료를 사지 않느냐고 물었다. 추장은 수확량이 두 배로 늘었으니 내년에도 농사를 절반만 짓겠다고 대답했다. 유럽인은 그냥 돌아가야 했다. 이런 일은 아프리카에서는 그리 놀랄 일도 아니다. 지극히 당연한 일인 것이다. 아프리카의 사자는 들판에 있는 수많은 누(아프리카 소) 떼를 보고도 절대로 한꺼번에 다 잡지 않는다. 한 번 먹을 양만큼만 잡는다. 사자는 그것이 더 친환경적이고 더 인진한 고기 서장 방법임을 안다. 그리고 자신이 누 떼와 다른 동물들에게 기대어 생존할 수 있는 유일한 방법임을 알고 있는 것이다. 아프리카인들은 사자처럼 자연과 균형을 이루며 살아간다.

아프리카인들은 절대 짐승을 타고 다니지 않는다. 짐승을 타는 것은 존중이 없는 행위이기 때문이다. 그래서 아프리카인 중에 말을 타는 사람이 없다. 나는 아프리카에서 살면서 우리와는 많이 다른 이런 생활 방식을 알게 되었다. 아니 그동안 내가 잊고 있었던 것을 깨닫게 되었다는 말이 더 정확하다. 내가 많은 돈을 벌거나 높은 지위에 오르게 될 때 그때 나는 다른 사람들을 존중하는 삶을 살고 있을까? 아니 동물들까지 존중하게 될까? 나는 그것이 어떻게 전개될지 궁금하다. 많은 돈은 사람을 몰래 혼자서 움직이게 만들고, 강한 권력욕을 느끼게 하며, 사람을 사물처럼 대하면서 자신의 뜻대로만 하려고 한다. 뇌과학이 전해주는 말이다. 그리고 이것은 즐거운 일을 계속하게 만드는 도파민에 중독된 사람이 보이는 일반적인 현상이다. 돈과 권력, 그리고 마약과 술은 모두 그 중독 현상이 같다. 사람을 물건처럼 대한다.

작은 것들의 차이는 아주 작다. 그러나 그 작은 것들이 쌓여서 만들어 내는 결과는, 그 보상은 엄청나게 크게 다르다. 악마와 천사는 디테일에 숨어 있다고 한다. 흥부네 금은보화는 작은 박씨속에 들어 있었다. 돈이 안 되는 이 작은 것을 놓치지 않아야 한다. 잠자는 것, 때때로 쉬는 것, 가끔 친구에게 안부를 묻는 것, 아이들 행사와 가족 행사를 빼먹지 않는 것, 가끔 시나 소설 한 편을 읽어 보는 것도 그 작은 것들 중 하나다. 그렇지만 이 작은 것들을 챙기지 않는다면, 이 돈이 되지 않는 작은 것들로 인해 우리는 결국 무너질 수도 있다. 사람은 결국 돈이 안 되는 것들을 잘 다루지못해서 무너진다. 평생을 돈을 벌기 위해 노력했지만, 빈틈이 자꾸 커져서 그 틈새 때문에 허무하게 무너지는 것이다. 성을 쌓고, 제방을 쌓아 물길을 만들고, 산을 깎아 길을 내고, 도시를 건설하지만, 제방의 빈틈을 잘 관리하지 않으면 그 작은 틈새 때문에 제방이 무너지듯이 모든 것이 속절없이 무너져 버릴 수 있다. '돈이 안되는 것들'은 부부 관계, 건강, 심리적 안정, 친구, 자기 삶과 일의 의미를 생각해 보는 것, 그리고 인류가 사는 지구촌을 한 번쯤 생각해 보는 것들이 그런 것들이다. '돈이 안 되는 작은 것들'은 사실우리가 본질적으로 추구하는 내용들이고, 진실은 '돈이 안 되는 것들'이 우리 삶의 의미와 즐거움을 만드는 가장 중요한 알맹이라는 사실이다.

6장

어쨌거나 아름다운 인생

34

따뜻한 남쪽은 어디인가?

지남력(指南力)이라는 말이 있다. 내가 근래에 알게 된 말인데, 지남(指南)은 나침반 속 자침(지남철)이 항상 남쪽(과 북쪽)을 가리키는 것을 말한다. 그래서 지남력은 남쪽이 어디인지를 가리키는 능력, 즉 자신이 어디에 있는지, 어디로 가야 하는지를 아는 종합적인 상황판단 능력이다. 지남력에 대한 간호학대사전의 설명은 이렇다.

"현재 자신이 놓여있는 상황을 올바르게 인식하는 능력을 말한다. 올바른 지남력을 갖기 위해서는 의식, 사고력, 판단력, 기억력, 주의력 등이 유지되어야 하는 것이 필요하다. … 지남력이 상실되는 경우에는 자신은 누구인가? 이곳은 어디인가? 오늘은 몇월 며칠인가? 등을 질문해도 대답을 하지 못한다."

즉 지남력은 자신이 누구인지, 자신이 어디에 있는지, 오늘이 몇월 며칠인지 등을 아는 능력이다. 자신과 공간 그리고 시간의 흐름을 파악하는 인지능력을 말하는 것이다. 이런 종합적인 인지능력을 말하는 지남력을 간단히 말하면 '방향감각을 가지고 있다는 것'을 뜻한다. 방향감각을 유지하면서 목적지를 찾아가는 것은 의식과 사고력, 판단력, 기억력, 주의력이 종합적으로 적절한 수준으로 발휘되어야 비로소 가능하다.

아주아주 오랜 옛날, 구석기시대 우리 인류의 조상들은 떠돌아 다니면서 수렵 채집 생활을 하였다. 이렇게 장소를 옮겨 다니며 살아야 할 때 방향감각을 잃게 되면 치명적이었을 것이다. 먹이와 물이 어디에 있고 포식자가 어디에 숨어 있는지 혹은 몸을 숨길 수 있는 동굴이 어디에 있는지 알 수 없거나, 잘 기억하지 못한다면 아마 굶어 죽었거나 포식자들에게 잡아 먹혔을 것이다. 철마다 집단 이주를 해야만 하는 동물들도 마찬가지이다. 툰드라 지역의 순록들과 아프리카 케냐의 누떼는 수만 마리가 풀을 찾아 무리를 지어 이동하면서 살아간다. 이렇게 생존하기 위해 이동하는 동물들은 필요한 이끼류와 풀과 물을 찾아서 혹은 짝짓기를 하고 새끼를 낳아 기를 수 있는 장소를 찾아서 때로는 수천 킬로미터 거리를 이동해 간다. 철새들도 마찬가지이다. 따뜻한 남쪽을 찾아서 방향감각을 잃지 않고 날아가야 한다. 방향감각이 없다면 그리고 살던 장소를 떠나 다른 곳으로 떠나야 할 정확한 때를 알지 못한다면 그들은 모두 자손을 남기지 못한 채로 죽을 수밖에 없을 것이다. 가야 할 정확한 방향과 적정한 때를 파악하는 능력은 자신뿐만 아니라 후손들의 운명을 가르는 중요한 능력임이 분명하다. 그러니 지남력을 생존을 위해 갖춰야 하는 최소한의 능력으로 꼽는 것은 당연한 일로 여겨진다. 지남력의 영어 표기는 방향을 뜻하는 오리엔테이션(Orientation)이다. 과학자들은 이렇게 이주하는 동물들은 몸속 어딘가에 어떤 내비게이션이 있을 거라고 짐작하고 있다.

2022년 10월 27일 한겨레 신문에는 아래와 같은 기사가 실렸다.

"알에서 깬 지, 다섯 달밖에 안 되는 어린 도요새가 알래스카에서 오스트레일리아 남부까지 가장 긴 거리를 쉬지 않고 날아 철새의 장거리 비행 기록을 갈아 치웠다. 첫 비행에 나선 이 도요새는 알래스카에서 호주 태즈메이니아까지 1만 3,560킬로미터를 11일 1시간 동안 쉬지 않고 비행해서, 같은 종의 도요새가 지난해 세운 1만 3,050킬로미터 기록을 깼다."

(과학자들이 이 도요새의 비행 궤적을 추적했는데 알래스카에서 호주 남부 태즈메이니아섬까지 거의 일직선이라고 한다. 정말 놀랍다.)

"큰뒷부리도요는 태평양을 횡단해 호주와 뉴질랜드에서 겨울을 나고 이듬해 봄에는 우리나라 서해안을 거쳐 알래스카에서 번식하는 중형 도요새이다."

이처럼 탁월한 지남력을 이용해 먼 거리를 날아가는 동물들의 이야기는 많다. 나는 이렇게 먼 거리를 가는 동물들의 이야기를 좋아하는데 심지어 새가 아닌 곤충인 잠자리 이야기도 그렇다. 역시 내가 좋아하는 팬탈라 플레이베슨스(Pantala flavescens)란 학명으로 불리는 잠자리이다. 2016년 3월 3일 뉴스투데이는 미국 럿거스(뉴와크)대 생물학자들이 유전자 연구를 통해 알아낸 사실을 과학저널 '플로스 원(PLoS One)' 최근호에 발표한 내용을 보도했다.

"이 팬탈라 잠자리는 인도에서 아프리카까지 날아간다. 번식을 위해서다. 몸길이 5센티미터도 안 되는 작은 팬탈라 잠자리가 인도에 건기가 닥치면 잠자리들은 습도가 높은 아프리카로 옮겨 가는데 총 이동 거리는 무려 7천킬로미터이다. 대륙을 이동해 가는 것이다."

잠자리는 전 세계적으로 5천 종이 있는데 대부분은 자신이 태어난 지역에서 반경 수백 미터를 넘지 않는 좁은 지역에서 살다가 생애를 마친다고 한다. 그런데 이 팬탈라 잠자리는 스케일이 달라도 너무 다르다. 무려 7천 킬로미터를 날아간다. 가히 지남력의 대가이고 비행술의 천재라고 부를 만하다. 대륙을 이동해 가는 곤충이라니! 자연은 우리가 모르는 무지갯빛 경이로움으로 가득 차 있다.

다행스럽게도 현대를 사는 우리는 이런 방향감각이 조금 부족해도 살아가는 데 크게 문제가 될 것은 없다. 아내에게 내가 새로 알게 된 단어인 지남력에 대해 얘기해줬더니 "나도 어디가 남쪽인지 잘 모르는데?" 하고 나에게 되물었다. 그런 방향감각 없이도 잘 살 수 있다는 말일 것이다. 하긴 요즘에는 휴대폰 내비게이션도 있고, 시아철 노선도의 비스 노선만 잘 알아도 원하는 장소에 잘 찾아갈 수 있으니 생활에 큰 문제가 발생하지는 않는다. 그러나 정말 지남력을 상실했다면, 즉 내가 누구인지를 모르거나, 내가 어디에 있는지 설명할 수 없다면 상황은 달라질 것이다. 지남력을 측정할 때 내가 있는 곳은 어디인가? 나는 누구인가?와 같이 추상적이거나 다소 철학적인 질문을 하는 것은 아니다. 지남력을 확인하는 질문은 이렇다. "정신이 좀 드세요?, 어디 사세요?, 이름이 뭐예요? 여기가 어딘지 아세요?" 하고 묻는 간호사나 의사의 질문에 제대로 대답하지 못한다면 사태는 정말로 심각해진다.

그런데 살다 보면 잠시 방향감각을 잃을 수도 있다. 어디가 어디인지 구분이 되지 않고 도무지 어디로 가야 하는지, 내가 어디에 있는지도 가늠할 수가 없다. 작가 스티브 도나휴는 인생은 눈앞에 보이는 산을 힘들게 오르는 것이 아니고, 사막을 걸어가는 것과 같다고 비유한다. 모래바람 때문에 눈을 제대로 뜰 수가 없고 그래서 내가 어디로 가야 하는지 방향을 모르겠고, 목은 마르고, 발은 자꾸 모래 속으로 빠져들어가기 때문에 제대로 걸을 수가 없었다고 했다. 앞이 보이지 않는 것이 인생살이와 같다고 했다. 그는 추운 겨울에 유럽을 여행하다가 그 추위가 싫어서 무작정 따뜻한 남쪽으로 가기로 했다. 돈이 없어서 남의 차를 빌려 타고 시작한 여행이 알제리에 이르러서는 사하라 사막을 건너고, 니제르와 부르키나파소를 거쳐서 가나의 세콘디 타코라디 항구도시까지 걸어서 나왔다. 그리고 그 여행 경험을 책으로 출판했다. 〈사막을 건너는 여섯 가지 방법〉이라는 책이다. 그 역시 지남력의 끝판왕이다. 그는 따뜻한 남쪽 해안을 향해 무작정 길을 떠나 사하라 사막을 건넌 것이다. 그가 은유적으로 표현하는 사막을 건너는 여섯 가지 방법은 해외의 오지 국가를 다니는 나에게 도움이 되었다. 그 여섯 가지 중에 나에게 도움이 된 세 가지만 소개하면 이렇다. 첫째는 오아시스를 만날 때마다 쉬어 가라는 것. 더 많이 쉴수록 더 많이 갈 수 있다. 그리고 또 언제 오아시스가 나타날지 모르고, 기대와 다르게 수십 킬로미터를 가도 오아시스는 오랫동안 안 나타날 수도 있다. 그러니 만나는 오아시스마다 쉬어 가라는 것이다. 나는 몸과 마음이 아플 때는 즉시 쉬어 가라는 뜻임을 알았다. 두 번째는 살면서 오지도 가지도 못하는 정체 상태에 빠지면 자신만만한 자아에서 공기를 조금 빼내어야 다시 움직일 수 있다는 것. 자동차의 타이어에 바람이 가득 차면 부드러운 모래에 빠진 바퀴는 계속 헛바퀴를 돈다. 이때는 타이어의 바람을 조금 빼내고 타이어가 지표면과 닿는 면적을 넓혀서 모래 구덩이에서 빠져나오는 것을 은유적으로 표현한 것이다. 이 말은 나로 하여금 아프리카의 재미없고 힘든(부족하고 열악한 여러 가지 때문이다. 즉 물, 전기, 생필품, 식품,

치안, 의료, 교통, 통신 등) 시간을 버티게 하는 데 도움을 주었다. 나의 빵빵해진 자아에 바람이 조금 빠져나가자, 뜨거운 아프리카의 열기를 식히는 데 훨씬 더 여유가 생겼고, 스스로 하는 행동이 자연스러워지고 마음이 한결 자유로워짐을 느꼈다. "이곳 아프리카에서 이렇게나 많은 사람들이 살아가고 있는데, 내가 뭐라고 이곳에서 잘 못 살겠는가?" 하는 생각은 나를 오래도록 잘 버틸 수 있게 했다. 나는 그리 고귀한 사람이 아니어서 오히려 아프리카 오지에서도 잘 살았다는 좀 이상한 아이러니를 경험했다. 셋째는 열정을 가로막는 두려움과 불안감의 국경에서 멈추지 말라는 것이다. 큰 변화가 시작되는 국경에서 머뭇거리는 것은 죽음을 자초할 수 있다. 그러니 국경에서는 머뭇거리지 말고, 그 국경을 빨리 통과하는 데 집중하라는 것. 스스로 변화를 시도할 때 그 변화가 시작되는 순간에 움츠려들거나 머뭇거리는 것은 곧 죽음을 의미할 수도 있다. 국경에서는 흔히 많이 죽는다고 한다. 나에게는 아프리카 가나 근무가 큰 변화를 앞둔 국경이었던 셈이다. 나는 머뭇거리지 않고 무사히 통과하는 데에 온 신경을 집중했고 그 후 나는 많은 변화를 경험했다. 가장 큰 변화 가운데 하나는 '결코 서두르지 않는 것' 그리고 '고된 인생을 틈틈이 즐기는 것'이다.

'따뜻한 남쪽은 어디인가?'라는 이 상징적 질문은 아주 아주 오래된 옛날인 6~7만 년 전 우리 인류의 조상들이 보금자리였던 아프리카를 두 차례에 걸쳐 떠났던 이유를 말하는 것이기도 하고,

한 젊은 청년이 추위를 피해 유럽에서부터 출발하여 사하라 사막을 건넜던 이유이기도 했다. 그는 무조건 따뜻한 남쪽 해변을 향해 전진해 갔다. 그리고 내가 근무했던 서부 아프리카 가나의 해변(타코라디 항구쪽)으로 나왔다. 그는 내가 그토록 힘들어하던 그곳을 목적지로 하여 뜨겁고 건조한 사하라 사막을 건넌 것이다. 세상은 아이러니한 게 많다. 유럽의 한 청년이 꿈에 그리는 따뜻한 남쪽의 남대서양 해변을 찾아 사막을 건너왔고, 나는 바로 그 옆 해변도시 아크라에서 무역관 사무실건물을 찾으러 돌아다니다가 사하라 사막에서 불어오는 하마탄(Harmattan 11월 말~12월에 아크라 쪽으로 불어오는 모래바람) 때문에 심한 기관지염에 걸렸고, 또 연이은 복통과 설사 때문에 오랫동안 고통스러운 시간을 보내고 있었다.

'왜? (그렇게 멀리) 남쪽으로 가려고 하는가?'라고 묻는 이 질문은 어린 도요새와 팬탈라 잠자리가 태평양과 인도양을 건너서 머나먼 거리를 날아가는 이유를 묻는 것이다. 과학자들은 그 이유가 생존과 번식을 위한 비행이라고 설명한다. 그런데 과학자들이 찾아낸 이런 과학적인 설명에 더하여 좀 더 포괄적으로 설명해 본다면 결국 대자연(Mother Nature)에 가득한 생명의 본래적인 힘, 그런 생명이 가진 사랑의 힘이 아닐까? 자기 자신과 배우자 그리고 자손들(새끼들)에 대한 사랑의 힘이 아니고서야 어떻게 그렇게 엄청난 일이 가능하겠는가? 오직 생명에 대한 사랑만이 도요새가 1만

3,560킬로미터의 거리를 11일 1시간 동안 자지도 쉬지도 않고 날아가는 이유에 대한 충분한 답이 될 수 있다고 생각한다. 그리고 동시에 팬탈라 잠자리가 그 작은 몸으로 인도양을 건너 아프리카 대륙까지 건너가는 합리적인 이유가 될 수 있겠다. 사랑 말고 '그 먼 거리를 쉬지 않고 일직선으로 날아갈 수 있게 하는 것'이 또 무엇이 있겠는가? 어두운 밤에도 쉬지 않고 남쪽으로 남쪽으로 비행하는 그 이유 속에는 자기 자신과 반려자 그리고 후손을 위한 깊고 깊은 사랑이 함께 있음이 분명하다. 그렇지 않고서야 어떻게 그런 장대한 여정이 가능할 수 있겠는가. 아! 나에게 따뜻한 남쪽은 어디인가?

35

산은 산이요 물은 물인가?
아니면 또 어떤가?

풀숲에 숨어 있는 토끼의 귀만 보고도 우리 뇌는 그것이 토끼임을 알아챈다. 사과를 한 입 베어 먹으면 모양은 변하지만 뇌는 여전히 그것이 사과인지 알 수 있다. 이것을 뇌과학에서 패턴완성이라고 한다. 반대의 것도 있다. 비슷한 모양도 서로 분리하여 다른 대상으로 인식하는 것을 패턴분리라고 한다. 나무에서 꽃과 잎사귀를 분리하는 것, 논에 섞여 있는 벼와 잡초를 구분하여 뽑아내는 것도 패턴분리이다. 김대수 교수의 책 〈과학이 인생에 필요한 순간〉에 나오는 뇌의 패턴완성과 패턴분리에 대한 설명이다. 우리는 과거의 기억 때문에 괴로워하기도 한다. 과거 일은 이미 지나갔음에도 우리는 그것을 상기하고 그것이 마치 지금 존재하는 것으로 느끼는 것이다. 패턴의 분리가 잘 안 되고 있는 것이다. 그래서 패턴완성과 패턴분리를 잘하는 것만으로도 우리는 철학자의 경지에 오를 수 있고, 많은 근심 걱정으로부터 자유로울 수 있다.

우리의 몸은 대략 60조 개의 세포로 구성되어 있다고 한다. 그리고 매일 100억 개의 세포가 죽고 또 새로 재생된다고 한다. 나이가 들어 죽는 세포 수보다 새롭게 재생되는 세포 수가 적으면 이것을 노화라고 부른다. 이렇게 날마다 일어나는 세포의 소멸과 재생을 통해서 우리 몸을 구성하는 뼈, 근육, 장기(臟器)세포 등 대부분 세포는 대략 6개월이면 전부 새로운 세포로 바뀐다. 재생주기가 긴 신경세포와 뼈세포는 7년쯤 된다. 그래서 우리 몸은 7년쯤이면 완전히 다른 새 몸으로 바뀌게 된다. 약 60조 개의 세포가 모두 바뀌는 것이다. 7년 전과는 완전히 다른 새로운 사람이다. 생물학적으로 그렇다. 참으로 신비롭고 놀랍다. 이렇게 우리(몸)는 매일 조금씩 변하고 있다. 패턴분리를 정밀하게 하면 우리 몸도 7년쯤 지나면 완전히 다른 사람이다. 단지 아주 천천히 느린 속도로 조금씩 변하기 때문에 우리가 눈치채지 못하는 것일 뿐이다. 그런데 빠른 변화를 주기 위해 머리 헤어스타일을 바꾸면 금방 달라 보인다. 우리는 우리가 원하는 다른 사람의 모습으로 바뀌어 보인다. 패턴분리다. 여성들이 화장하고 자신을 아름답게 꾸미는 이유이다. 그러나 우리가 다른 사람이 된 것은 아니다. 다시 패턴완성이다.

다음은 유명한 성철스님의 법어이다. "산은 산이요, 물은 물이로다." 이것을 패턴완성과 패턴분리 개념을 염두에 두고 다시 설명해 보자. 산은 산이요, 물은 물이다. 두말할 필요도 없다. 산은 산이고, 물은 물이다. 다른 그 무엇이 아니다. 그런데 다시 보니, 산은 어제의 그 산이 아니고, 물도 어제의 그 물이 아니다. 우리가 같은 물에 두 번 발을 담글 수 없는 것과 같다. 물은 항상 흘러가기 때문이다. 산도 나무가 더 자라니 있거나 어떤 나무는 바람에 쓰러졌다. 그리고 산에 사는 토끼와 노루의 가족이 늘었다. 혹은 토끼 가족이 줄었다. 이렇게 모든 것은 끊임없이 변하고 있고, 그대로 있는 것이 없다는 깨달음이 온다. 제행무상(諸行無常 사람이 하는 모든 행위는 항상 그대로의 모습이 아니고 변한다는 뜻)이다. 높은 산도 풍화작용으로 허물어지고 늙어 간다. 그래서 깨닫고 보니 산은 그 산이 아니요, 물도 그 물이 아닌 것이다. (패턴분리) 그러나 이것(모든 것은 변한다는 사실)을 깨달은 자라고 해도 사람들로부터 고립되어 산속에 홀로 있다면 별 소용없는 짓이다. 그래서 다시 일상으로 돌아와 보니 산은 다른 어떤 것이 아니라 그대로 산이고 물도 마찬가지로 물이다. 산을 그리고 물을 다른 어떤 것이라고 말할 수 없다. 만약 그 산을 계속 다른 이름으로 부른다면 그리고 물을 물이 아닌 다른 이름으로 부른다면 혼돈이 온다. 아마 정신병원에 가야 할지도 모른다. 물도 산도 그리고 나와 너도 삼라만상이 모두 그대로의 존재이다. 깨달았다고 해서 일상의 모든 것이 다른 것으로 바뀌거나 사라지는 것은 아니다. 여전히 그대로 있다. (패턴완성)

그러나 정작 중요한 것은 이런 일상 가운데 '깨달은 존재로서의 새로운 나'가 분명하게 있다는 것이다. 드디어 내가 변한 것이다. 이제 나의 생각과 언행은 깨닫기 이전과는 다를 것이다. 세상과 나를 보는 시각과 관점이 달라진 것이다. 나 역시 변하고 사라져 가는 존재로서, 다른 사라져 가는 것들을 보고 듣고 만지고 만나고 있는 것이다. 모두가 소중한 존재들이다. 왜냐하면 곧 사라져 갈 존재들이기 때문이다. 너와 나도 그들도 그렇다. 어제와는 다른 소중한 내가, 어제와 다른 산과 물을 본다. 그리고 어제와 다른 소중한 너를 본다. 변하고 있는 내가, 변하고 있는 산과 물을 보고 있는 것이다. 세상의 모든 것들은 이렇게 변하고 있고 결국 사라지고 또다시 생겨난다. 인생도 그렇고 자연도 그렇다. 너도 그렇고 나도 그렇다.

이렇게 패턴은 완성됐다가 분리되고 분리되었다가 다시 완성된다. 인식론이고 뇌의 작용이다. 변한다는 이치를 깨닫게 되면 자유롭지만, 이 변하는 이치를 모르면 집착이 생기고 괴로워하게 된다. 자연은 끊임없이 다른 모습으로 변하면서 순환하고 또 변한다. 우리도 그렇다. 산은 산이요 물은 물이로다. 이 말은 이렇게 삼라만상의 변함에 대해 패턴완성과 패턴분리의 원리로 알아차릴 것을 주문한 것이다. 불교에서는 이것을 제행무상(諸行無常)이라고도 표현한다. 또 사람들은 이것을 인생무상(人生無常 인생이 항상 그대로의 모습은 아니다)이라고도 말한다. 결국 같은 말이다. 그러니 변해가는 것들에 대한 집착을 놓아라(버려라)고 우리에게 권한다. 나(나의 주장과 생각, 그리고 내 몸)도 변하고 있으니 딱히 나라고 부를 만한 것도 없고, 모든 것이 변하고 있으니 무엇이 옳고 그른 것도 없다. 단지 나에 대한 집착과 고집, 그리고 옳은 것과 옳지 않은 것을 따지는 분별심은 번뇌와 괴로움만 초래할 뿐이다. 그러니 패턴완성과 패턴분리의 지혜로운 눈을 가지고 번뇌를 피하고 항상 평정심을 잃지 않도록 노력(수행)하라는 말이다. 즉 생각과 행동의 집착으로부터 생기는 모든 고통과 번민으로부터 자유로워지라는 말씀이다. 산은 산이요 물은 물이다. 아니, (다시 보니) 산은 (예전에 보았던) 그 산이 아니고 물도 그 물이 아니다. 그런데 이렇게 깨닫고 난 후에 다시 보니 역시 산은 산이고 물은 물이다. 산이 산이 아니고 물이 물이 아니면 그것이 무엇이겠는가? 중요한 것은 산도 아니고 물도 아니다. 산이 산이거나 아니거나, 물이 물이거나 아니거나 상관없이 중요한 것은 나이고, 내가 그것들을 어떻게 보느냐 하는 것이다. 나마저도 내가 나를 어떻게 보느냐에 따라 다르다. 그것을 깨달으라는 주문이다. 자, 이제 어떤가? 산은 산이고 물은 물인가? 나는 과연 나인가? 이제 산이 산이든 아니든 아무런 상관이 없다. 그렇지 않은가?

36

인생무상(人生無常)의 참뜻

만약에 키 작은 어린 묘목이 자기를 찾기 위해 자기 자신을 깊이 들여다본다면 무엇을 발견하게 될까? '나는 키 작은 나무'라는 사실을 발견하게 될 것이다. 중간 크기의 나무는 자신이 작지도 않고 크지도 않은 중간 키를 가지고 약간 비탈진 곳에 (아니면 편평한 곳에) 서 있는 나무라는 사실을 알게 될 것이다. 아무리 자신을 들여다봐도 아직 아름드리 큰 거목은 보이지 않는다. 인생도 그런 것이라고 생각한다. 인생은 나를 발견하는 것이 아니라 나의 인생을 만들어 가는 것이다. 나의 새로운 미래 존재를 계속 창조해 가는 것이다. 이것은 마치 예술가들이 아직은 존재하지 않는 자신의 예술작품을 조금씩 힘들여 구현해 가는 것과 같다.

약한 존재는 항상 자기 존재의 당위성을 찾아야 한다. (자기는 살아야 한다고 하는 생각에 몰두하기 때문이다.) 그러나 강자는 존재 이유가 필요 없다. 그냥 있는 것이다. 신이 그냥 있는 것처럼. 약한 존재(약하다고 느끼는 존재)가 자신을 들여다보면 약한 존재만 보일 것이다. 아직 강한 것은 아무것도 만들어지지 않았기 때문이다. 존재 이유는 나중에 만들어진다. 그리고 그 이유 역시 스스로 만드는 것이다. 심리학과 정신의학에 따르면 자신에 대해 생각이 많은 것은 그리 바람직하지 않다고 한다. 다시 말하면 '나는…'이라는 말을 자주 하는 것은 심리적으로 그리 건강한 상태가 아니라는 것이다. 어린 묘목이 자기를 들여다본다면 그저 작은 존재이고 약한 존재를 확인하게 될 뿐이다. 주변의 큰 나무들에 싸여 있어도 그렇고, 바람 많은 비탈진 바위틈에서 자라고 있어도 마찬가지다. 아직은 작은 자기 자신을 들여다볼수록 작은 자기 존재의 당위성만을 묻고 찾으려고 할 것이다. 작고 약한 나는 왜 살아야 하는가? 혹은 어떻게 살아가야 하는가? 등등 끝이 없다. 그 끝이 있다면 우울감 뿐이다.

그러나 그 나무가 크면 어떤가? 나는 항상 이 말을 나 자신을 지켜내는 부적처럼 기억하고 있다. "아름드리 큰 나무는 그 그늘에 쉬어 가는 이가 있고, 물이 깊으면 큰 배를 띄운다." 아름드리 큰 나무는 그 그늘에 쉬어 가는 이가 있다. 최소한 그것만으로도 그 나무가 존재하는 이유가 된다. 아름드리 큰 나무에게 자신의 소원을 빌망정, "키 큰 나무, 너는 왜 사냐?" 하고 묻는 사람은 없다. 그냥 그 존재가 너무도 당당해서 무슨 부탁을 해도 들어줄 것만 같은 생각마저 들게 하기 때문이다. 그래서 사람들은 그 아름드리 큰 나무에 울긋불긋한 띠로 장식을 하기도 한다. 그리고 그 나무에게 자신의 소원을 빈다. 처음에 했던 질문과 반대로 이 아름드리 큰 나무가 자신의 어린 시절을 들여다본다면 생각나는 것이 많을 것이다. 작고 약하고 금방이라도 부러질 수 있는 존재였던 자신을 보고 알 일이 있을 듯하다. 아마 이런 말이 아닐까? "너는 아름드리 큰 나무가 될 것이고, 그 그늘에 피곤한 몸을 쉬어 가는 사람도 있을 것이다."라고.

 자신의 존재 의미는 이렇게 나중에 만들어진다. 그 나중은 거의 죽기 직전이다. 존재의 이유와 의미는 비로소 자신이 존재하지 않게 될 무렵, 그 존재의 이유가 더 이상 크고 더 깊이 더 넓게 만들어지지 않으려 할 때, 그때 비로소 깨닫게 되는 것이다. 나는 그 무엇이었다고. 나는 무엇이었을까? 가장 쉬운 대답은 여러 직업(과학자, 공무원, 교사, 운전기사, 학원강사, 판사, 군인, 의사, 보험설계사, 회사원, 사업가, 조리사, 프로그래머, 연출가, 프로젝트 매니저… 등등)들 가운데 하나이다. (혹은 둘. 요즘 겸업하는 분들이 많다.) 그 직업을 가졌던 직업인이었고, 내가 한 그 모든 것(일)은 다른 사람들에게 크고 작은 도움을 주었다. 그리고 누구의 아빠이거나 엄마였고(혹은 아니었다) 또 누군가의 친구였다. 그것이다. 내가 했던 일과 사람들과의 관계를 통해 세상에 존재했던 사람이다. 그것이 나의 의미이고 보람이자 한 개인의 고통스럽고 아름답고 의미 있는 길고 긴 서사였다.

그때, 더 이상 새로운 의미와 활동이 이루어지지 않으려 할 때, 비로소 깨닫게 되는 것이 또 있다. 세상은 항상 그 모습이 일정하지 않고 변한다는 것. 자연도 사람도 모두. 세상이 무상(無常, 항상 그대로의 모습을 가진 것은 없다는 말)이고, 또한 인생도 무상(無常)이라는 것. 인생은 항상 그 모습 그대로가 아니다. 세상도 사람들도 나도 그렇다. 어리고 연약했던 존재들이 성숙해 가고, 굳건히 서 있던 소나무와 건물들이 스러져가는 것도 무상이지만, 얼음이 녹고 풀이 새로 돋아나고, 아이가 출생하는 것처럼 없던 것이 생겨나고, 그 어렸던 생명들이 자신의 키를 키워가고, 우리 아이들이 자기 몸집을 불려가는 것도 무상이다. 이런 것이 인생이 무상한 것이고, 만물이 변하고 생명이 생동하는 것이 무상한 것이다. 그래서 우리가 존재한다는 것이 그 자체로 커다란 의미가 된다. 이 순간 우리의 이 모습이 영원하지 않다. 그래서 귀하다. 나의 젊은 시절과 너의 젊음이 귀하다. 그리고 나와 너의 늙어감이 귀하다. 이 귀함도 영원하지 않다. 그래서 더 귀하다. 이렇듯 인생무상은 허무함의 표현이 아니라, 마침내 새 생명이 낡은 죽음을 극복해내는 아름다운 인생의 장구한 서사를 일컬음이다. 봄날의 따스함은 우리가 추웠던 겨울을 기억하기 때문이고, 고통스러운 시간 뒤에는 반드시 기쁘고 의미 있는 시간이 예정되어 있음을 안다. 허무와 비극 속에서도 좌절하지 않고 그 속에 잉태되어 있는 새로운 생명의 숨결을 발견하는 것이 인생무상이다.

37

생존력은 네 몸속에서 나온다.
골고루 먹고 근력을 키워라

우리 인류의 조상들은 약 1만 2,000년 전부터 농업을 시작하였다. 도시와 문명이 생겨나기 전이다. 쌀과 밀, 수수 등 곡식의 씨를 뿌리고 그 곡식이 익을 때까지 기다려 수확을 해야 했기 때문에한 장소에 정착하여 살았다. 이렇게 정착하여 살기 전에는 먹이를찾아 돌아다니면서 수렵·채집인으로 살았다. 우리 조상들의 수렵·채집인 생활은 전체 인류사의 99.8%로 우리 인류는 존재했던 대부분의 시간을 이렇게 수렵·채집인으로 살았던 것이다. 이 구석기인들은 음식을 구하고, 조리를 위해 필요한 여러 가지 석기를 만들어 사용했다. 곡물이나 식물의 씨, 그리고 짐승의 뼈를 쪼개거나부수고(찍개, Chopper), 나무껍질이나 짐승의 가죽을 벗기고(밀개, end-scraper), 살을 자르기(날돌, cutter) 위해 여러 가지 석기들을사용하였다. 나중에는 다목적의 주먹도끼(hand axe)도 만들었다. 스미소니언 박물관의 고인류학자인 릭포츠는 영양 같은 발굴 동물을 자르고 살을 발라내는데 5~11킬로그램 정도의 돌과 50~100개

정도(정말로 많은 종류의 석기다!)의 격지도구가 필요했을 것이라고 추정했다. 이 석기들은 인류 생존의 도구였다. 〈크리에이티브, 돌에서 칼날을 떠올린 순간〉 (아구스틴 푸엔테스)

영국의 대학에서는 학생들에게 직접 이러한 석기들을 직접 만들어 보도록 했는데, 이때 학생들의 뇌에서 의미 있는 현상이 관찰되었다. 즉 평소에 사용하지 않았던 뇌의 특정한 부위가 활성화되었으며 이 뇌 부위는 창의성과 관련이 있는 부위라고 한다. 석기를 만드는 것은 창조적인 행위라는 뜻이다. 그러나 나는 그 창조성보다는 '그 석기의 제작이 무척 어려운 일이었다'라는 데 더 깊은 관심이 생겼다. 우리 인류가 돌과 돌을 부딪쳐서 만든 구석기로부터 돌을 다른 돌로 문질러서 더 날카로운 석기(신석기)를 만들기까지 무려 100만 년이 걸렸으며, 다시 이 날카로운 석기를 나무 끝에 달아 창을 만들어 던지기까지는 다시 최소 70만 년이 더 걸렸다. 하나의 생각(부딪쳐서 깨기)에서 또 다른 생각(문질러서 다듬기)이 더해지기까지 그리고 날카로워진 석기를 나무막대기에 매달기(창)까지 엄청나게 많은 시간이 걸린 것이다. 무려 170만 년이 걸렸다. (생각해 보라. 우리 인류의 문명의 역사는 고작 5천~6천 년이다.) 석기 제작은 엄청나게 어려운 일이었음이 틀림없다. 과학자들은 이토록 오랜 시간이 걸린 이유로 첫째 무엇보다 석기를 만들기가 쉽지 않았고, 또 그 석기를 다룰 줄 아는 소수의 사람들만 석기를 제작하였기 때문이다. 둘째로는 사람들이 서로 만나지 못하고 흩어져 살았기 때문이라고 설명했다. 당시의 우리 인류는 대가족 형태로 열댓 명 혹은 스무 명쯤이 함께 살았다고 한다. 이들은 적은 수가 세계 각지에 흩어져 살았으며, 한 가족의 무리가 살아가면서 다른 가족이나 부족을 만날 경우는 드물었다. 그래서 석기 제작에 대한 신기술을 알게 되었다고 해도 그것을 전파하거나 후대에 전달할 수 없었다. 스스로 겪고 알게 되었던 삶의 경험과 지식을 전파할 수 있는 아무런 수단(문자, 통신)이 없었기 때문이다. 달리 말하면 그들 가족이나 부족 말고는 아무도 그들의 생존을 도울 수 없었다. 그래서 석기는 그 모양이 세련된 모습으로 다듬어지기까지 대략 170만 년이나 걸렸다.

그럼에도 불구하고 그들은 생존의 명수였다. 19만 년 전 갑작스럽게 혹독한 추위를 몰고 온 기후변화(MIS6, Marine Isotope Stage 6, 빙하기) 때문에 인류는 멸종의 위기에 몰렸지만, 우리 조상들은 기어코 적응해 살아남았다. 대부분의 식물과 동물이 멸종하여 거의 모든 먹거리가 갑자기 사라져버렸을 때도, 우리 조상들은 물이 말라버린 웅덩이 밑의 구근을 캐어 먹고, 바다의 밀물과 썰물이 교차되는 시간(사리)을 알아내고는 해변의 바위에 붙은 굴과 홍합, 조개, 바다 달팽이 같은 해산물을 먹고 생존했다. 우리의 치아를 보면 딱딱한 식물의 씨나 열매를 으깨어 부수는 어금니와 질긴 고기를 자르는 송곳니, 과일을 베어 물 수 있는 앞니를 골고루 갖추고 있다. 이것은 여러 가지 음식을 함께 먹을 수 있는 치아구조이다. 이렇게 잡식성인 인류는 혹독한 기근기(飢饉期)에도 결국 살아 남았다. (생존하려면 골고루 먹어야 한다.) 이때 이 지구상에는 단지 몇 백 명만 생존했다고 보고하는 과학자도 있다. 인류는 거의 멸종의 위기까지 몰렸던 것이다. 과학자들은 그렇게 인류에게 피난처를 제공한 생존지로 남아프리카공화국의 해변인 피나클포인트를 주 목한다. 지금도 거기에는 홍합이 엄청나게 많다고 한다. 〈뇌 진화 의 역사〉 (브렛 스텟카)

그리고 우리 인류는 동식물의 분포 범위, 즉 어디에 어느 동물이 출몰하고 어느 식물이 자라고 언제 열매를 맺는지 알아낼 수 있었 고, 이러한 능력은 생존에 커다란 도움이 되었다. 이들은 자신들에 게 필요한 의식주, 즉 먹고, 입고, 집 짓는 능력(움집이든지 굴이든지) 을 모두 직접 해낼 수 있었다. 우리의 조상은 생존의 달인들이었던 것이다. 그들은 마치 내가 좋아하는 TV 프로그램인 자연 대 인간 (Man vs. Wild)에 나오는 생존술의 전문가 '베어 그릴스'와 같이 '극 한에서 살아남기'의 명수들이었다. 그런데도 그들이 가진 것은 오 직 '맨 몸뚱이의 힘'뿐이었다. 물론 구석기인들의 평균 수명은 40 세 정도로 짧아서 그리 길지 않아 보이기도 하지만, 이것은 영유아 의 사망률이 높아서 그런 것이지 성인들은 그보다 훨씬 더 오래 살았다고 한다.

〈사피엔스〉를 쓴 유발 하라리는 우리 인류가 농업혁명으로 식량의 문제를 극복하고 잉여 식량을 만들어 내자 지배 엘리트들이 등장했으며, 곧이어 빈부의 격차와 신분의 계층화 현상이 나타났다고 설명하고 그의 농업혁명에 대한 비판적인 시각을 내비치기도 했다. 그러면서 그가 말하기를 도시가 생겨나자 "별다른 능력을 갖추지 못한 사람도 이른바 다른 사람의 심부름을 하면서도 도시에서는 살아갈 수 있었다."고 설명하였다. 그의 설명대로 도시는 경쟁력이 그렇게 강하지 않는 사람들도 그럭저럭 살아갈 수 있게 한다. 도시가 주는 보호 능력 덕분이다. 즉 사람들이 서로를 보살펴 주면서 서로 의지하여 살아갈 수 있게 해주는 것이다. 빵 굽는 사람과 병을 치료하는 사람 그리고 원하는 곳으로 데려다주는 사람과 재미있는 것으로 즐겁게 해주는 사람 그리고 심부름해주는 사람까지. 도시는 모두가 함께 살아갈 수 있게 한다. 따지고 보면 우리는 도시에서 그리고 농촌과 어촌, 아니 세상 모든 곳에서 서로에게 도움을 주고 또 도움을 받으며 살아간다.

나는 스스로 생각하기를 '나는 생존력이 강한 사람'이라는 믿음을 어릴 때부터 가지고 있었다. 그런데 이런 밑도 끝도 없는 믿음은 사실 아프리카 가나와 인도 같은 특수지(당시의 외교부와 kotra의 국가 분류기준)에서 아무런 사고 없이 무탈하게 임기를 마치고 귀국하는 데 많은 도움이 됐다. 나는 나름 생존력이 강한 사람이라는 생각을 하게 된 이유는 사실 몇 가지가 있었다. 나는 재래시장에서 장사하는 아버지를 보면서 어린 시절을 보냈는데, 내가 보았던 우리 아버지와 시장 사람들은 항상 에너지가 넘쳐 있었고, 무슨 일이든 잘 해내었던 사람들(짐꾼, 쓰레기청소부, 독일빵집 아저씨, 경매인, 참기름 짜는 아저씨, 건어물 가게와 옷가게 아저씨 등등)이었다. 그래서 나도 그들처럼 무엇이든 잘 할 것이라는 생각을 하였다. 나는 회사일 때문에 아프리카 가나와 인도 등 해외의 오지로 돌아다녔으며, 직장에서도 항상 새로운 일을 시작하는 부서, 즉 '잘 해봤자 본전'인 부서에서 주로 일했다. 속칭 '맨땅에 헤딩'하는 신규 테스트업무(신수종(新樹種)사업이라고 부른다. 예를 들면 방위산업물자 수출업무, 건설·자원 프로젝트 수주지원 업무)를 했다. 내가 하는 신규사업마다 전례가 없어서 수많은 고생을 했지만, 결과는 비교적 좋았고 항상 보람이 있었다. 내가 했던 신사업들은 모두 자리를 잡았다. 방산물자는 수출이 잘 되었고, 우리 기업들의 해외건설 프로젝트의 수주가 이어졌다. 이런 것들이 굳이 이유라면 이유인데, 나는 그때 '나는 생존력 강한 사람'이란 생각이 실제로 나의 생존에 많은 도움이 된다고 생각했다.

가까이 지내는 내 대학 후배 중에 땅이나 바닷속 깊숙이 강철로 된 커다란 파이프를 박는 시추(drilling) 전문가가 있다. 그는 석유를 캐는 시추전문가인데 그가 일하는 곳은 주로 지상 오지인 사막과 해상의 유전이었다. 문명의 도시가 아닌 몽골의 사막이거나 동남아시아 바다 한가운데였다. 그가 말하기를 그는 도시에 근무(kotra 해외무역관은 주로 대도시에 있다)하는 내가 항상 부럽다고 했다. 왜냐하면 그는 사막 한가운데 있는 유전에서 일했으며 주말이 되어도 도대체 아무 데도 갈 데가 없었기 때문이라고 했다. 그래서 토요일 오후나 일요일에는 아무도 없는 광활한 사막에 설치해놓은 펜스 안쪽으로 펜스를 따라서 무작정 하루 종일 걸었다고 했다. 펜스 안쪽이기에 길을 잃을 염려는 없었다. 그리고 식량 보급이 어려울 때는 어쩔 수 없이 며칠 동안 쌀밥 한 공기와 생마늘 몇 쪽만을 먹고 버틴 적도 있었다고 자기가 고생했던 이야기를 했다. "형님이 시험 삼아 한번 해보세요. 일주일 동안 먹는 마늘 맛이 어떤가" 하면서 웃었다. 그는 참을성 있는 단군의 자손 웅녀의 후예임이 분명했다. 그 후에 그가 그렇게 바라던 도시에서 지상 근무를 하니 더할 나위 없이 좋다고 했다. 아마도 그는 나보다 더 생존력이 뛰어날 것이다. 쌀과 마늘만을 먹고도 살아남았으니 말이다.

생존력은 이른바 '살아남는 능력'을 말한다. 어떤 문인은 이것을 '나력(裸力)'이라고 표현했다. 나력은 사회적인 겉모습을 모두 버리고 난 후의 속살 같은 '빈 몸뚱어리의 힘'이라고 할 수 있겠다. 홀로 있는 시간이 많았을 그 문인은 '홀로 있는 자신의 힘'에 대해서 생각했을 것이다. 사회적 지위나 권력을 벗어 버리고 난 후의 순수한 맨몸만의 힘이고, 사회적 힘이 배제된 철저히 개인적인 자연인의 힘이다. 마치 원시인처럼 문명의 힘이 제거된 채로 정글이나 사막에 홀로 남겨져 있을 때 혼자의 힘으로 그 밀림과 정글을 헤치고 나오는 생존 능력 같은 것이다.

그것은 자신의 힘을 과신한 허세나 황소 앞에서 자신의 몸집을 크게 부풀리는 우화 속 개구리 같은 과장 섞인 허풍이 아닌 순수한 '나 혼자만의 힘'이다. 수렵·채집인으로 살았던 우리 조상들이 가졌을 것 같은 그런 순수한 힘이다. 아니면 정글이나 사막, 무인도 같은 곳에서 죽지 않고 살아 돌아오는 "자연대 인간"의 베어 그릴스가 가진 종합적 능력 같은 것이다. 아니 그보다는 좀 더 일상의 문제로 돌아와서 나의 사회적 지위가 보장해 주는 여러 가지 편익들을 배제한 채, 지극히 사적이고 개인적인 일상을 스스로 잘 살아낼 수 있는 힘도 '내가 나에게 의존할 수 있는 나력'이라고 할 수 있겠다. 말하자면 부처가 말한 "스스로를 등불로 삼아, 무소의 뿔처럼 혼자서 가라."는 말씀이 이와 비슷한 것이 아닐까 생각해 본다. 그 문인이 홀로 있는 것처럼, 홀로 있는 시간이 많은 나는 지금 나의 나력이 과연 얼마나 되는지 궁금하다. 세상이 더 각박해지고 나이가 더 들어갈수록 혼자의 힘이 더 필요해지기 때문일 것이다. 다행히 나는 생존술의 달인들이었던 호모사피엔스의 후손이니 (지금까지 그럭저럭 잘해왔듯이) 앞으로도 그렇게 잘 해낼 것으로 믿고 있다.

38.

나무가 하는
놀라운 생각과 행동

자신이 제작한 기계로 동위원소 분석 방법을 이용하여 화석 삼림을 연구한 과학자이고 2016년 타임이 선정한 영향력 있는 인물 100명에 선정된 식물학자 호프 자런(캘리포니아 버클리대학 박사, 노르웨이 오슬로 대학 교수)은 자신이 쓴 책 〈랩 걸(Lab Girl) 나무, 과학, 그리고 사랑〉에서 나무에 관한 놀라운 이야기를 우리에게 전해준다. 책 속의 많은 내용 가운데 '나무도 생각한다'는 생각이 들게 하는 네 가지 내용을 다시 요약해서 소개해 보면 이렇다. 정말로 놀라운 사실들이다.

(1) 식물은 발아를 위한
최적의 상태가 올 때까지 기다린다

"…연꽃 씨앗을 열고 배아를 성장시킨 과학자들은 그 껍질을 보존했다. 그 껍질을 방사성 탄소 연대법으로 측정한 과학자들은 그 연밥이 중국의 토탄늪에서 2,000년을 기다려왔다는 것을 깨달았다. … 그러다가 어느 날 그 작은 식물의 열망이 어느 실험실 안에서 활짝 피었다."

연꽃 씨앗이 자그만치 2,000년이 지난 뒤에 싹이 튼 것이다. 생명의 힘이 정말 경이롭지 않은가? 과학자들이 거짓말을 하겠는가?

(2) 멀리 서로 떨어져 있던 나무들이
적의 침입을 서로에게 알리기 시작했다

"1977년 워싱턴주 킹 카운티에 있는 주립대학 연구용 숲은 곤충의 습격을 받아 완전히 폐허가 됐다. 공격에 앞장선 것은 텐트나방 애벌레들이었다. … 텐트나방 애벌레들은 많은 나무들을 회생 불가능할 정도로 피해를 입혔다. … 살아남은 나무의 이파리에는 어떤 화학물질이 있어서 애벌레들을 병들게 하고 있었다. 정말로 흥분되는 일은 1~2킬로미터 떨어진 곳에 자라는 건강한 시트카 버드나무들도 … 이 화학물질을 만들어 내고 있다는 사실이었다. … 과학자들은 이파리들이 처음 상처를 입었을 때 나무가 이파리에 애벌레 독을 가득 채웠고, 이 휘발성 유기물인 독이 1~2킬로미터를 퍼져 나갔고, 다른 나무들은 이를 조난신호로 받아들여서 자신들의 이파리에 독을 생성했을 것이라는 가정을 했다."

버드나무가 1~2킬로미터 떨어진 곳의 다른 나무들에게 적의 침입을 알렸다, 비상 공습경보를 울린 것이다. 소리 없는 화학적 사이렌이다. 인간이 파악해낸 버드나무의 통신 방식(휘발성 물질을 바람에 실어서 전파했다)의 기술적인 설명이야 어떻든지 간에 그들이 통신망을 가지고 연락했다는 것은 분명하다. 이 나무들이 (우리와는 다른 방식으로) 생각을 하는 것처럼 느껴지지 않는가?

(3) 나무는 자신의 새끼들을 보살핀다

"… 다 자란 단풍나무는 밤새 내내 수동적으로 깊은 곳에서 흡수한 물을 얕은 뿌리를 통해 흘려보내 물을 재배치한다. 이런 큰 나무들 근처에 사는 작은 나무들은 필요한 물의 절반 이상을 이렇게 재배치된 물에서 얻는다. … 매일 밤 자원 중에서도 가장 소중한 자원인 물을 땅속 깊은 곳에서 길어 올려 약한 어린 나무들에게 나눠주는 것이다."

우리가 아기를 젖을 먹여 키우듯이 나무들도 새끼 나무들에게 물을 공급하여 말라 죽지 않게 한다. 자연은 정말 우리가 알지 못하는 경이로운 일들로 가득하다.

(4) 나무는 그 유년기를 기억한다.

"우리는 나무가 자신의 유년기를 기억한다는 사실을 알게 됐다. 노르웨이의 과학자들은 찬 기후와 따뜻한 기후에서 자라는 가문비나무 형제들에서 난 씨를 모았다. … 이 수백 그루의 나무 중 찬 기후에서 배아 시절을 보낸 나무들은 다른 나무들보다 2~3주 먼저 버드세트(첫서리가 내릴 것을 대비해 성장을 멈추는 것)를 시작해서 더 길고 더 추운 겨울에 대비한다는 것을 깨달았다. … 나무들은 동일한 환경에서 성장했지만, 씨앗이었을 때 겪었던 차가운 기후를 기억한다는 결론이다. … 이 기억이 어떻게 작동하는지 우리는 잘 알지 못한다. 아마도 몇 가지 복잡한 생화학적 반응과 상호작용이 모두 합쳐서 일어나는 현상일 것이라고 추측할 뿐이다. 과학자들은 또 인간의 기억이 어떻게 작동하는지도 잘 모른다. 그저 몇 가지 복잡한 생화학적 반응과 상호작용이 모두 합쳐져서 일어나는 현상일 것이라고 추측할 뿐이다."

생각한다는 것을 '자신의 욕구가 충분히 채워지지 않을 때 그것을 해결하는 방법을 찾는 활동'이라고 정의할 수 있다면, 혹은 '자극이 왔을 때 그 자극에 대해 생물학적인 유리한 반응을 준비하는 활동'이라고 정의한다면 나무도 생각한다고 분명하게 말할 수 있다. 위의 네 가지 사례들에서 나무들은 모두 생존과 번식을 위해 픽요한 자원(적절한 수분, 적절한 온도, 햇빛, 영양분)이 부족할 때 그것을 획득하기 위한 활동들을 하고 있다. 적정한 때가 올 때까지 기다리고, 적들을 쫓아내기 위해 독을 만들어 내고, 이것을 이웃 나무들에게 전파하고, 유년기에 겪었던 혹독한 환경을 기억하고, 자식의 생존을 돕기 위해 어린 새끼나무에게 물을 나누어 주고 있다. 이런 활동들이 생각의 결과가 아니라면 다른 무엇이 생각한다는 것의 본질적인 내용이 될 수 있을까? 생각하는 방식이 동물적인 방식뿐일까? 나는 동물과 식물이 하는 생각의 차이는 단지 그 속도밖에 없다고 생각한다. 동물은 빠르고 식물은 느리게 생각할 뿐이다. 식물은 대를 이어서 느리게 생각하는 것 같다. 이것이 마치 느린 진화(수천 년~수억 년)가 스스로 생각하는 것처럼 느껴지는 이유와 비슷하기도 하다. 생각한다는 것의 본질이 '생존을 위해 움직이는 것'(창고기처럼)이라고 할 때 식물은 생존을 위해 단지 느리게 움직일(생각할) 뿐이다.

내가 어렸을 때 참 신기했던 것들 가운데 하나가 허공을 빙글빙글 돌아 떨어지는 단풍나무의 열매였다. 단풍나무의 열매에는 잠자리 날개를 닮은 외 날개가 달려있어서 바람이 불면 무거운 씨방을 중심으로 빙글빙글 돌면서 비행을 한다. 어릴 적 우리는 그것을 '헬리콥터 씨'라고 불렀다. 비슷한 것으로는 민들레 홀씨가 있다. 민들레 홀씨는 바람보다 더 가벼운 털로 씨앗을 감싸서 바람에 날린다. 민들레는 아마도 공기의 질량을 알고 있는 듯이 보였다. 씨앗을 허공에 띄워 멀리 보내기 위해서는 공기보다도 더 가벼운 날개를 달아서 띄워 보내야 한다는 것을 알고 있는 듯했다. 식물인 조그만 풀씨조차 자손을 퍼뜨리기 위해 자신의 환경을 적절히 이용한다. 도꼬마리의 씨앗에는 아주 작은 낚싯바늘 같은 털이 달려있어서 쉽게 사람의 바지 깃이나 짐승의 털에 자신의 씨앗을 붙일 수 있다. 씨앗을 멀리 보내기 위해 발명한 발명품이다. 도꼬마리는 마치 자신의 주변을 지나다니는 존재(동물이나 사람)를 인식하고 있는 것같이 보인다.

진화생물학에 따르면 인간과 바나나는 그 유전자가 50%가 같다 (생각보다 많다. 그런데 침팬지와 인간은 유전자가 98.5%가 같다)고 한다. 생각한다는 것의 본질은 아직까지 정확히 밝혀내지 못하고 있다. 생각의 원형 혹은 생각한다는 것의 원시 형태를 추적해 보면 진화론을 거슬러 올라가는 것과 그 경로가 같다. 인간의 뇌(생각하는 작용이 일어나는 대뇌신피질)로부터 시작해서 거슬러 가면 포유류의 뇌가 담당하는 감정에 다다르고, 다시 더 거슬러 올라가면 파충류의 뇌가 담당하는 반사신경에 도착한다. 그리고 다시 더 먼 과거의 원시어류까지 거슬러 올라가면 빛의 자극에 대해 반응하는 원시세포

에까지 도달한다. 정리하면 빛과 어둠에 대한 느낌적인 반응에서 부터 시작하여 외부자극에 대한 반사신경으로 그리고 감정으로 다시 생각하는 뇌까지 진화해 온 것이 우리 뇌진화의 역사이다. 우리의 뇌 속에서 일어나는 '생각' 즉 '사고의 작용'이 이루어지는 메커니즘은 정확히 모른다고 할지라도 우리는 어떤 존재가 자극에 대해 반응을 보이는 것은 관찰이 가능하다. 자극에 대해 효과적으로 생존에 유리한 반응(움직임)을 보일 때 그 존재는 생각이 있다고 말할 수 있지 않을까? 비록 그 반응이 아주 천천히 이루어지기 때문에 남들이 쉽게 알아차릴 수 없다고 하더라도 말이다. 동물과 달리 식물의 반응은 무척 느릴 뿐이다. 느린 반응은 느린 성장을 낳지만 그래서 더 오래 살아남는다. 과연 동물과 식물 중 누가 더 효과적인 생각을 하고 있을까?

생명체는 대체로 성장 속도가 빠르면 수명이 짧고, 성장 속도가 느리면 그 수명이 길다. 나무가 천 년 이상을 살 수 있는 것은 그 성장 속도가 느리기 때문이다. 앞에서 말한 것처럼 나무들은 자식인 새끼나무에게 필요한 물을 주어서 생존을 돕고, 멀리 떨어진 이웃 나무들과 소통하고, 자신이 어려웠던 과거를 기억하여 물을 관리하고, 독을 만들어 벌레들을 쫓는다. 나무들은 이 모든 것을 아무런 소리 없이 고요하게 해내고 있다. 과연 아무런 생각 없이 이러한 일들을 잘 해낼 수 있을까? 나무를 보면서 나무보다 훨씬 더 빠르게 움직이는 세상과 빛과 같은 삶의 속도를 생각한다. 나무들도 생각하고 후손의 생존을 염려하며 생존전략을 세우고 이웃들에게 해충들의 공습경보를 전달하며 살아간다. 다만 아무도 눈치채지 못할 만큼 천천히 생각하고 소리 없이 고요히 행동할 뿐이다. 산책길에 아름드리 큰 왕버들나무(280살, 키 18미터, 나무둘레 4.2미터)를 보면서 또 한 분의 말 없는 스승과 마주한다. 이 나무는 앞으로도 나보다 더 오래 살 것이다. 나보다 생각과 행동이 훨씬 더 느리고 고요하므로.

그림 2. 늦겨울 산책길의 왕버들 나무

7장

명상과 영감

39

나는 진공청소기로
내 머릿속을 청소한다

세계적으로 1,200만 부 이상 팔렸다는 작가 엘리자베스 길버트의 자전적 에세이집 〈먹고, 기도하고, 사랑하라〉에 명상하는 쉬운 방법이 소개되어 있다. 키가 큰 삼십대 이혼녀인 미국인 리즈를 가르치는 발리의 스승 '끄뜻'이 알려준 방법이다. 그는 리즈가 인도에서 명상을 수련한 경험이 있다는 것을 이미 알고 있는데 이렇게 이야기한다.

"기본적인 방법은 그냥 침묵 속에서 가부좌로 앉아 미소를 짓는 거야."

"너무 진지하면 병에 걸려. 명상하기 위해서는 미소만 지으면 돼. 얼굴에 미소, 마음에도 미소, 그러면 좋은 에너지가 나쁜 에너지를 깨끗이 씻어 낼 거야."

"심지어 간도 미소를 지어야 돼."

진공청소기로 집안을 청소하다가 갑자기 그 명상법이 생각이 났다. "그렇게 쉬운 방법이라면 청소하면서 명상할 수 있겠는데? 청소하다 보면, 죽이고 싶도록 미운 놈도 불쑥 생각나고, 뜬금없이 억울했던 일, 서운했던 일, 그리고 창피했던 일도 생각나잖아. 어차피 이런저런 내가 원하지 않았던 불편한 생각들이 찾아왔다가, 갔다가, 다시 오는 이런 상태는 오히려 명상하기 좋은 시간 아닌가?" 그 불편한 생각들을 지켜보고 정리하기에 꽤 괜찮은 시간이 청소 시간이라는 생각이 들었다. 불교에서 도력이 높은 스님들은 걸어가면서도 참선을 했다던데, 청소하면서 명상하지 말라는 법은 없지 않은가. 내 마음속으로부터 (아니면 두뇌의 기억회로에서) 불쑥 고개를 들고서 전혀 반갑지 않은 얼굴로 찾아오는 불편한 생각들. 이것들을 얼굴에 미소를 잃지 않고, 정중하게 허리를 굽히고 인사하면서 맞이하고는, 안녕히 들어가시라고 "웨앵~" 청소기 먼지통 안으로 잡아넣어 버린다. 하하 재미도 있다.

그런데 여기에서 반드시 잊지 말아야 하는 것이 있다. 발리의 스승 끄뜻의 말씀대로 내 몸 안의 모든 독소를 처리하는 내 간까지도 미소를 잃지 않아야 한다는 거다. 공기를 타고 전해져 들어오는 가스 형태의 독으로, 때로는 비말 형태로, 때로는 액체 형태의 독으로 신경을 타고 처들어오는 이 지독한 독들을 매일같이 처리해야 하는 내 간은 웃고 싶겠는가? 정말 피곤하고 짜증이 날 수 있다. 그렇지만 나는 입이 귀에 걸리도록 미소를 짓는다. 미소를 지으면서 동시에 상냥하고 친절하게 말한다.

"안녕하세요? 그런데, 얼른 쓰레기통으로 들어가세요."
"웨앵~."

하하 꽤 재미있다.

내 뇌 속 깊은 기억회로에 진드기처럼 붙어 있다가 진공청소기의 강한 흡인력에 강제로 털려 나와서 먼지통 속으로 들어가야 하는 것들은 무엇인가? 하나씩 생각해 보았다. 내가 모아서 버려야 하는 것들은 두 가지다. 남이 만들어서 나에게 준 것과 내가 만든 것이다. 우선 남이 만들어서 나에게 줬고 그걸 선물처럼 잘 받아서 내가 (미련하게도) 지키며 가꾸고 키웠던 것들은 분노와 슬픔, 절망, 외로움, 자책 어린 무능력감, 소심함(가스라이팅은 사람을 무능력하고 소심하게 만든다) 등이었고, 내가 만들었던 것은 나의 소심함과 무능력감이 선택한 '친숙한 게으름'과 '편안한 무기력', '무표정한 시선'이었다. 그리고 근원 모를 '분노와 성냄', '소심한 잘난 척', '말 없는 오만함', '성미 급한 좌절' 같은 것도 있었다. 그 외에도 아주 많지만, 우선 이런 것들이 내 두뇌 기억회로 속에 따개비처럼 붙어 있다가 청소기의 시끄러운 소리와 함께 먼지통 속으로 빨려 들어갔다. 그리고 나에게 결국 우호적이지 않았다고 판정된 사람들이 나에게 생각하는 척하며, 속삭이는 목소리로 들려주었던 '칭찬 발린 시기심'과 '가스라이팅'(타인의 심리나 상황을 교묘하게 조작해 그 사람이 스스로를 의심하게 만듦으로써 타인에 대한 지배력을 강화하는 행위. 시사상식사전)에 해당하는 의뭉스러운 말들, 잘난 척하며 큰 목소리로 외쳤던 허풍쟁이들의 속절없이 허무한 말들과 아무 실속이 없는 공갈빵 같은 허전한 말들도 함께 딸려 나왔다. 그동안 내 머릿속을 헤집고 다니며 어지럽히던 무단 거주자들과 그들이 내뱉었던 아무 의미 없는 소리들은 이제 다 먼지통 속으로 이사 가고 없다.

청소를 마치고 진공청소기의 먼지통을 비우면서, 아! 볼품없는 이것들이 나를 힘들게 한 녀석들이구나. 잘 가라! 더 큰 집으로! 축복까지 보태서 잘 보내 주었다. 이리하여 청소 시간이 이제는 꽤 재미까지 맛볼 수 있는 나만의 비밀스러운 명상 시간이 되었다. 청소 명상은 점차 횟수가 늘어났고, 이제는 제법 얼굴에 미소 근육 같은 것도 붙어서 혼자 빙그레 웃으면서 청소할 수 있게 됐다. 그리고 덤으로 얻은 것도 있다. 아내가 너무 좋아한다. 감사한 일이다. 집 안을 청소하면서, 마음 안 청소까지 할 수 있고, 아내의 미소까지 덤으로 얻으니 이보다 더한 즐거움이 과연 또 있을까 싶다.

40.

창의적 불꽃, 영감을 찾아서
(내 돌머리를 부딪쳐라!)

출발이 지연된 열차의 객실 안에서 무료함을 달래기 위해 시작한 상상 속 이야기가 마법사 이야기 해리 포터 시리즈의 실마리가 되기도 하고, 욕조 속에서 넘치는 물을 보고 아르키메데스의 부력을 발견하기도 한다. 이런 새로운 생각과 아이디어는 내 속에 있던 어떤 것이 밖에 있던 짝을 만나 반짝하는 순간에 불꽃이 튕기는 것이다. 그 불꽃은 내 안에 있었으나 내 안에만 있었다고 할 수도 없고, 밖에 있었으나 내 안에 있던 것과 작용했으니 밖에만 있었다고 할 수도 없다. 아니, 굳이 그걸 따지는 것은 소용없는 일이다. 논점을 벗어났다. 그건 마치 돌과 돌을 부딪쳐서 일어나는 불꽃이 돌 안에 있던 거냐 돌 밖에 있던 거냐를 따지는 것과 같기 때문이다. 불꽃은 부딪치는 돌들 사이에 있다. 그러나 그것이 어디에 있든 우리는 불꽃을 얻으면 된다. 창의적인 영감의 문제는 어느 돌로 어떻게 부딪쳐서 그 불꽃을 얻을 것인가 하는 문제이다.

자신의 책을 천만 권쯤 판 작가 엘리자베스 길버트는 TED 강의에서 창의적인 영감은 이 세상의 하늘 어디쯤을 떠돌다가 자신을 간절하게 찾고 있는 사람의 머릿속으로 들어온다고 설명한다. 그러나 이렇게 들어 온 생각은 곧바로 다시 나가기도 하고, 잠시 머물다가 떠나기도 하며, 오랫동안 작가와 함께하기도 한다고 한다. 아무튼 "빠짝" 하는 창의적인 영감은 밖에서 오는 것 같다고 했다. 그러나 어쨌거나 그걸 붙드는 것은 작가의 능력이고 책임이다. 창의적인 영감과 조우하는 것은 글 밭을 일구는 작가의 간절함, 그동안 싹을 틔우기 위해 갈아둔 밭의 거름과 땀과 수분의 적절함의 정도, 그리고 기다림의 결과이다. 햇빛이 비치고 햇살의 온화함이 씨앗에 온기를 전해 줄 때까지.

　아무튼 창의적인 생각과 조우하는 것은 쉽지 않은 일임이 분명하다. 모든 창작자들이 새로운 연인인 뮤즈를 만나고 싶어하는 것 같은 간절함을 가지고 있으나, 창작자와 뮤즈, 그 둘을 갈라놓은 시공은 그 넓이와 깊이를 알 길이 없다. 피카소마저도 그랬다. 피카소는 자신에게 창작을 위한 새로운 영감을 가져다줄 매력적인 여인이 필요했고, 자신의 새로운 창작력을 늘 새로운 여인의 매력에 의지했다. 그러나 그는 창의적인 생각이 자신에게 뿌리를 내리지 못하고 떠나면, 또 다른 새로운 영감을 붙잡아 줄 다른 여인을 찾아 떠났다. 그는 알려진 것만 일곱 명의 연인을 두었다. 많은 예술가들은 그런 여인을 뮤즈라고 불렀다. 이 뮤즈들은 새로운 아이디어를 가지고 오거나, 예술가들의 미숙한 생각을 자신의 부드러운 젖가슴으로 키워서 성체로 자라나게 하였다. 그래서 다 큰 어른의 모습을 한 예술가들도 그들의 어린 생각을 키워 줄 뮤즈를 필요로 했다. 그러나 그 뮤즈는 아무데나 있는 것이 아니었고 언제든지 나타나 쉽게 찾을 수 있는 것도 아니었다. 즉 아무데도 없었고 어디에도 없었다. 뮤즈는 늘 언제나 우연을 가장한 사랑처럼 간절한 갈구 속에서만 얼핏 모습을 보이다가 사라지곤 하였다.

그러다가 아주 가끔 열대 나비의 모습으로 화려하고 빛나는 금빛 광채를 흩뿌리면서, 두 날개를 펄럭이며 그 모습을 드러내기도 하였는데 그것은 꿈과 현실의 중간 어디쯤이었고, 그 정확한 장소나 시간이 중요한 것은 아니었다. 정작 중요한 것은 그 존재의 발현, 즉 그것이 실체를 가진 존재라는 것을 확인한 것. 그뿐이었다. 그래서 그것은 현실에 오래 머물지 않았다. 그러나 다행인 것은 그것이 영영 사라져 버린 것이 아니라는 믿음을 남기고 갔다는 것이다. 그는 다시 올 것이다. 마치 구도자가 신을 기다리고 순례자들이 영적인 체험을 기다릴 때처럼 마치 사랑에 빠진 연인들이 그들의 영육의 짝을 기다릴 때처럼 그렇게 창조적 능력을 가진 뮤즈는 늘 기다림과 갈구의 대상이 되었다.

때로는 뮤즈의 출현이 참을 수 없는 고통 속에서 찾아오기도 했다. 그러나 단지 창작자가 고통 속에 있다는 단순한 이유 만으로는 이 뮤즈의 출현을 기대할 수는 없었다. 고통만으로는 불충분했다. 참을 수 없는 고통에도 불구하고 그 고통스러운 운명을 이기고자 하는 고집스러움이 필요했다. 이 싸움에는 천재이기보다는 오히려 바보가 더 유리할 듯 싶었다. 절대로 포기하지 않는 창작에 대한 열정과 가혹한 운명에 절대로 굴복하지 않는 강한 의지력이 동시에 필요했다. 이렇게 자신의 운명에 맞서고 창작에 대한 불꽃을 꺼뜨리려고 하지 않는 바보스러운 고집스러움에 놀란 뮤즈는 그 역시 자신의 놀란 얼굴을 보여주면서 동시에 놀랍도록 바보스러운 작가의 얼굴 또한 보고 싶어 하는 것 같았다. 이와 같이 고통 속에서 스스로의 길을 찾아내어 홀로 걸어간 예술가는 많았다. 대부분의 예술가들이 그랬고, 차라리 고통 없는 예술가를 찾는 일이 훨씬 더 어려운 일이었다.

오스트리아에서 활동하던 조각가 프란츠 자베르 메서슈미트 (Franz Xaver Messerschmidt, 1736-1783)는 창작에 몰두하다가 미쳤다. 그는 스물넷의 나이에 궁정화가로서 마리아 테레지아 황후의 청동 흉상을 제작했다. 그러나 조각학과 학과장직을 탈락하고 교수직을 잃었다. 그것이 편집형 정신분열증의 이유가 됐다. 내가 오랫동안 그 이름을 기억하고 있는 이 예술가는 절망했다. 자신이 원하지 않는 많은 생각들 때문에 괴로워했고, 악마가 자신을 괴롭힌다고도 했다. 프란츠 메서슈미츠는 자신이 미쳐간다는 사실을 알게 되었다. 그러나 놀랍게도 이 위대한 예술가는 자신의 미쳐가

그림 3. 메서슈미트 찡그린 남자

는 얼굴을 예술품으로 만들었다. 그의 악마들은 그의 뮤즈가 되었고 그는 자신의 거울 속에서 결코 사라지지 않는 이 악마들을 오히려 자신의 얼굴로 묘사했다. 메서슈미트는 미쳐가는 자신의 얼굴을 60여 점의 청동 두상으로 제작했다. 환상적이고 과장된 일그러져 있는 얼굴들과 찡그리고, 화내고, 웃는 얼굴들. 망상과 환상의 의식적이고 무의식적인 메시지를 만들었다. 그것을 보는 사람들은 그 얼굴 앞에서 정말로 많은 생각을 하게 되었고, 여러 가지 형태의 깊은 감동을 느꼈다. 그의 주변을 떠돌아다니던 창의적인 생각이 일순간 일그러지고 찡그리고 미쳐 버린 예술가의 얼굴 위에 자리를 잡은 것이다. 정말 뜻밖의 사건이었다.

감동의 모습은 하나의 모습과 색깔이 아닌 여러 가지 형태를 띤 다채로운 빛의 모습으로 온다. 메서 슈미트의 두상에서처럼 '찡그린 황금빛'으로 오기도 하고, 모짜르트 바이올린 콘체르토처럼 밝고 경쾌한 리듬과 화음으로 오기도 한다. 그러나 감동은 항상 내가 원하는 모습으로 다가오는 것이 아니다. (내가 원하는 모습은 이미 식상하다.) 감동은 미친 얼굴을 대하는 것처럼 전혀 예상하지 못한 모습과 빛깔로 문득 내 앞에 마주 서 있다. 비극마저도 그 안에 엄청난 깊이의 감동과 서사를 품고 있으며, 우리의 가슴 속 저 깊은 곳에서 감동과 연민의 감정을 길어 올린다. 그 깊은 곳에서 길어 올려진 두레박 속에는 나에 대한 연민도 함께 들어 있다. 창작자의 비극을 보고서 저 밑에 감추어진 나에 대한 연민을 길어 낸 것이다. 이제 그의 비극도 나의 비극도 결코 무서워해야 할 대상은 아니다. 그 두려움을 대신하여, 비극의 본체를 세상 밖으로 드러나게 하는 것이 예술이고, 비극을 승화시키는 유일한 방법일 것이다. 예술은 인간이 자신의 비극을 정면으로 대면할 수 있게 하는 가장 지혜롭고 현명한 방법인 것 같다. 메서슈미츠가 한 것처럼. 메서슈미츠는 자신의 미치광이 얼굴을 예술품으로 바꾸어 놓고 마치 다른 사람의 얼굴처럼 자세히 들여다보았다(사족 같은 설명이지만, '자아와 거리두기'로 그는 자신이 미쳤다는 사실도 극복해내었다). 그는 자신의 미친 얼굴을 조각해 갈 때 그는 미친 것과는 전혀 상관이 없는 다른 차원에서 온 사람 같았다. 한 예술가는 이렇게 자신의 비극마저도 창작의 모티브로 삼고 또 다른 인생을 조각해 내었다. 불굴의 창의력이 빚어낸 놀라운 결과이다. 아무튼 예술은 내가 아는 한 가장 지혜롭고 현명하며 악마의 저주까지도 극복해내는 신비로운 묘기이다. 폐결핵에 걸린 안톤 체호프가 의사의 만류에도 불구하고 굳이 극동의 사할린섬 형무소를 찾아가서 지옥 같은 섬을 고발하는 르포르타주 〈사할린섬〉을 쓴 것도 그렇고, 물감을 살 돈이 없었던 반 고흐가 자신의 팔리지 않는 그림을 계속 그리는 것도 그러했다. 예술가는 홑겹의 튤립꽃 한 송이가 아니라 여러 겹의 꽃, 여러 송이의 인생을 다시 피워내는 가시 달린 덩굴장미와 같다. 신산한 내 인생 이야기도 다시 예술품으로 바뀔 수 있다면 얼마나 좋을까! 나에게도 운명 같은 창의적인 불꽃이 필요하다. 내가 할 일은 오직 하나. 돌 같은 내 머리를 부딪치는 것뿐이다. 불꽃이 튈 때까지.

41

낙상홍 푯말로 하는
상상 여행

　낙상홍(落霜紅) 감탕나무과. 6월에 자줏빛 꽃이 피고, 열매는 둥글고 붉게 익는다. 낙상홍의 이름과 설명이다. 조금 더 찾아보니, 그 뿌리와 잎은 약용으로 쓰이며, 소염, 지혈 작용이 있다. 낙엽활엽 관목. 높이 3미터. 외래식물(일본, 중국원산) 그뿐이다. 무릇 나무와 화초는 이파리가 초록으로 무성할 때는 그게 정확히 무슨 나무인지, 아니면 무슨 꽃인지, 어떤 꽃과 열매가 달리게 될지 잘 알 수가 없다. 그러다가 마침내 화려하게 꽃이 피고, 탐스러운 열매가 달릴 때, 비로소 우리는 그것이 무슨 나무인지, 무슨 꽃인지 쉽게 알 수 있게 된다. 낙상홍의 푯말을 보다가 낙상홍이라는 나무의 설명이 정말 간결하다는 생각이 들었다(긴 설명을 우리는 싫어한다). 생각해 보니 서리에 그 잎이 떨어지고 낙상홍의 작은 열매가 붉어지기 전에는, 그리고 그 푯말을 보기 전에는, 나는 그 나무의 존재마저도 인지하지 못 한 채 그 앞을 수십 번 그냥 무심히 지나쳤었다. 다른 많은 눈길을 끌지 못한 꽃과 나무들이 모두 그랬다. 아! 나라는 존재에게도 저런 푯말을 붙인다면, 조금 더 존재감이 생길까? 나의 푯말에는 무슨 빛깔의 꽃이 언제쯤 피고, 어떤 성질을 담는 열매를 맺는다고 써 붙여질까? 나에게는 인간을 이롭게 하는 무슨 약효와 효능이 있을까? 생각해 보면 나는 소심하고 번잡함을 잘 견디지 못하는 것 같으니, 내 꽃의 빛깔은 그다지 밝고 화려한 쪽은 아닐 것 같다. 적포도주 같은 검붉은색? 그래, 어두운 선홍색이나 자줏빛 정도? 그리고 다시 열매에 대해서 생각하게 되자 갑자기 머리가 좀 복잡해졌다. 무릇 나무 열매의 모양과 형태는 그 씨를 멀리 퍼뜨려야 하는 기능을 담아야 하는데, 민들레 홀씨처럼 공기보다 가벼운 깃털을 달아 날려보내는 것이 좋을까? 아니면 단풍나무처럼 외날개를 달아 씨앗을 빙글빙글 돌려서 날리는 방식이 좋을까? 그것도 아니면 도꼬마리처럼 씨를 화살촉 모양으로 만들어서 지나가는 사람의 바지 끝에 붙어 가게 하거나 오가는 짐승의 털 속에 꽂는 방식으로 무임승차? 아니다. 그런 방식으로는 내가 원하는 만큼 그렇게 멀리 가지 못 갈 것 같다. (나는 항상 멀리 멀리 떠나고 싶었다. 그래서인지는 모르겠지만 나는 아프리가의 님딘 님아프리카공화국과 아프리카 서쪽 끝 코트디부아르까지 다녀왔다. 물론 일하러 간 것이다.) 그래, 차라리 새들이 먹음직스럽도록 낙상홍 열매처럼 강렬하게 작고 붉은 열매로 만들면 좋겠다. 새가 그 열매를 먹으면 새의 위장 속에 숨었다가 다시 나오게 하자. 씨가 위 속에 있는 동안 비위가 조금 상할 수도 있겠는데, 씨앗을 퍼뜨리려면 그 정도는 참아야 한다. 잘 참을 수 있지 않을까? 잠시만 참고 버티면 최소 몇백

킬로미터는 거뜬히 갈 수 있겠다. 대신 새들의 소화액을 견딜 수 있게 단단한 껍질로 싸야겠지. 낙상홍이 이런 방식을 쓰는지 잘 모르겠지만 아무튼 그런 방식으로 겨우살이가 자신의 씨를 멀리 퍼뜨린다는 것을 내셔널지오그래픽에서 보았던 것 같다. 그렇게 상상의 나래를 펼치다 보니, 나의 존재감과 생명력을 높여 줄 꽃과 열매가 낙상홍과 겨우살이 비슷하게 닮아갔다.

바위만 무성한 높은 산에 나무 한 그루가 자라는 모습을 본 적이 있다. 크고 작은 바위 외에는 아무것도 없는 높은 산봉우리에 오직 한 그루 서 있는 나무. 아마 그런 나무는 하늘을 날던 새가 씨를 떨어뜨려 놓았거나 혹은 다람쥐가 도토리 같은 씨 있는 열매를 옮겨다 놓고 잊어버린 채 (다람쥐는 근면하고 성실한데 기억력이 좋지 않다) 시간이 지나다가 그 씨가 발아한 것일 것이다. 크고 높은 바위산의 봉우리. 그 산 정상에 홀로 선 나무 한 그루. 그 절묘한 인연과, 새와 다람쥐 그리고 정상에 홀로 선 나무의 경이로운 생명력에 감탄한다.

사람이 써 붙인 명찰 같은 이름을 달고 꽃과 열매로만 설명이 되어 있는 너무나 짧게 요약된 푯말이 그 간결함에 있어서는 죽은 이의 앞을 지키는 묘지석과도 비슷하다는 생각도 했다. 한 그루 나무가 겪었을 추위와 가뭄 (앞에서 소개한 대로 나무는 가뭄을 기억한다. 그래서 가뭄을 겪었던 나무는 물을 처리하는 방식이 다르다. 호프 자런 <랩

걸 Lab Girl>) 그리고 병충해와 동물의 침입, 혹은 우리가 모르는 그 옆 큰 나무들의 위용과 그늘의 위협을 말없이 견뎌왔던 세월을 어찌 다 헤아릴 수 있으랴 싶다. 우리 삶도 이와 같아서, 결국 간결하고 축약된 몇 마디로 요약되는 인생을 살다 가는 것은 아닌지. 이름과 꽃과 열매로 간결하게 소개되는 낙상홍처럼 말이다.

42

나무의 얼굴,
그 뒤태까지 닮고 싶다

내가 애송하는 '농담'이라는 시를 쓴 이문재 시인은 '지금 여기가 맨 앞'이라는 시로 '이제, 어찌해야 할까?' 자꾸 망설이고 주저하고 다운돼 있던 나를 우뚝 일으켜 세웠다. 그 시의 내용은 이렇다.

"나무는 끝이 시작이다/ 언제나 끝에서 시작한다/
실뿌리에서 잔가지 우듬지/ 새순에서 꽃 열매에 이르기까지/
나무는 전부 끝이 시작이다/ … (중략) … /
지금 여기 내가 정면이다."

태초에 기적처럼 생명이 탄생하여 수십억 년 동안 진화를 거듭해 왔다. 생물들은 동물과 식물 그리고 원핵생물, 원생생물, 균류 등으로 나뉘어서 진화하였다. (물론 인간의 분류방식이다.) 동물들은 진화하면서 대부분 자신의 얼굴을 갖게 되었다. 이렇다 할 이목구비가 제대로 갖춰지지 않는 존재들도 입과 배설하는 기관을 가지고 있었다. 이른바 앞과 뒤의 개념이 생겨났다. 입이 있는 쪽이 앞이고, 배설기관이 있는 쪽이 뒤이다.

언뜻 눈이 있는 곳이 정면이고 앞쪽이라고 생각되지만, 태초에 생명의 탄생을 설명하는 진화론의 이야기는 그렇지 않다. 눈은 입이 생기고 난 후에도 수천만 년 혹은 수억 년이 지난 뒤에 나타났으며 오랜 시간 동안 지렁이처럼 눈이 없는 존재들도 무척 많았다. 그러나 그들도 입은 있었으니, 그들의 입이 있는 쪽이 앞, 곧 정면이고 얼굴이라고 할 수 있겠다. 먹었으니 다시 사용하고 남은 것들을 배출해야 했는데 이 배출구(항문)가 있는 쪽이 뒤다.

아름답게 서 있는 나무들은 어디가 얼굴일까? 굳이 그것을 가려 본다면 나무의 입은 뿌리임이 분명하다. 나무는 그 뿌리로 광합성에 필요한 물과 영양분을 땅속에서 흡수한다. 잎은 뿌리가 전해준 이 물과 하늘에서 오는 햇빛을 이용하여 광합성을 하고 부산물로 산소를 만들어 낸다. 그러니 나무의 뿌리가 입이고 얼굴인 셈이다. 그래서 나무는 얼굴을 땅에 묻고 산다. 그러므로 우리가 보는 무성한 가지와 아름다운 잎들은 나무의 뒷모습이다. 우리는 나무의 그런 뒷모습을 보고 감탄하고 있는 셈이다.

놀랍게도 나무들은 우리 동물들이 사는 방식과는 정반대로 산다. 전 생애를 통해 아무 데도 가지 않고 제자리에서 산다. 자신의 얼굴을 시커멓고 깜깜한 대지에 파묻고 물과 양분을 찾는다. 이런 나무의 뒤쪽으로는 싱그러운 산소와 피톤치드 같은 여러 가지 종류의 향내를 내뿜는다. 향나무는 특히 향기로운데 자신의 몸(목재)에서 향내가 난다. 무성한 이파리들은 대기를 정화한다. 실로 완벽한 존재가 아닐 수 없다. 그 존재만으로도 사람과 동물들은 살아갈 에너지와 활력을 얻는다.

왕성하게 먹고 생산하는 시기가 우리 인생의 정면이라면, 나처럼 퇴직하여 일선에서 물러나 있는 시기는 인생의 뒷 장면이라고도 할 수 있겠다. 나의 뒷면이 조금이라도 나무의 뒷모습을 닮을 수 있다면 얼마나 좋을까. 그 존재 자체가 무릇 생명들에게 축복이 되는 나무들처럼 말이다.

그래서 서양의 시인들은 나무들 속에 목신(木神)이 산다고 했는지 모르겠다. 이런 나무들이 모여 살고 있는 숲속에는 숲의 정령인 목신이 꼭 있을 것만 같기도 하다. 나무의 얼굴은 땅속에 감추었으나, 그 뒷모습은 하늘을 향해 높게 뻗어서 더 자랑스럽고 싱그러우며, 그 존재의 어느 쪽을 바라봐도 스스로 아름다운 생명체! 어떻게 존재 자체가 이토록 아름다울 수 있을까? 자신이 서 있는 곳이 바위 많은 비탈이든 모래 많은 평지든 호수의 가장자리든 아무런 불평도 없이 오히려 아름드리 큰 나무로 살아가는 그 모습이 이미 깨달음을 얻은 존재처럼 느껴지기도 한다. 안빈낙도(安貧樂

道, 곤궁한 처지에도 편안할 수 있으며 자연의 이치에 따라 삶을 즐기는 태도, 저자 주)의 삶은 나무처럼 살라는 말인 듯 싶다. 뒷모습까지 너무도 아름다운 나무처럼.

내 인생에 마법을 부르는 주문(Magic Words)

주문(Magic Words)	상황
1. 이만하면 됐다	자꾸 욕심이 생길 때
2. 욕 안 먹으면 다행이다	칭찬받을 때
3. 다 상처 입은 비둘기	미운 마음이 들 때
4. 고맙고 미안하다	인간관계에 소홀했을 때
5. 무소의 뿔처럼 혼자서 가라	외로울 때
6. 두려움은 내 편	어려운 것을 시도할 때
7. (이런다고) 안 죽는다	두렵고 걱정이 될 때
8. 나는 (형편이) 고흐보다 낫다	절망스러울 때
9. 다 지나간다	견뎌야 할 때
10. (내가 모르는) 사정이 있겠지	실망스러울 때
11. 항산항심(恒産恒心)	게을러질 때
12. 내가 중요하다고 생각한 만큼 그만큼 중요한 것은 없다	걱정이 많을 때
13. 화마가 불태운 땅에도 새싹은 돋고, 지진이 할퀴고 간 땅에도 샘은 솟아오른다(천천히 암송)	희망이 필요할 때
14. 큰 나무 밑에 쉬어 가는 이가 있고, 깊은 물이 큰 배를 띄운다	성급해지고 소심해질 때
15. (빼내야 할) 신발 속의 돌	중요하지 않은 일로 감정을 소모할 때
16. 내가 뭘 모른다(공부한다)	화가 날 때
17. 니쿠나 마타타(나는 문제가 없다)	힘들 때

마음속 나침반이 되어줄 42개 이야기